 ISBN 2-915806-06-3

Akatane Suenaga

Saussure, un système de paradoxes

Langue, parole, arbitraire et inconscient

Préface de Michel Arrivé

*Ouvrage publié avec l'aide
de la Faculté des lettres et des arts
de l'Université Seijo (Tokyo)*

A la mémoire de Maître Keizaburo Maruyama,
précurseur du « néo-saussurisme » au Japon,
disparu le 16 septembre 1993.

REMERCIEMENTS

Ma gratitude à mon directeur de thèse, Michel Arrivé, professeur de l'Université Paris X - Nanterre : sans ses généreuses aides scientifiques et administratives, je n'aurais jamais pu faire d'études en France ni mener à bien le présent travail.

Ma profonde reconnaissance à Claudine Normand qui m'a accueilli à mon arrivée à Paris au sein de son groupe de recherche, et dont les précieux conseils m'ont toujours stimulé et encouragé. Merci aussi, parmi les membres du groupe, à Simon Bouquet, Pierre Caussat, Jean-Louis Chiss, Yong-Ho Choi, Marc Décimo, Christian Puech, Monique Sassier et Dan Savatovski.

Je dois beaucoup à l'ami Kenji Tatsukawa, excellent saussurien : son travail m'a toujours soutenu et me soutiendra toujours.

Je remercie vivement Geneviève Navarre, Rossitza Kyheng et Marc Arabyan, dont les relectures m'ont permis d'achever puis de publier le présent travail, ainsi que la Faculté des Lettres et des Arts de l'Université Seijo (Tokyo) pour son aide à la publication.

Je me permets de profiter de cette occasion pour exprimer mes remerciements à Taneo Suenaga, mon père, et à Kiyoya, sa femme : s'ils n'étaient venus résider à Paris je n'aurais même pas pensé vivre en France.

Mes remerciements enfin vont à ma femme Fumi : je ne saurai jamais que dire pour lui exprimer ma reconnaissance.

PRÉFACE

par Michel Arrivé
Université Paris-X - Nanterre

En Suisse, en France, et, pour tout dire, en Europe, on l'oublie, ou on l'ignore, trop souvent : le Japon est l'un des lieux du monde où le saussurisme tient une place centrale dans le paysage intellectuel. La chose n'est pas récente : c'est au Japon que, dès 1928, a été publiée la première traduction du *Cours de linguistique générale,* trois ans avant la traduction allemande. Depuis, l'intérêt pour la réflexion de Saussure n'a jamais fléchi et, aujourd'hui, continue à croître : les éditions se multiplient, les ouvrages et les articles, souvent issus de colloques, prolifèrent. Au point qu'Akatane Suenaga peut consacrer dans son ouvrage une annexe de dix pages à décrire dans ses grandes lignes l'évolution des recherches japonaises sur Saussure.

Après le long épisode, déjà ancien, de la polémique entre Motoki Tokieda et Shiro Hatorri autour de la notion de *langue* – discussion reprise plus récemment par Hideki Maeda –, après les travaux d'exégèse de Keizaburo Marayama et l'obstiné labeur d'édition d'Eisuke Komatsu, voici que se manifeste une nouvelle génération du saussurisme japonais. Avec Kenji Tatsukawa – qui publie surtout en japonais – et, plus jeunes, Takayoshi Suzuki et Aya Ono [1], Akatane Suenaga est l'un des représentants les plus brillants de cette nouvelle vague.

---

1 L'un et l'autre ont soutenu en 2004 à l'Université Paris-X - Nanterre une thèse relative, pour le premier, au *Problème de l'unité dans la réflexion de Saussure*, pour la seconde au *Concept d'énonciation chez Benveniste*, avec de très nombreuses références à Saussure. Ces deux thèses restent inédites au moment (mai 2005) où j'écris ces lignes. Faut-il préciser que je ne parle ici que des travaux dont j'ai connaissance ?

Son ouvrage est un remarquable effort de lecture de Saussure. Effort au plus haut point réfléchi et surveillé : Suenaga contrôle de moment en moment, j'allais dire de lettre en lettre, son travail de déchiffrement. C'est qu'il est au plus haut point difficile, ce travail. Saussure, on le sait, n'a pas publié ce qu'il a écrit et n'a pas vraiment écrit ce qui a été publié sous son nom. Il faut certes apporter quelque tempérament à cette boutade : ne pas oublier, d'abord, de tenir compte des deux livres effectivement publiés par le très jeune Saussure (l'illustre *Mémoire sur le système primitif des voyelles dans les langues indo-européennes* – l'auteur, en 1878, n'avait que vingt et un ans – et la thèse sur *L'emploi du génitif absolu en sanscrit* – il avait, pour ce second et dernier livre, vingt-quatre ans). Il faut aussi rappeler qu'une ébauche de livre, *De la double essence du langage,* a dû attendre 2002 pour être publiée dans les *Écrits de linguistique générale.* En dépit de ces nécessaires retouches, le statut paradoxal de la manifestation de la recherche saussurienne reste pour l'essentiel intact : le maître de Genève n'a pas consenti – ou n'a pas réussi ? – à conférer à sa réflexion les apparences de l'achèvement. Accident, déterminé par la relative brièveté de sa vie ? Intention délibérée ? Impossibilité intrinsèque de mettre en forme, en matière de langage, une théorie achevée ? La question rôde partout dans le livre de Suenaga. Le problème de la lecture – sa possibilité, ses règles, son régime – est sans cesse posé. L'auteur en vient, osant, légitimement, se comparer à l'incomparable, à mettre en parallèle sa méthode de lecture et l'entreprise de déchiffrement des anagrammes :

> « Si une lecture de l'anagramme du point de vue de la linguistique générale est possible, nous pouvons dire que, réciproquement, une lecture d'inspiration anagrammatique de la linguistique générale devrait être possible. » (p. 220)

S'ensuit la passionnante – et très convaincante – analyse de la note prise par Riedlinger le 16 novembre 1908. Je laisse au lecteur le soin d'entrer après moi dans les méandres de cette très séduisante exégèse. Je ne renonce cependant pas au plaisir de dire que Suenaga s'interroge sur l'occurrence du mot *jugement* : Pourquoi est-ce ce mot-là qui est venu aux lèvres de Saussure pour illustrer le problème du *signe* ? La spécificité du signe ne serait-elle pas, précisément, de prononcer – de constituer ? – un *jugement* ? Après tout, n'est-ce pas une propriété possible du jugement que d'être... arbitraire, au même titre que le... signe ? Ainsi, ce serait l'autonyme du terme théorique recherché qui se serait impérativement présenté à titre d'exemple, apparemment aléatoire. On entre ici dans le problème de *l'inconscient théorique* de la réflexion de Saussure (p. 236). On a compris que Suenaga n'hésite pas, avec une belle témérité, à le poser.

On est en ce point à peu près au terme de la démarche de Suenaga. Précédemment l'auteur se sera affronté à trois des plus hautes difficultés de la réflexion saussurienne, celles qui, parfois, sont occultées par des lecteurs moins exigeants, ou trop vite escamotées dès qu'elles ont été fugitivement alléguées. Dans la première partie du livre, « La langue et son ombre », c'est le problème du statut de la langue qui est posé : est-elle « sociale » ou « individuelle » ? Saussure dans ses cours lui affectait alternativement, et de la façon la plus explicite, les deux propriétés, d'une façon si paradoxale que ses auditeurs s'en sont étonnés. Suenaga sait débrouiller avec subtilité les apparences de cette contradiction qui, nécessairement, affecte de façon complémentaire la parole, elle aussi alternativement qualifiée par les deux adjectifs opposés. La seconde partie en vient à poser une fois de plus, mais de façon à mon sens complètement nouvelle, la question de « La langue et sa parole » : est-il vrai, conformément à la *doxa* structuraliste – appuyée par quelques formules imprudentes de l'édition standard du *Cours* – que Saussure a entièrement négligé la « linguistique de la parole », pourtant posée comme légitime et même comme nécessaire dans l'édition standard ? On se souvient qu'elle comporte un chapitre précisément intitulé, de façon quasi provocatrice, « Linguistique de la langue et linguistique de la parole ». C'est dans cette seconde partie que se logent les analyses du « sujet entendant », le *tu* qui, nécessairement, se tait (de ce paradoxal « *je* sans voix », oserai-je avancer qu'il – ici *tu* – *est tu ?* [2]), mais n'en constitue pas moins, dans sa relation avec le *je*, le sujet du discours. Enfin la troisième partie reprend à nouveaux frais « Le problème de l'arbitraire ». La spécificité de l'analyse de Suenaga est ici de suivre pas à pas les étapes de « L'élargissement de l'arbitraire relatif » et ses relations avec l'arbitraire absolu.

Contrairement à certains lecteurs, indifféremment anciens ou récents, Suenaga ne s'enferme pas dans le texte saussurien. Il connaît de façon approfondie l'immense littérature métasaussurienne, et l'utilise de façon judicieuse, non, parfois, sans la critiquer, dans une totale sérénité. Je laisse au lecteur le soin de découvrir les victimes, d'ailleurs peu maltraitées, de ces critiques. Sur le problème de la parole, il fait appel successivement à Bally, Ducrot et Austin. Pour mettre en place

---

2 Je m'autorise pour oser ce jeu de mots, non seulement de Lacan (qu'on relise, dans les *Écrits*, « Subversion du sujet et dialectique du désir », notamment p. 800) mais aussi de Suenaga lui-même, qui pose que « c'est le sujet *tu* qui se constitue dès l'apparition du *je* ». Ici, tous les jeux sur l'autonymie – supprimez les italiques de *tu*, vous verrez – sont justifiés : c'est qu'« il n'y a pas de métalangage ».

le rôle du « sujet entendant » dans la réflexion de Saussure, c'est Benveniste qui est convoqué, notamment son analyse de la *personne*, c'est-à-dire, on s'en souvient, la relation du *je* au *tu,* dans son opposition à la *non-personne* du *il* ou du *elle*. Suenaga marque ainsi, sur ce point souvent occulté, la continuité qui s'établit entre la réflexion de Saussure et celle de Benveniste. Sur l'inconscient – celui de la théorie saussurienne, mais aussi celui du sujet parlant – c'est à Lacan que Suenaga fait appel, et notamment au concept de *lalangue.*

Un dernier mot, avant de permettre au lecteur de goûter le plaisir du texte de Suenaga : ce plaisir sera, je n'en doute pas, augmenté par la modestie du ton de l'auteur. Il ne se targue d'aucune autorité sur le texte que, de façon à la fois timide et assurée, il entreprend de déchiffrer. Suenaga ne se sent pas propriétaire du texte de Saussure, il l'approche d'une façon absolument spécifique, à la fois respectueuse et exigeante, sans forfanterie ni poudre aux yeux. C'est un mérite supplémentaire, devenu rare aujourd'hui, de son beau livre.

ABRÉVIATIONS ET CONVENTIONS

CLG .... Ferdinand de Saussure, *Cours de linguistique générale* publié par Charles Bally et Albert Séchehaye avec la collaboration d'Albert Riedlinger, Paris et Genève, Payot, [1916], 2e éd., 1922.

CLG/E .... Ferdinand de Saussure, *Cours de linguistique générale* : *édition critique* par Rudolf Engler, Wiesbaden, Otto Harrassowitz, Tome 1, 1968, Tome 2, 1974.

CLG/D .... Ferdinand de Saussure, *Cours de linguistique générale : édition critique* par Tullio De Mauro, notes et commentaires de Tullio De Mauro traduits par Louis-Jean Calvet, Paris, Payot, [1967], nlle édition 1972 [fac-similé de l'édition de 1922].

I .... Cours I 1907

II .... Cours II 1908-1909

III .... Cours III 1910-1911

B .... Note de l'étudiant Bouchardy, provenant du Cours II

C .... Note de l'étudiant Constantin

D .... Note de l'étudiant Dégallier, provenant du Cours III

G .... Note de l'étudiant Gautier, provenant du Cours II

J .... Note de l'étudiant Joseph, provenant du Cours III

R .... Note de l'étudiant Riedlinger

S .... Note de Madame Séchehaye provenant du Cours III

N .... Note autographe

CFS .... *Cahiers Ferdinand de Saussure*, Genève, Droz.

PLG .... Emile Benveniste, *Problèmes de linguistique générale*, Paris, Gallimard, tome 1, 1966, tome 2, 1974.

* * *

Les références aux manuscrits saussuriens se lisent comme suit :

CLG/E 1766 ... *CLG* édition critique par R. Engler, fragment 1766.

III C270 .... Note du Cours III, Constantin, p. 270.

I R2.23-24 .... Note du Cours I, Riedlinger, 2e cahier, p. 23-24.

Le texte trouvé en marge ou entre les lignes est signalé par des parenthèses carrées < >.

INTRODUCTION GÉNÉRALE

> *La langue offre les contrastes, les paradoxes les plus troublants à ceux qui veulent la saisir par un côté ou un autre.*
>
> Saussure

Claudine Normand témoigne de l'enthousiasme pour Ferdinand de Saussure et le *Cours de linguistique générale* dans les années soixante-dix :

> « Qui pourrait croire aujourd'hui que, dans les années soixante-dix, le *Cours de linguistique générale* avait valeur de manifeste, que le nom de Saussure était lancé comme un mot d'ordre, enthousiasmant les uns, rejeté par les autres ? » (2000, p. 9)

Au Japon, c'est dans les années quatre-vingt que Saussure a fait l'objet d'une grande curiosité intellectuelle et a gagné un nombre important de lecteurs. C'est alors, dans le contexte de l'histoire du saussurisme japonais, une redécouverte de Saussure après la traduction du *CLG* en 1928 et la polémique entre les deux camps pro-saussurien et anti-saussurien pendant les années cinquante et soixante. Cette fois, c'est de l'influence du structuralisme constitué pendant la décennie précédente que se dégage la présence de Saussure, dont le nom n'est plus forcément lié au *CLG* mais plutôt à ses sources et à un auteur, Keizaburo Maruyama, le premier au Japon à avoir présenté l'œuvre de Saussure en se fondant sur les notes des étudiants et les documents autographes. [1]

Aujourd'hui, presque un siècle après la disparition de Saussure en 1913 et la publication du *CLG* en 1916, passées déjà tant d'années

---

1 Parmi une vingtaine d'ouvrages, je citerai entre autres, *La pensée de Saussure* (1981) et *Lire Saussure* (1983). Voir « Le saussurisme au Japon au XXe siècle » en annexe.

après le refroidissement des enthousiasmes, n'est-il pas curieux qu'il soit possible de poser au sujet de Saussure ces deux questions apparemment incompatibles : Aujourd'hui que reste-t-il de Saussure ? Un siècle après, que savons-nous de Saussure ?

Si la première reflète le reflux du structuralisme, la seconde n'est pas sans rapport avec le récent regain des publications sur Saussure. [2]

Notre propre recherche relève de la seconde question. Que savons-nous de Saussure ? Cette question ne suggère pas seulement l'insuffisance des informations biographiques, le mystérieux silence de la seconde moitié de sa vie, l'échec de ses recherches sur les anagrammes, l'histoire de la publication posthume du *CLG* et de ses sources [3], etc. : nous envisageons avant tout par là les difficultés d'interprétation que présente la théorie saussurienne malgré la clarté aveuglante de son système conceptuel et de ses dichotomies. Parlant de son « intuition totale du langage », Emile Benveniste localise « le centre de la doctrine » de Saussure dans son point de vue dualiste :

> « Tout en effet dans le langage est à définir en termes doubles ; tout porte l'empreinte et le sceau de la dualité oppositive :
>
> – dualité articulatoire / acoustique ;
>
> – dualité du son et du sens ;
>
> – dualité de l'individu et de la société ;
>
> – dualité de la langue et de la parole ;
>
> – dualité du matériel et de l'insubstantiel ;
>
> – dualité du « mémoriel » (paradigmatique) et du syntagmatique ;
>
> – dualité de l'identité et de l'opposition ;
>
> – dualité du synchronique et du diachronique, etc. »
>
> (*PLG* I, p. 40).

---

2 Citons M.-C. Capt-Artaud, 1994, *Petit traité de rhétorique saussurienne* ; Michel Arrivé, 1994, *Langage et psychanalyse, linguistique et inconscient* [rééd. 2005] ; Simon Bouquet, 1997, *Introduction à la lecture de Saussure* ; Johannes Fehr, 2000, *Saussure entre linguistique et sémiologie* ; Claudine Normand, 2000, *Saussure* ; Sémir Badir, 2001, *Saussure : la langue et sa représentation* ; le Cahier de l'Herne « Saussure », 2002 ; Yong-Ho Choi, 2002, *Le problème du temps chez Ferdinand de Saussure* ; André-Jean Pétroff, *Saussure : la langue l'ordre et le désordre*, 2004 ; Michel Arrivé et Izabel Vilela, *Les Paradoxes de Saussure* (à paraître).

3 Comme on le sait, les nouveaux documents autographes découverts, quatre-vingts ans après le *CLG*, en 1996, ont été édités et publiés par Simon Bouquet et Rudolf Engler : Saussure, *Écrits de linguistique générale*, Paris, Gallimard, 2002.

Malgré cette rigueur dichotomique, les concepts saussuriens, notamment celui d'arbitraire du signe, ont fait l'objet de débats virulents :

> « Le seul nom de Saussure divise les linguistes en partisans et adversaires. » (Gadet, 1987, p. 6)

La question qui guide le présent travail est donc : « Que savons-nous de la théorie de Saussure ? ». Et l'objet de notre exploration n'est autre que la notion de *langue*. La langue, objet principal de la linguistique saussurienne, reste une notion obscure et fugitive. Invisible tout en étant exposée. C'est que selon la conception saussurienne, la langue offre au sujet parlant le point de vue qui lui permet de voir le monde comme tel. C'est la langue qui dicte la configuration des valeurs au travers desquelles chacun prédique son vécu. Elle est, pour ainsi dire, l'œil que la société assigne à l'homme. Or, de même que ce qui est trop loin ne se voit pas, ce qui est trop près se distingue mal. Personne ne voit non plus ses propres yeux. N'est-ce pas la raison pour laquelle on conçoit si difficilement ce qu'est la langue ?

> « La langue [...] nous paraît tout près de notre main ; peut-être est-elle trop près ([...] verre de la lunette par lequel et au travers duquel nous saisissons les autres objets) [...]. » (*CLG/E* 1766, II R1)

Saussure avertit ses étudiants de cette difficulté dès la première leçon du deuxième cours [4] :

> « La langue offre les contrastes, les paradoxes les plus troublants à ceux qui veulent la saisir par un côté ou un autre. » (*CLG/E* 1766, II R1)

Soulignons *les contrastes, les paradoxes*. Saussure ne voulait-il pas dire que la langue dispose de plusieurs faces contradictoires ou antinomiques ? Et les fameuses oppositions dichotomiques, apparemment des appareils théoriques qui permettent d'éclairer les objets d'étude, sont-elles autre chose que les reflets de cette complexité paradoxale de la langue ? [5]

---

4 Les dates des trois cours de linguistique générale professés par Saussure sont : I : 1907 ; II : 1908-1909 ; III : 1910-1911.

5 Cf. « Le réductionnisme méthodologique et pédagogique d'un très vaste courant de la linguistique moderne – celui que nous nommons linguistique structurale – qui s'est autorisé des décennies durant de l'enseignement de Saussure, a souvent appauvri la richesse théorique du *CLG* en un catalogue de notions, de couples oppositifs abstraits de leur contexte, de la systématicité conceptuelle où ils se tenaient, sans toujours tenir compte du but fixé par Saussure à sa propre recherche linguistique.

« Raison de cette difficulté : De quelque côté qu'on prenne la langue, il y a toujours un double côté qui se correspond perpétuellement, dont une partie ne vaut que par l'autre. » (*CLG/E* 133, II R2-3)

Notre travail va consister à interroger la conception saussurienne de la langue. Une telle interrogation n'est-elle pas d'autant plus délicate à justifier que c'est elle qui a permis la fondation de la linguistique du XXe siècle ? N'est-ce pas le postulat saussurien que la langue « est un système » qui se trouve au commencement de la linguistique structurale et de la sémiologie à deux termes (opposée à celle de Peirce, qui en comprend trois) telle qu'elle sera développée par Hjelmslev et ses propres continuateurs ? Un tel questionnement n'implique-t-il pas la mise en cause de leurs fondements épistémologiques ?

Notre point de départ est un aspect de la conception saussurienne de la langue qui, curieusement, n'a jamais été abordé, à savoir l'unicité de la langue en tant qu'*identique à elle-même.* L'identité à soi de la langue est-elle hors de tout soupçon ? Nous pensons que non. Car si la langue est un « code social », comme la définit Saussure après Whitney, qu'est-ce que la langue pour chacun de ses locuteurs pris en particulier, et non plus pour la « masse parlante » ? Qu'est-ce qu'une « langue individuelle » ?

C'est à partir de cette question que nous chercherons à approfondir la conception de la langue proposée par Saussure en la situant par rapport aux grands pivots de sa théorie, notamment en ce qui concerne quelques-unes des dualités – parfois obscures ou contradictoires – qui la caractérisent : système de signes *vs* système de différences, langue *vs* parole, arbitraire absolu *vs* arbitraire relatif.

***

Notre travail se compose de trois parties.

Dans la première, nous interrogerons un couple de concepts qui, comme on vient de le voir, concernent l'identité de la langue : « langue sociale » et « langue individuelle ». Dans quel sens la langue est-

---

Force est de constater que la nomenclature, à la rigueur le réseau d'oppositions qui forment l'abc de l'initiation linguistique, est plus celui du structuralisme que de Saussure lui-même » (Chiss 1978 *in* Chiss et Puech 1987, p. 23-24, souligné par nous). Ajoutons que ces dichotomies ne peuvent pas seulement être imputées au « réductionnisme méthodologique », mais proviennent de Saussure lui-même, même si c'est le structuralisme – y compris le *CLG,* si on le confronte aux sources manuscrites – qui a éliminé la plupart de ses nuances, contradictions ou fluctuations.

elle sociale et dans quel sens est-elle individuelle ? Cette dichotomie ne tombe-t-elle pas dans une contradiction ? Que deviendrait la communication si la langue était individuelle ? Cet examen de la langue met déjà en évidence certains de ses aspects paradoxaux.

Dans la deuxième partie, nous considérerons le problème posé par l'absence de *linguistique de la parole* chez Saussure. La conception saussurienne de la langue est-elle aussi statique et fermée sur elle-même que beaucoup le pensent à partir de cette absence ? Quel est le rapport de la langue avec la dynamique de la parole ? Pour répondre, nous examinerons trois « théories de la parole », à savoir la théorie du discours chez Benveniste, la théorie de la phrase chez Bally et la théorie de la performativité chez Austin, et nous les confronterons à la langue selon Saussure.

Dans la troisième partie, nous réfléchirons à l'« arbitraire du signe », qualifié dans le *CLG* de « premier principe » de la sémiologie. Il s'agira d'examiner le rapport entre « signe » et « système ». La critique de l'arbitraire se fonde souvent sur le recours au système, supposant entre l'arbitraire du signe et la nécessité du système un rapport antinomique que nous critiquerons nous-même. Quel rapport entre systémicité et arbitraire ? Analysant la distinction faite par Saussure entre « arbitraire absolu » et « arbitraire relatif », parfois non sans quelque confusion, nous déboucherons sur cette autre question, selon nous clef du problème : Quel rapport entre la langue et son « dehors » ?

Ces trois approches critiques supposent un point de vue commun : la langue prise sous l'angle du devenir : nous reviendrons en conclusion sur le fait que toutes nos réflexions sont traversées par la contestation de l'idée selon laquelle la langue est une et commune à tous.

***

Un mot sur le terme « inconscient » employé dans le sous-titre. Tout en reconnaissant que c'est Sigmund Freud qui a découvert le continent de l'inconscient, et qu'on a pu parler de la rencontre *après coup* de Saussure et de Freud [6], nous nous réfèrerons peu à ce dernier. Nous

---

6 Il existe peu d'ouvrages qui s'occupent du rapport entre linguistique et psychanalyse, ou entre langage et inconscient. Parmi eux, Joël Dor, 1985, *Introduction à la lecture de Lacan : 1. L'inconscient structuré comme un langage* ; Michel Arrivé, 1986, *Linguistique et psychanalyse : Freud, Saussure, Hjelmslev, Lacan et les autres*, puis 1994, *Langage et psychanalyse, linguistique et inconscient : Freud, Saussure, Pichon, Lacan* (déjà cité) ; M. Arrivé et C. Normand (éds), *Linguistique et psychanalyse*.

entendrons l'« inconscient » dans le sens où Saussure emploie le terme et qui sera mis en évidence dans les pages de ce livre. Une confrontation détaillée de l'inconscient selon Freud avec celui de Saussure constituerait un travail à coup sûr fort intéressant, mais ce n'est pas ici le lieu de l'entreprendre.

Précisons rapidement comment nous situons Saussure à l'égard du problème de l'inconscient. Si nous ne tenons pas ici à opérer sa confrontation avec Freud, c'est avant tout du fait que chez le fondateur de la psychanalyse, la notion d'inconscient est loin d'être univoque : le terme a reçu plusieurs acceptions selon les moments du développement de la théorie. D'abord il faut distinguer – dans le cadre de la première topique et de ses trois instances de l'Inconscient, du Préconscient et du Conscient – l'usage de ce terme en adjectif d'avec le substantif. L'adjectif, en qualifiant les contenus de « non conscients », sans distinguer entre le Préconscient et l'Inconscient, correspond à ce que Freud appelle « l'inconscient descriptif », tandis que le substantif désigne un des trois systèmes psychiques, celui des contenus refoulés, « l'inconscient topique ». Dans la deuxième topique, il ne renvoie plus uniquement à un système particulier (l'inconscient topique) et s'utilise souvent en adjectif pour qualifier non seulement le ça mais aussi le moi et le surmoi. [7]

Qu'en est-il maintenant de l'inconscient saussurien ? Comme le remarque Michel Arrivé, l'usage de ce terme chez Saussure se limite presque uniquement au descriptif :

> « [...] c'est, à l'évidence, un inconscient défini parce qu'il n'a pas l'attribut de la conscience que Saussure a en vue quand il remarque que “les sujets sont, dans une large mesure, inconscients des lois de la langue” (*CLG*, p. 61). Pour donner un statut nominal à ces éléments inconscients, Saussure dispose – comme toute son époque – du nom *subconscient* : “Il existe dans le subconscient une ou plusieurs séries associatives qui ont un élément commun avec le syntagme” (*CLG*, p. 178). » (Arrivé, 1994, p. 21-22) [8]

---

7 Sur la conception freudienne de l'inconscient avant la « deuxième topique », voir entre autres Freud 1912, 1915a, 1915b.

8 Kenji Tatsukawa, rapprochant cette acception d'*inconscient* du caractère intuitif de la conscience linguistique du sujet parlant, en poursuit les variations terminologiques éparpillées dans les textes de Saussure, et cite par exemple (1986, p. 105 et s.) : « analyse subconsciente de la langue » (*CLG/E* 2817, II R2.42) ; « instinct des sujets parlants » (*CLG/E* 2407, II R1.96) ; « perception instinctive des sujets parlants » (*CLG/E* 2450, II R2.56) ; « acte inconscient de comparaison » (*CLG/E* 2522, I R2.23) ; « conscience latente » (*CLG/E* 2064, II R96) ; « d'une façon incon-

Mais tout en donnant l'inconscient saussurien pour descriptif, Arrivé se demande s'il est possible de « repérer en quelques points du *CLG* quelque chose comme un pressentiment d'un *autre* inconscient, fondamentalement séparé de la conscience et défini par sa structure spécifique » (p. 22). Ce disant, il semble qu'il ait en tête le passage suivant du *Cours* :

> « C'est précisément parce que les termes *a* et *b* sont radicalement incapables d'arriver, comme tels, jusqu'aux régions de la conscience – laquelle n'aperçoit perpétuellement que la différence *a*/*b* – que chacun de ces termes reste libre de se modifier selon des lois étrangères à leur fonction significative. » (*CLG*, p. 163)

qu'il commente ainsi :

> « C'est donc qu'il existe un aspect *radicalement* inconscient des objets linguistiques, qui ne sont aptes à émerger au niveau de la conscience que sous l'aspect des différences qui les opposent. » (p. 22)

Remarquant que le passage en question ne provient pas des notes des étudiants qui constituent la bonne partie des sources de la rédaction de cet ouvrage mais d'une note autographe de Saussure, il ajoute :

> « Comme si Saussure avait hésité à livrer à ses étudiants le plus aigu de ses réflexions sur les relations entre le langage et ce qu'il devient pleinement légitime d'appeler l'inconscient. » (*ibid.*)

Et il signale l'intérêt du problème :

> « Dans ses notes, Saussure insiste sur la différence qui oppose le langage à toutes les autres institutions humaines. Selon lui, l'"institution du langage" est la seule à n'être pas soumise "à la correction continuelle de l'esprit" (Engler, 1989 [1974], p. 266). Qu'on remplace, comme il est à l'évidence possible, *esprit* par *conscient* opposé à *inconscient* : on aura aperçu à quel point, déjà chez Saussure, est indénouable le lien qui unit langage et inconscient. » (*ibid.*, n. 13)

Récapitulons. Pour parler d'« un autre inconscient » – d'un inconscient autre que descriptif –, Arrivé suggère qu'il doit être « fondamentalement séparé de la conscience et défini par sa structure spécifique ». Accomplirait ces deux conditions le comportement des « termes *a* et *b* » qui « sont radicalement incapables d'arriver, comme tels, jusqu'aux régions de la conscience – laquelle n'aperçoit perpétuellement que la différence *a*/*b* » : étant donné qu'ils sont « radicalement incapa-

---

sciente » (*CLG/E* 1994, III C382) ; « formes senties dans une demi-inconscience » (*CLG/E* 2520, I R2.22), etc.

bles d'arriver » à la conscience, la séparation d'avec la conscience est opérée par le caractère négatif de la différence, autrement dit systémique, lié à une spécificité structurale. Ainsi l'inconscient saussurien dégagé par Arrivé est-il lié à un des principes fondamentaux du concept de système saussurien, le principe de différence :

> « Dans la langue, il n'y a que des différences sans termes positifs. Là est la vérité paradoxale. » (*CLG/E* 1940, III C403)

On peut se demander si cet « inconscient » n'est pas lié à une caractéristique de la langue selon Saussure – s'il n'est pas corrélatif à toute une série de concepts paradoxaux qui se répondent dans la théorie de Saussure : différentiel, arbitraire, systémique. Ces trois qualités sont en correspondance non seulement parce que l'idée de différence est au centre de la langue conçue comme un système de signes (il y a correspondance entre *différence* et *système*), mais aussi parce qu'« *arbitraire* et *différentiel* sont deux qualités corrélatives » (*CLG*, p. 163) (il y a correspondance entre *arbitraire* et *différence*).

Tels sont les problèmes que tout notre travail considérera, surtout dans la Première et la Troisième parties.

Le paradoxe, en général, c'est-à-dire au sens de ce qui va à l'encontre du point de vue communément admis, implique de poser non seulement une question difficile à résoudre, mais aussi un problème dont il est difficile de percevoir l'existence même. Cette difficulté du paradoxe à arriver à la conscience ne concerne-t-elle pas le problème de l'inconscient, au moins dans le sens de l'« inconscient descriptif », voire, selon le mot d'Arrivé, l'« autre inconscient » ? S'il en est ainsi, explorer les concepts paradoxaux de la théorie saussurienne (notamment celui de « système » où chaque terme ne se détermine que par rapport à celui de « différence négative » et à celui d'« arbitraire du signe ») ne constitue-t-il pas une approche en quelque sorte implicite du problème de l'inconscient chez Saussure ?

***

Il convient pour terminer de préciser un problème philologique. On sait que Saussure n'a pas écrit lui-même le fameux ouvrage qui devait faire de lui « le père du structuralisme ». Notre lecture des textes saussuriens se fondera en principe, non sur le *CLG* publié par Charles Bally et Albert Séchehaye, la « vulgate » [9] de la linguistique moderne, mais sur ses sources manuscrites : les notes des étudiants qui ont

---

9 Selon Gadet (1987, p. 14, n. 1), l'expression apparaît pour la première fois chez Lepschy (1967).

suivi les trois cours de linguistique générale professés par Saussure dans les dernières années de sa vie (1907-1911), et ses propres notes. Nous pouvons constater en confrontant le *CLG* à ses sources que le caractère posthume de la publication a amené les éditeurs à ne pas reproduire tous les détails donnés par Saussure devant les étudiants et à modifier le plan des cours réellement professés (les rédacteurs ont suivi le plan de 1911 pour synthétiser l'ensemble des trois cours). On constate surtout que, sans doute soucieux de présenter une pensée claire et didactique, ils ont souvent supprimé les nuances, hésitations, repentirs et corrections d'un professeur qui s'exprimait à l'oral avec la liberté de qui n'envisage pas de publication. [10] D'où notre préférence pour les textes authentiques : la plupart de nos citations saussuriennes proviendront de l'édition critique de Rudolf Engler (abrégée *CLG/E*).

Cette précision vaut aussi pour notre lecture : notre intérêt est surtout théorique. Autrement dit, nous ne lisons pas Saussure comme une doctrine classique, rigide et close, mais dans sa potentialité théorique : les fluctuations, les contradictions de la pensée du linguiste, qui se trouvent éparpillées dans les textes authentiques, dans les passages des notes d'étudiants que les éditeurs du *CLG* n'ont pas retenus, suggèrent des développements et stimulent la réflexion : c'est aussi une bonne raison pour suivre les manuscrits.

---

10 Cf. entre autres la préface de la première édition du *CLG* ; *SM*, p. 95 et s. ; *CFS* 15, p. 3-5 (Préface de Robert Godel à la publication des notes des étudiants de l'Introduction du deuxième cours) ; *CLG/D*, p. V et p. 406-407 ; Tullio De Mauro (1969), p. 117 et s. ; Préface du *CLG/E*.

PREMIÈRE PARTIE

LA LANGUE ET SON OMBRE

INTRODUCTION

La présente Première partie vise à étudier la notion de « langue » en termes de communication. La raison pour laquelle nous rapprochons de la communication la conception saussurienne de la langue provient avant tout de la complexité de cette notion.

Il est certain qu'elle occupe une place centrale dans la théorie de Saussure, bien que ce dernier, à la vérité, n'ait jamais prononcé la fameuse phrase conclusive du *CLG* : « *La linguistique a pour unique et véritable objet la langue envisagée en elle-même et pour elle-même* » [1]. Par ailleurs, la linguistique générale de Saussure inclut une science à venir dont l'objet serait d'observer tout ce qui a trait aux signes, la *sémiologie*, dont la langue serait « le patron général » (*CLG/E* 290, II R12-13). Ainsi la langue se présente-t-elle non seulement comme « l'unique objet » de la linguistique mais aussi comme le compartiment central de la sémiologie. Malgré une telle importance théorique, la langue reste une notion complexe, difficile à comprendre. Saussure en donne nombre de définitions, nombre de fois contradictoires. Est-ce une convention ou une activité ? Sociale ou individuelle ? Abstraite ou concrète ? Statique ou dynamique ? [2]

---

1 Ce dernier alinéa a été rédigé par les éditeurs. Cf. *SM*, p. 119 et 181, *CLG/E* 3281 et *CLG/D*, p. 476, note 305.

2 L'aspect statique de la conception saussurienne de la langue a fait couler beaucoup d'encre. Ici ce « statisme » a, selon la vue répandue, deux sens : l'absence d'historicité et celle de la linguistique de la parole. La critique de la non-historicité est représentée entre autres par Jakobson (1931) qui se fonde sur la thèse de la synchronie dynamique, tandis que c'est Benveniste qui, incarnant la pragmatique post-saussurienne, a développé, du point de vue de l'instance de discours, une théorie de la parole (*PLG* I, chap. XX et XXI) et a proposé la distinction entre *sémiotique* et *sémantique* (*PLG* II, chap. III et XV). Yong-Ho Choi (2002, chap. I) résume et analyse de façon claire les principales critiques adressées de ce point de vue à la théorie saussurienne.

Son caractère social et son caractère individuel ne constituent-ils pas une antinomie ? Le caractère social de la langue relèverait de sa nature de code social, étant donné que « la langue est faite pour communiquer avec ses semblables » (*CLG/E* 142, II R4). S'il en est ainsi, dans quel sens Saussure parle-t-il de langue individuelle ?

Le caractère social de la langue, c'est-à-dire le fait que la langue soit conçue comme un code social, est-il compatible avec cette autre propriété de la langue qui est qu'elle constitue un système de différences [3] ? Selon Saussure, la langue est un système dont la valeur des termes n'est déterminée que par leurs différences réciproques. D'où un paradoxe : les signes dépendent de leurs différences réciproques tandis que le rapport entre eux implique que chacun ait une identité propre. De cette détermination mutuelle des signes s'ensuit que rien d'extérieur – référent, objet du monde, ou comme on voudra dire – ne vient ni garantir leur valeur de façon positive, ni garantir l'identité du signifié d'un mot d'un individu, sujet parlant, à un autre.

Ainsi se pose le problème de la communication. D'une part la langue est un code social censé permettre l'intercompréhension, de l'autre elle ne dispose pas du moyen de garantir l'identité du code d'un individu à l'autre. Si l'on restait fidèle aux prémisses saussuriennes, notamment à la conception différentielle et négative du sens, il se produirait une catastrophe au niveau de la communication. Pourtant, à en juger par ce qui se passe dans la vie quotidienne, les sujets parlants d'une même langue ne connaissent pas de telles difficultés de compréhension mutuelle. La question se pose donc de savoir comment une communication linguistique est possible. Comment concilier les deux conceptions de la langue, (i) comme code social, garant de la communication, et (ii) comme système de différences, génératrice d'éventuels obstacles à la communication ?

Précisons notre démarche. Le premier chapitre examinera le rapport difficile entre « langue sociale » et « langue individuelle », en étudiant l'opposition entre « langue » et « parole » et en poursuivant le développement de la pensée de Saussure sur ce sujet entre 1907 et 1911. Nous observerons comment il réussit à dégager la langue de l'ensemble hétéroclite du langage dans ce qu'il appelle « le circuit de

3 Il est vrai que Saussure n'a jamais proposé cette formule de « système de différences ». Mais prenant en compte l'importance de la place occupée par le concept de différence dans sa théorie du système, nous nous sommes autorisé à y recourir. Comme l'écrit Normand, « les définitions de la langue comme système de différences et de l'acte linguistique comme fonctionnement des deux sortes de rapports (de combinaison et d'association), semblent fondamentales [...] » (1976, p. 28).

la parole », ce qui permet de comprendre l'angle sous lequel il envisage par ailleurs la langue et le critère à partir duquel il a élaboré la notion.

Le chapitre 2 développera le problème de la langue individuelle en montrant sa compatibilité avec la notion de code à partir de la notion de « système de différences » et nous examinerons les points de vue de Tullio De Mauro et de René Amacker sur le sujet.

Le chapitre 3 reviendra sur ce qui rend possible la communication malgré les difficultés théoriques présumées. Nous étudierons le circuit de la communication en y emboîtant notre conception de la langue individuelle comme code. Nous verrons que c'est une conscience de type épilinguistique qui constitue le support du processus : ce que nous appellerons « la croyance immotivée en une langue commune », universelle au sein d'une même communauté linguistique – qui explique aussi la reproduction de la langue elle-même.

1

LA LANGUE SOCIALE

Nous examinerons dans ce chapitre la notion de langue selon Saussure. Il est notoire que cette notion présente plusieurs aspects de nature différente [1], et pose de ce fait des difficultés de compréhension. Nous l'étudierons d'abord dans son opposition à la parole et dans le rapport entre fait social et fait individuel ; puis nous observerons comment Saussure a dégagé le concept de langue de l'ensemble du langage. Notre objectif est d'éclairer l'optique dans laquelle il a visé la langue et de localiser le vif de sa conception de cet objet.

1.1 La langue et la parole

Le fait que deux catégories contradictoires, au moins à première vue, « le fait individuel » et « le fait social », soient appliquées par le maître genevois à sa conception de la langue permet de penser que cette contradiction apparente émane d'une particularité du point de vue propre à Saussure au sens où lui-même a parlé de « point de vue ».

Les catégories « fait individuel » et « fait social » se voient souvent appliquées à la langue dans des contextes où Saussure oppose celle-ci à la parole. Aucune considération sur la langue ne serait ainsi possible selon lui sans évoquer la parole, chacun des deux concepts étant la contrepartie de l'autre. Il insiste sur la nécessité de les distinguer malgré leur rapport complémentaire :

> « Nous concluons, s'il est vrai que les deux objets langue et parole se supposent l'un l'autre, ne peuvent exister l'un sans l'autre, en re-

---

1 Rudolf Engler divise la notion de langue en huit catégories : 1° comme abstraction des langues ; 2° comme partie essentielle du langage ; 3° comme sécrétion de la parole ; 4° comme fait individuel ; 5° comme fait social ; 6° comme produit du temps ; 7° comme produit sémiologique ; 8° comme combinaison pensée-son (*Lexique de la terminologie saussurienne*, Utrecht et Anvers, Spectrum, 1968, *s.v.* Langue).

vanche ils sont si peu semblables de nature qu'ils appellent chacun leur théorie séparée. » (*CLG/E* 342, IIIC 308b)

Quelle est cette différence de nature ? Voici les fameuses définitions définitives de *langue* et de *parole*, données relativement tard en regard de leur importance pour l'ensemble de la théorie saussurienne, seulement dans le troisième cours (1910-1911), dans la leçon du 28 avril 1911 :

> « Langue : Passive et résidant dans la collectivité. Code social, organisant le langage et formant l'outil nécessaire à l'exercice de la faculté du langage. Parole : active et individuelle. Il faut distinguer deux choses : – Usage des facultés en général en vue du langage (phonation etc.) – Aussi : usage individuel du code de langue selon la pensée individuelle. » (*CLG/E* 245-247, III C270)

On remarque que les deux notions sont qualifiées de façon dichotomique : la série de catégories « passivité, collectivité ; code social, outil » pour la langue, face à la série « activité, acte ou usage individuel ; pensée individuelle » pour la parole. Ainsi « le social » est-il attribué à la langue, et « l'individuel » à la parole.

Cependant on trouve des passages qui attribuent inversement « le social » à la parole et « l'individuel » à la langue. Dans le premier cours (1907), après avoir parlé du mécanisme de la création analogique, basé sur le jeu de la langue et de la parole, Saussure insiste sur l'importance de leur distinction et les oppose :

> « De ces deux sphères, la sphère parole est la plus sociale, l'autre est la plus complètement individuelle. La langue est le réservoir individuel ; tout ce qui entre dans la langue, c'est-à-dire dans la tête, est individuel. » (*CLG/E* 2560, I R2.24)

Après quoi Riedlinger note une réaction qui exprime l'étonnement des étudiants : pour eux c'est la langue qui doit être sociale :

> « Je vois que tout le monde, au cours, avait compris comme moi, même Caille qui sténographiait ! » (*CLG/E* 2560, I R2.24)

Cette attribution inversée du social à la parole et de l'individuel à la langue s'explique pourtant par l'antériorité de la parole comme activité sociale sur la langue comme dépôt dans le cerveau individuel :

> « S'il est vrai que l'on a toujours besoin du trésor de la langue pour parler, réciproquement, tout ce qui entre dans la langue a d'abord été essayé dans la parole un nombre de fois suffisant pour qu'il en résulte une impression durable ; la langue n'est que la consécration de ce qui avait été évoqué par la parole. » (*CLG/E* 2522 = 2560, I R2.23)

Pourtant, à ce passage succède une nouvelle inversion des propriétés :

« Tout ce que l'on considère en effet dans la sphère intérieure de l'individu [= la langue !] est toujours social parce que rien n'y a pénétré qui ne soit d'abord consacré par l'usage de tous dans la sphère extérieure de la parole. » (*CLG/E* 2560, I R2.25, entre crochets par Riedlinger)

L'explication n'est plus difficile : le caractère social de la langue, dans ce cas-là, provient de la parole.

Pour comprendre les fluctuations dans la façon qu'a Saussure d'attribuer les catégories « social » et « individuel » aux termes de *langue* et de *parole*, rappelons que les définitions définitives qui assignent tout à fait formellement « le social » à la langue et « l'individuel » à la parole, n'ont été données qu'à la fin de son enseignement. Ce qui expliquerait assez bien – si nous prenons en compte l'évolution de sa pensée de 1907 à 1911, période où il a professé trois cours de linguistique générale – ses revirements troublants, puisqu'il a proposé la distinction *langue / parole* pour la première fois plus de quatre ans avant son dernier cours. Mais on remarquera aussi que dans le passage du premier cours déjà cité, la langue et la parole sont définies de façon dialectique tandis que les définitions du troisième cours sont plutôt formelles.

Toujours est-il que la langue est double : « il y aura toujours la langue individuelle et la langue sociale. » C'est dans la première leçon du deuxième cours (1908-1909), en novembre 1908, que Saussure insiste sur cette dualité :

« De quelque côté qu'on prenne la langue, il y a toujours un double côté qui se correspond perpétuellement, dont une partie ne vaut que par l'autre. » (*CLG/E* 133, II R3, déjà cité)

Et il énumère les faits qui représentent la dualité linguistique : d'abord, le côté acoustique et le côté articulatoire du son, puis le son et le sens, et enfin le caractère social *vs* individuel de la langue :

« Cette unité complexe doit trouver sa sphère au moins dans deux individus : donc troisième unité complexe. Le passage de la bouche d'un monsieur A à l'oreille d'un monsieur B et réciproquement constitue toute la vie de la langue. Ce qui implique chaque fois le passage par l'esprit des sujets parlants. Pour se servir de la double unité complexe, il faut au moins deux individus ; à un seul la langue ne servira à rien. La langue est faite pour communiquer avec ses semblables. Enfin ce n'est que par la voie sociale que la langue reçoit sa consécration.

> Dans la langue, il y a donc toujours un double côté qui se correspond :
>
> elle est sociale / individuelle
>
> Si on considère donc la sphère où la langue vit, il y aura toujours la langue individuelle et la langue sociale. Formes, grammaires n'existent que socialement, mais les changements partent d'un individu. » (*CLG/E* 142, 141, II R4-5)

Ici aussi il conviendrait d'être attentif à la chronologie pour se garder d'accorder à ce passage un trop grand poids terminologique : il provient du début du deuxième cours – lorsque Saussure n'a pas encore proposé les définitions de *langue* et de *parole* aux étudiants de cette année-là. En conséquence, l'usage des termes pourrait être indéterminé et il n'est pas sûr qu'ici il entende par « la langue » ce qu'elle est en opposition avec la parole. Réciproquement il est possible que ce qu'il appelle ici « le côté individuel » de la langue corresponde à ce qui est désigné d'ordinaire dans la terminologie saussurienne par « parole », ce qui fait forcément que « le côté social » doit signifier « langue ». Le fait que Saussure attribue « formes, grammaires » au côté social de la langue, et « changements » au côté individuel va dans le sens de cette conjecture. Quoi qu'il en soit, Saussure poursuit ainsi :

> « Donc, *la langue* est un ensemble de conventions nécessaires adoptées par le corps social pour permettre l'usage de la faculté du langage chez les individus (définition). La faculté du langage est un fait distinct de la langue, mais qui ne peut s'exercer sans elle. Par *la parole* on désigne l'acte de l'individu réalisant sa faculté au moyen de la convention qui est la langue (définition). Dans la parole, il y a une idée de réalisation de ce qui est permis par la convention sociale. » (*CLG/E* 160, II R6-7)

Ici, pas de fluctuations comme celles du premier cours en ce qui concerne l'attribution des catégories « individuel » et « social ». Elles semblent être nettement attribuées, « l'individuel » à la parole, « le social » à la langue. Ces définitions qui accentuent le caractère social de la langue comme un ensemble de conventions et le caractère individuel de la parole comme l'acte de réalisation de la faculté du langage, sont, dans leur netteté, plus proches du troisième cours que du premier. La langue était tantôt sociale, tantôt individuelle dans le premier cours tandis que dans le dernier elle n'est que sociale et définie ainsi au nom du *code* social. Il y a probablement là un développement de la pensée de Saussure au cours des années. Mais ce changement de la définition de la langue, passant avec le temps du double sens à l'univocité, ne nous intéresse pas outre mesure : nous ne regrettons pas l'appauvrissement sémantique du terme parce que la dualité de la langue comme socio-individuelle, observée dans le premier cours, n'était pas « vraie » au sens propre. Le lecteur se demandera peut-être quelle doit être la « vraie dualité » d'une langue socio-individuelle. Avant d'aborder cette question, nous récapitulerons nos observations des définitions saussuriennes de la langue.

Nous avons constaté à travers les trois cours les deux cas de définitions : 1. langue = sociale, parole = individuelle (I, II, III) ; 2. langue = individuelle, parole = sociale (I, II ?) ; en nous référant surtout à l'interaction décrite dans le premier cours, nous pourrons les reformuler comme suit : la parole est sociale puisqu'elle est une activité sociale, tandis qu'elle est individuelle en tant qu'usage individuel du code de langue selon la pensée individuelle. Si la langue est sociale, c'est qu'elle est un code social et elle ne l'est que par la « consécration » sociale. Et si elle est individuelle, c'est qu'elle est un « dépôt » placé dans le cerveau individuel.

Ces deux catégories opposées, attribuées à la langue, « le social » et « l'individuel », ne constituent pas une véritable antinomie. Car chacune concerne un côté différent, « le social » portant sur la langue comme code, « l'individuel » sur le lieu où s'observe la langue comme trésor. Saussure insiste sur l'importance de l'observation de l'individu :

> « Cette opposition de langue et de parole qui nous est mise ici dans la main, cette opposition est très importante par la clarté qu'elle jette dans l'étude du langage. Un moyen de rendre particulièrement sensible et observable cette opposition, c'est d'opposer langue et parole dans l'individu (le langage est social, il est vrai, mais pour nombre de faits, il est plus commode de le rencontrer dans l'individu). On pourra alors presque tangiblement distinguer ces deux sphères : langue et parole : Tout ce qui est amené sur les lèvres par les besoins du discours et par une opération particulière, c'est la parole. Tout ce qui est contenu dans le cerveau de l'individu, le dépôt des formes entendues et pratiquées et de leur sens, c'est la langue. » *(CLG/E* 2560, I R2.24)

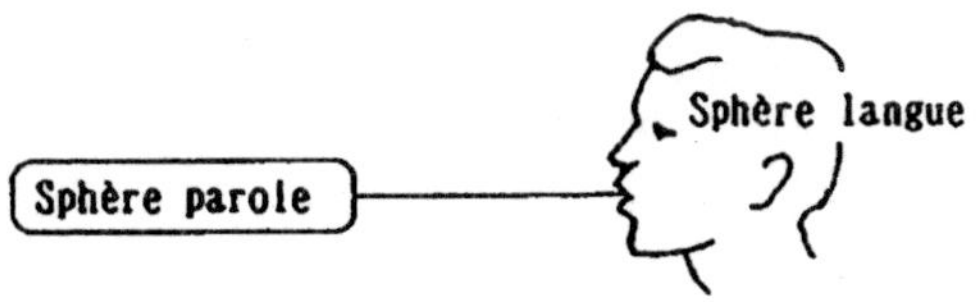

Ainsi, l'opposition *langue / parole* est bien sensible si on l'observe chez l'individu où on peut attribuer la langue et la parole à des organes concrets : la langue au cerveau, la parole à la bouche. Dans ce sens-là, elles sont toutes deux individuelles.

Pour résumer : Saussure a parlé, surtout dans le premier cours, tantôt de langue sociale, tantôt de langue individuelle. Mais cette dualité « langue sociale » *vs* « langue individuelle » converge avec le temps vers l'univocité d'une « langue sociale » définie formellement dans le troisième cours. Ce changement n'est cependant pas important, car la dualité initiale n'était pas véritable : alors, la langue n'était individuelle que parce qu'elle s'observait dans l'individu. Ce caractère de la langue ne constitue pas une antinomie avec la langue conçue comme un code social. D'ailleurs la langue reste toujours sociale en tant que code.

C'est plutôt cette univocité de la conception saussurienne de la langue qui nous intéresse. Car nous supposons qu'il s'agit là de l'optique dans laquelle Saussure a envisagé la langue et de l'originalité de sa conception. Pour l'examiner, nous passerons à ce qu'il appelle le « circuit de la parole », où il dégage la langue de l'ensemble de l'activité du langage entre deux sujets parlants.

1.2 Le circuit de la parole

Nous avons constaté que la dualité « fait social » / « fait individuel » ne constitue pas une antinomie : le caractère social de la langue repose sur sa propriété de code social qui permet la parole comme activité sociale, tandis que son caractère individuel provient du fait qu'en tant que dépôt dans le cerveau elle s'observe facilement chez l'individu. Il s'ensuit que la conception saussurienne de la langue tend vers l'univocité du code social telle que définie formellement dans le dernier cours. Mais d'où vient cette univocité de la langue comme code social ? Quel est le critère d'une telle conceptualisation ? Nous approfondirons le problème en examinant un autre passage du dernier cours.

Ce passage se trouve juste avant celui où Saussure a donné les définitions définitives de langue et de parole citées plus haut : l'examen du « circuit de la parole » sert, dans le fil de ses discussions sur les notions de langue et de parole, d'appareil théorique par lequel les concepts sont élaborés de façon minutieuse. Autrement dit, c'est une reprise raffinée, et appréciablement exposée sous un autre angle, du débat sur l'interdépendance *langue / parole* développé dans le premier cours, que nous avons également évoqué ci-dessus. L'idée de Saussure, en parlant du « circuit de la parole », est de séparer du langage comme ensemble de phénomènes linguistiques en général, la langue comme objet concret de la linguistique. Autant dire que le langage comme totalité se compose des deux parties que sont la langue et la parole. Poursuivons maintenant la démarche de Saussure qui dégage la langue de tout le reste du circuit :

« Considérons dans les sphères diverses où se meut le langage la sphère spéciale qui correspond à ce qui est pour nous la langue.

Ces sphères ont à être observées dans l'acte individuel. L'acte individuel quand il s'agit de langage suppose deux individus. On aura ainsi au complet ce qu'on peut appeler le circuit de la parole.

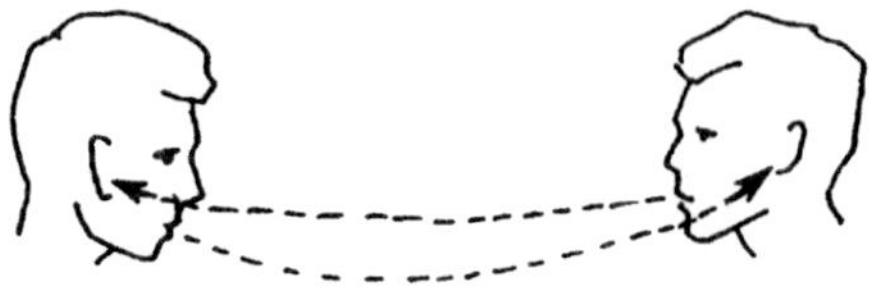

Dans le centre associatif, purement psychique, sont mis en contact un concept verbal et une image verbale. » (*CLG/Æ* 194-196,198, III C266)

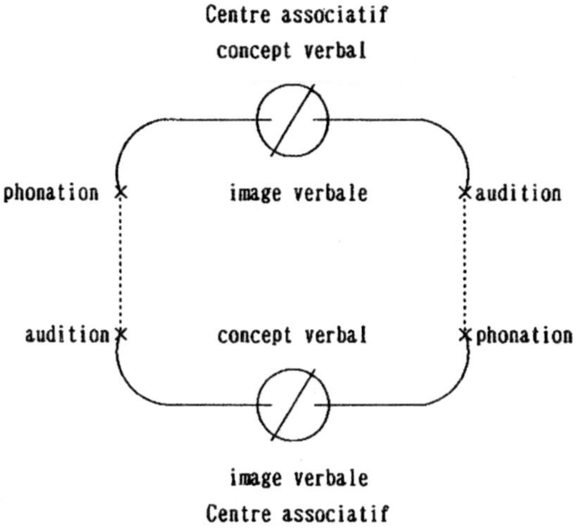

Les éditeurs du *CLG* formulent bien ce que ces figures veulent désigner en appelant *A* et *B* les deux personnes qui s'entretiennent :

« Supposons qu'un concept donné déclenche dans le cerveau [de *A*] une image acoustique correspondante : c'est un phénomène entièrement *psychique*, suivi à son tour d'un procès *physiologique* : le cerveau transmet aux organes de la phonation une impulsion corrélative à l'image ; puis les ondes sonores se propagent de la bouche de *A* à l'oreille de *B* : procès purement *psychique*. Ensuite, le circuit se prolonge en *B* dans un ordre inverse : de l'oreille au cerveau, transmission physiologique de l'image acoustique ; dans le cerveau, association psychique de cette image avec le concept correspondant. Si *B* parle à son tour, ce nouvel acte suivra – de son cerveau à celui de *A* – exactement la même marche que le premier et passera par les mêmes phases successives… » (*CLG* p. 28)

Ainsi la parole a-t-elle bouclé son circuit.

Mais il convient de s'attarder sur la façon insistante dont Saussure divise le circuit en différents éléments, à plusieurs reprises, dans différentes optiques. D'abord division en trois, physique, physiologique et psychique :

« Nous avons sur cette figure les éléments fondamentaux. Il y a :

1. une partie purement physique : les ondes sonores.

2. des parties physiologiques : la phonation et l'audition.

3. comme éléments psychiques nous avons l'image verbale (ou acoustique).

Cette image acoustique est à distinguer entièrement du fait non psychique (physique) du son. L'image verbale (acoustique) c'est le son rendu en sensations psychiques. Elle est aussi psychique que le concept qui lui est attaché. Le concept et l'image acoustique sont également psychiques. » (*CLG/E* 202, 204-206, III C266)

Ainsi est-ce le troisième, psychique, des trois éléments qui correspond au signe, donc à la langue. Saussure continue d'effectuer des divisions cette fois dichotomiques :

« 1. Division du circuit en partie extérieure et partie intérieure. La partie extérieure sera représentée par vibration du son allant des lèvres à l'oreille, l'autre (partie intérieure) par tout le reste.

2. Division en partie physique (vibration et mouvement de l'appareil vocal) et en partie psychique (tout le reste). […]

3. On peut voir division en partie passive (de l'audition au centre associatif) et en partie active (du centre associatif à l'action).

4. Dans la partie psychique même prise seule, si nous distinguons la partie active et passive, elle pourra s'appeler exécutive et réceptive. » (*CLG/E* 208-211, III C268)

Nous avons ainsi une série de dichotomies : « extérieur » / « intérieur », « physique » / « psychique », « actif » / « passif », « exécutif » / « réceptif ». Ne font-elles que refléter, une fois de plus, le goût saussurien pour la dichotomie, la trichotomie ? Ici, supposons-nous, Saussure essaie de localiser le siège de la langue en quadrillant le paysage comme un chasseur qui traque sa proie, de sorte que la localisation une fois atteinte permette de saisir d'emblée les caractères essentiels de la langue. Continuons la lecture :

> « Si tout en restant dans le cas individuel on considère ce même circuit pour tous les mots, pour toutes les occasions répétées qui se présenteront, il faudra ajouter une case, une opération de coordination régulière (dès qu'il y aura pluralité d'images verbales reçues) pour cet ensemble qui arrive peu à peu à la conscience. Elles entreront dans un certain ordre pour le sujet. Par cette coordination nous approchons de l'idée de la langue [...]. » (*CLG/E* 212, 214-215, III C268)

Saussure accorde de l'importance à la partie du circuit où les images acoustiques reçues par le sujet se coordonnent suivant l'ordre de la langue. Et en appelant la formation du dépôt de la langue dans l'individu « capitalisation », « cristallisation sociale », il s'interroge :

> « Quelle partie du circuit peut donner lieu à cette capitalisation, cristallisation sociale ? Ce n'est pas une partie quelconque ; ce n'est pas la partie physique. Ainsi nous sommes frappés d'une langue étrangère que nous ne connaissons pas, mais nous ne sommes pas dans le fait social de la langue. » (*CLG/E* 223-226, III C268-269)

Le son d'une langue étrangère que nous ne comprenons pas n'est que physique. Par conséquent la coordination des images acoustiques dans l'ordre de la langue n'est pas possible. Autrement dit, « le fait social » signifie ici le fait que le son perçu est compris comme du sens linguistique grâce à la coordination qui le rend significatif.

Ainsi Saussure prend-il pour lieu de cristallisation de la langue la partie où des sons reçus se coordonnent dans l'ordre des images acoustiques.

> « C'est la partie réceptive et coordinative (qui est sociale), voilà ce qui forme un dépôt chez les différents individus, lequel arrive à être appréciablement conforme chez tous les individus. C'est cette sphère-là qui nous représente la sphère de la langue. Ce sont ces milliers d'images verbales associées chez les individus à autant de concepts placés en regard. » (*CLG/E* 229, 232, III C269)

Le siège de la langue est localisé dans la partie *réceptive et coordinative* qui se dégage de l'ensemble du circuit dans lequel se stratifient différentes parties physique, physiologique, psychique, etc. C'est-à-dire que Saussure saisit le caractère social de la langue (la « cristallisation sociale ») là où le son physique est reçu, coordonné et compris comme un son significatif par le sujet, là aussi où la langue est déposée dans l'individu.

Nous l'avons dit, ces divisions du circuit de la parole en parties hétérogènes avaient pour but de dégager de l'ensemble hétéroclite du langage les propriétés essentielles de la langue. Récapitulons la série de qualités attribuée à la langue et la série laissée au reste, à savoir à la parole (car le langage moins la langue égale la parole) : pour la langue, intérieure, psychique, passive, réceptive, coordinative ; pour la parole, extérieure, physique, physiologique, active, exécutive (psychique). Ainsi devient bien claire l'opposition langue / parole.

Dans les notes des étudiants du troisième cours se trouve la figure suivante :

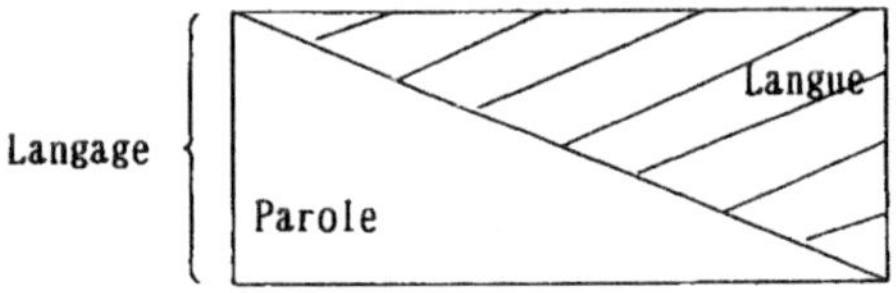

(*CLG/E* 244, D, S, J, C)

En passant, nous remarquerons que tout ce qui précède débouche sur l'asymétrie des sujets parlants : le sujet récepteur et le sujet exécuteur : le premier est attribué à la langue, le second à la parole.

Quel est le critère qui joue dans toute cette opération de « dégagement » de la langue ? Ce critère n'est autre que la compréhension, donc la *réussite de la communication* : nous ne sommes « dans le fait social de la langue » que si nous comprenons le mot ; *a contrario,* « par notre incompréhension, nous restons en dehors du fait social » (*CLG* p. 30). Le vif de la conception saussurienne de la langue se trouve là : c'est une conception qui repose sur la signification pour le sujet parlant, sur sa compréhension. Dans cette optique la langue n'est nécessairement rien d'autre qu'un code social garant de la communication. En d'autres termes, elle est surtout liée à l'acte du sujet récepteur, compréhension de celui qui écoute, disons sujet *entendant*, dans le double sens du terme.

Nous avons vu que la dualité « fait social » / « fait individuel » de la langue ne constituait pas une vraie contradiction puisque la langue est sociale en tant que code social et qu'elle est individuelle, non pas comme code, mais étant observée dans l'individu. Tout le procédé par lequel Saussure a dégagé la langue du circuit de la parole, témoigne de l'accent mis sur le côté social de la langue et non sur son caractère individuel : la langue est pour Saussure toujours sociale, même quand elle est individuelle, c'est-à-dire quand elle est observée dans l'individu ; elle est dès l'abord sociale en tant que code, un code suivant lequel les sons reçus se coordonnent et deviennent significatifs. Et ce n'est rien d'autre que la communication qui joue là comme critère de la langue, toute construction conceptuelle de la notion de langue, à notre examen, partant dès l'abord de la réussite de la communication.

Pour Saussure, la langue ne peut être que sociale parce que, dans son optique, elle doit être un code. Une langue individuelle ne peut pas se concevoir comme un code dans la mesure où tout code doit assurer la communication entre au moins deux individus.

2

LA LANGUE INDIVIDUELLE

Nous mènerons dans ce chapitre des réflexions sur le problème de la langue individuelle. Nous essaierons de justifier – en dépit de l'importance accordée par Saussure au caractère social de la langue mais à partir des propositions de Saussure lui-même –, la possibilité que le code linguistique en tant que système de différences constitue pour chaque sujet parlant une langue individuelle. Nous examinerons les points de vue de deux saussuriens, Tullio De Mauro et René Amacker, sur cette question.

2.1 Le système saussurien et le caractère individuel de langue

Comme nous l'avons constaté, la conception saussurienne de la langue met l'accent sur son côté code social plutôt que sur son caractère individuel. Ainsi s'explique pourquoi la théorie saussurienne de la linguistique ne recouvre pas la théorie de la communication : la notion de langue se dégage de la réussite de la communication dans un circuit de la parole bien bouclé. Cette réussite n'a pas, pour Saussure, à être interrogée ; c'est un des postulats de sa linguistique.

S'impose immédiatement une question : cette conception saussurienne de la langue qui n'accorde d'importance qu'au code social est-elle compatible avec un autre côté essentiel de la théorie, à savoir que la langue est un « système de différences » ? Nous examinerons cette question en confrontant les deux termes, « la langue sociale comme code » d'un côté, « système de différences » de l'autre :

> « Il n'y a dans la langue (c'est-à-dire un état de langue) que des différences. Différence implique pour notre esprit deux termes positifs entre lesquels s'établit la différence. Mais le paradoxe est que : dans la langue il n'y a que des différences sans termes positifs. » (*CLG/E* 1939-1940, III C403)

Cette idée de système de différences est une des intuitions les plus vigoureuses et les plus fructueuses de la linguistique saussurienne :

> « deux [termes] ne valent donc que par leur réciproque différence [...] aucun ne vaut [...] autrement que par ce même plexus de différences éternellement négatives. » (*CLG/E* 3297=1903, N 10, p. 33)

D'où le refus que la langue soit une nomenclature où « d'abord l'objet, puis le signe » (*CLG/E* 3299=1091, N 12, p. 12) :

> « Quand on étudie la langue comme l'étudient les psychologues, les philosophes ou même comme le public [...] ils considèrent la langue comme une nomenclature et suppriment ainsi la détermination réciproque des valeurs par leur coexistence même. Toutes les grandeurs dépendent les unes des autres : Veut-on ainsi déterminer en français ce qui est *jugement* ? On ne peut le définir que par ce qui l'entoure, soit pour dire ce qu'il est en lui, soit pour dire ce qu'il n'est pas. [B : le mot *jugement* ne peut être défini, par exemple, que par des termes proches. Le phénomène est à remarquer dans la traduction.] De même si on veut le traduire dans une autre langue. De là apparaît la nécessité de considérer le signe, le mot, dans l'ensemble du système. De même les synonymes *craindre*, *redouter* n'existent que l'un à côté de l'autre : *craindre* s'enrichira de tout le contenu de *redouter* tant que *redouter* n'existera pas. Il en serait de même de *chien*, *loup*, quoiqu'on les considère comme des signes isolés. [G : Même allons plus loin : *chien* désignera le loup tant que le mot *loup* n'existera pas. Le mot donc dépend du système ; il n'y a pas de signe isolé.] » (*CLG/E* 301-303, II R18. Entre crochets, B : note de Bouchardy, G : note de Gautier, insérées par nous) [1]

Non seulement Saussure critique le point de vue nomenclateur mais il évoque, en parlant de la détermination réciproque de la valeur des mots dans le système, le problème de la traduction : « Le phénomène est à remarquer dans la traduction ». Etant donné que selon ce principe anti-nomenclateur, il n'y a pas d'objet avant le signe, les mots d'une langue n'ont pas de correspondants extralinguistiques qui garantiraient leur équivalence avec les mots d'une autre langue.

> « Si les idées étaient prédéterminées dans l'esprit humain avant d'être mis en langue, les termes de toutes les langues se correspondraient exactement.

---

1 Ce passage, qui prépare par des exemples convaincants la saisie de la nature de la langue en tant que système de différences négatives, est réduit à une phrase dans le *CLG* : « Il y a d'abord la conception superficielle du grand public : il ne voit dans la langue qu'une nomenclature [...], ce qui supprime toute recherche sur sa nature véritable. » (p. 34).

français	allemand
cher	*lieb, theuer* (aussi moral)

Il n'y a pas correspondance exacte. » (*CLG/E* 1887, III C400)

Cette difficulté de la traduction, provenant de la nature de la langue en tant que système de différences, ne se produit-elle qu'entre idiomes ? Est-il impossible de supposer qu'un tel problème touche aussi les individus appartenant à une même communauté linguistique ? De supposer un écart entre la langue de l'individu *A* et celle de l'individu *B* qui partagent un même idiome *L*. Si les systèmes des sujets parlants ne sont pas identiques, il ne serait pas inimaginable que des phénomènes de non-correspondance analogues à ceux qu'on peut observer en traduction puissent se produire : échec ou difficulté de communication.

Cette possibilité qu'il y ait des langues individuelles en tant que codes, nous avons vu Saussure l'évacuer de sa définition théorique de la langue. Mais comment « une langue individuelle en tant que code » est-elle possible ? Essayons d'en donner des justifications.

1. Genèse de la langue chez l'individu : la langue est déposée dans nos cerveaux par la pratique de la parole :

   « Tout ce que l'on considère en effet dans la sphère intérieure de l'individu [= la langue !] est toujours social parce que rien n'y a pénétré qui ne soit d'abord consacré par l'usage de tous dans la sphère extérieure de la parole. » (*CLG/E* 2560, I R2.25, entre crochets par Riedlinger)

   « Tout ce qui entre dans la langue a d'abord été essayé dans la parole un nombre de fois suffisant pour qu'il en résulte une impression durable ; la langue n'est que la consécration de ce qui avait été évoqué par la parole… Tout ce qui est contenu dans le cerveau de l'individu, le dépôt des formes entendues et pratiquées et de leur sens, c'est la langue. » (*CLG/E* 2560, I R2.23-24)

   Ainsi la langue n'est autre qu'une accumulation de différences sémiotiques (« formes entendues et pratiquées et de leur sens ») que l'individu a vécues et répétées dans son passé. Elle est en quelque sorte le résultat de toutes les expériences linguistiques du sujet parlant. D'où l'on peut conclure que comme personne ne peut jamais avoir tout à fait le même passé qu'autrui, nul n'a naturellement la même langue.

2. La langue étant le dépôt de ce qui est vécu dans la vie sociale, a besoin de « consécration » sociale (*CLG/E* 155, II R5) :

   « La langue, pour s'imposer à l'esprit de l'individu, doit d'abord avoir la sanction de la collectivité. » (*CLG/E* 141=3331, N22.1,2)

Ce besoin de « sanction de la collectivité » n'implique-t-il pas la déviation du code individuel par rapport à *la* langue, et en conséquence des différences entre langues individuelles ?

> « Formes, grammaire n'existent que socialement, mais les changements partent d'un individu. » (*CLG/E* 141, II R5)

La « consécration de la langue », la « sanction de la collectivité » supposent des rectifications mutuelles, exercées par les sujets parlants, en cours de parole, de leur langue plus ou moins « déviée ». C'est ainsi que le dépôt qu'est la langue « arrive à être appréciablement conforme chez tous les individus. » (*CLG/E* 229, III C269). Mais si cette conformité de la langue ne peut s'établir que par le biais de la parole, la possibilité de non-conformité, de déviation, est toujours ouverte.

3. Saussure a laissé des passages qui vont nettement dans ce sens :

   > « Chaque individu a en lui ce produit social qu'est la langue. Langue est le trésor déposé dans notre cerveau, complet dans la masse, plus ou moins complet dans chaque individu. » (*CLG/E* 235, 238, 240, III D6)

   « Plus ou moins complet », c'est-à-dire que :

   > « ce trésor, si on le prend de chaque individu, ne sera nulle part parfaitement complet. » (*CLG/E* 240, III C14)

   Ou encore :

   > « Le fait social, ce sera une certaine moyenne qui s'établira, qui ne sera sans doute complète chez aucun individu. » (*CLG/E* 220, 221, III C268)

   La langue de chacun, en tant que « moyenne », suppose des dérives, des lacunes : elle ne sera jamais « complète », c'est-à-dire identique à la langue « complète » qu'est *la* langue. Incomplète, déviée, la langue individuelle est nécessairement différente de *la* langue, et ceci d'un sujet parlant à un autre.

4. Démonstration négative : Le fait que la langue soit un système de *signes négatifs* – « Dans la langue, il n'y a que des différences sans termes positifs » (*CLG/E* 1940, III C403) – prive du moyen d'établir si la langue est la même d'un individu à l'autre. La langue n'existe pas à la façon d'un objet. Comment confronter « ma langue » à « ta langue » ? Voilà qui découle du principe selon lequel la langue n'est pas une nomenclature : faute d'objet avant le signe, pas de critère qui garantisse d'une langue dans une autre l'équivalence des mots, et pas davantage de critère qui assure l'identité d'une langue individuelle à une autre. Cette impossibilité

n'est-elle pas le corollaire de la possibilité qu'il y ait des « langues individuelles » ?

5. On trouve la trace d'une intention de Saussure d'évoquer les différences entre langues individuelles au chapitre II, « Analyse des sources manuscrites » des *SM*, dans une note concernant un passage du troisième cours où Saussure laisse de côté un point à développer, « vu le peu de temps » (III D261) dont il dispose :

   « [...] Saussure avait-il en vue la diversité interne de la langue (langue littéraire, langue parlée de différents milieux, [...]) ? Ou les différences entre les trésors de langue individuels ? "Il s'agit probablement de la convention qui consiste à considérer les dispositions linguistiques de tous les individus comme identiques, alors qu'elles ne le sont pas [...]" » (Note de Séchehaye, *Coll.* [2], p. 404 [...], Godel, 1957, p. 89, n. 98)

   Ces observations justifient la possibilité qu'existent des « langues individuelles », comprises comme des codes différents d'un individu à l'autre.

2.2 Scepticisme et solipsisme ou praxis et optimisme ? *Le point de vue de Tullio De Mauro*

Nous examinerons dans cette section le point de vue de Tullio De Mauro dans *Une Introduction à la sémantique* (Payot, trad. fr. 1969) au sujet de « la langue individuelle » et du problème de communication entre individus appartenant à une même communauté linguistique.

Lecture : Le système clos et une systématisation ouverte

Dans la section intitulée « La rationalité du système et le mystère de la communication » (Chap. V, « La Langue comme système »), l'auteur remarque quels problèmes paradoxaux la notion saussurienne de système peut poser :

> « Si la valeur, et donc l'identité et l'utilisabilité linguistiques d'une forme dépendent du système dans lequel est insérée la forme, différentes conséquences antinomiques et paradoxales apparaissent alors. » (p. 127)

Il s'agit d'abord du cercle vicieux résultant de la conception saussurienne de la synchronie selon laquelle un terme ne se détermine que par sa coexistence avec les autres :

---

2 C*ollation du Cours III* par A. Séchehaye, deux cartables, 478 p. (BPU, *Ms. Cours univ. 432-433*).

> « D'un côté, nous nous trouvons dans la nécessité d'admettre qu'une forme linguistique n'a rien de linguistiquement concret hors de ses rapports avec les autres formes du système ; mais d'un autre côté, il est impossible de trouver et d'individualiser ces rapports sans faire référence aux formes entre lesquelles ces rapports existent. Nous définissons les termes grâce aux rapports mais les rapports ne peuvent être définis qu'une fois les termes définis. » (p. 127-128)

C'est comme le signale De Mauro l'antinomie que Godel a déjà fait remarquer en traitant la question « des termes et du système » :

> « La linguistique se trouve ainsi enfermée dans un cercle : si les entités sont des termes, elles ne sont définissables que par les phénomènes ou les rapports qui les relient ; ceux-ci, à leur tour, ne peuvent être correctement décrits que si les termes ont été définis. » (Godel, 1957, p. 221)

Selon De Mauro, il en résulte ensuite un paradoxe déjà relevé par Lucidi [3] concernant l'analyse diachronique : ces définitions d'unités et de système la rendent forcément impossible :

> « La valeur, et donc par voie de conséquence le signifié d'un mot, est entièrement fonction du système dont fait partie le mot. [...] La conséquence de cette conception des unités linguistiques et du système est que si l'on ajoute ou l'on enlève un seul élément dans un système, tout le système et toutes les unités se modifient [...] Mais si, pour définir l'entité d'un mot, on n'admettait comme l'admet Saussure que la seule référence aux rapports que le mot a avec les autres mots de son système, la conséquence aurait des implications très graves. Elle revient à dire que rien de linguistiquement concret ne demeure à travers les transformations d'un système, ou d'une unité linguistique, et que rien donc ne permet de parler de transformations. [...] De façon générale, les définitions saussuriennes d'unité et de système linguistique, nées de l'exigence d'expliquer mieux les procédés de la linguistique diachronique sont de nature à rendre inexplicables les bases sur lesquelles on peut instituer des comparaisons et étudier des rapports de continuité entre deux phases successives d'un même élément ou d'un système linguistique dans son ensemble. » (p. 128-129)

De Mauro aborde en troisième lieu la question de la différence de langue entre individus et de leur communication :

> « [...] le problème de l'identité diachronique, c'est-à-dire le pro-

3 La source n'est malheureusement pas mieux précisée par De Mauro.

blème de la validité du rapprochement entre *calidus* et *caldo* ou *chaud*, n'est rien d'autre qu'une variante plus compliquée du problème de l'identité synchronique, c'est-à-dire de la validité de l'identification de *messieurs* et *messieurs* prononcé deux fois de suite [*CLG/E* 1759-1761, II R38-39]. Cela nous laisse à penser que même le paradoxe repéré par Lucidi admet une variante synchronique plus simple. Une variation, fût-elle minime, du patrimoine lexical entre deux individus (et l'on sait que ces variations ne sont généralement pas minimes mais très fortes [...]), devrait faire conclure, et fait conclure si l'on veut rester fidèle aux prémisses saussuriennes, que deux individus parlent toujours des langues différentes car, mis à part le cas exceptionnel d'une coïncidence parfaite et totale entre deux patrimoines linguistiques personnels, mêmes les mots qui paraissent extérieurement communs par des ressemblances phoniques ou par un voisinage grossier de dénotation sont en réalité des mots de signifié différent, puisqu'insérés dans des réseaux différents de rapports. [...] » (p. 130)

Ainsi la linguistique saussurienne est-elle parfaitement cohérente avec elle-même en excluant *a priori* la sémantique. [4]

---

4 L'auteur remarque ailleurs (Chap. VI, « Le scepticisme sémantique ») la même difficulté de communication, issue de la propriété du système saussurien, en le taxant de système clos : « [Selon Saussure] les phrases ont un signifié parce qu'elles sont composées de mots qui ont une valeur déterminée, valeur dont la détermination est garantie par le système dans lequel les formes linguistiques sont intégrées. Pour que le système puisse être considéré comme garant de l'identité sémantique des formes, il est nécessaire de le considérer comme un système rigidement clos, dans lequel chaque élément particulier compte et où "tout est ensemble". Sinon, puisqu'on peut facilement constater que les systèmes linguistiques de chacun, les idiolectes ou les langues individuelles, varient fortement d'une personne à une autre et même chez une seule personne d'un jour à l'autre, la conception saussurienne porterait à conclure que le mot qu'on pourrait raisonnablement considérer comme semblable à lui-même a en réalité un signifié incommensurablement différent s'il est utilisé par X ou Y. » (p. 146) Interrogeons en passant l'expression de « système clos » « garant de l'identité sémantique des formes », etc. Si l'expression « système clos » signifie chez De Mauro la conception du système « dans lequel chaque élément particulier compte et où tout est ensemble » – c'est le fondement du système saussurien – n'est-ce pas en contradiction avec l'argument soutenu dans le passage dont nous développons ici l'examen : « si l'on veut rester fidèle aux prémisses saussuriennes, [...] mêmes les mots qui paraissent extérieurement communs [...] sont en réalité des mots de signifié différent [...] » (p. 130) ?

De Mauro qualifie de « solipsisme linguistique » cette conception qui prive l'individu de partager une même langue avec autrui et qui condamne « le locuteur saussurien » à l'impossibilité de « transmettre le signifié » :

> « Et en effet, la solitude du locuteur, le solipsisme linguistique, explicitement soutenu par le "philosophe" et conservateur Wittgenstein, n'est pas seulement implicite dans la philosophie du langage de l'idéaliste et spiritualiste Croce, mais aussi dans la linguistique générale de Saussure. Le locuteur saussurien lui aussi met bout à bout des mots parfaitement dotés de signifié, mais [...] ne trouve pas le moyen d'établir de quelle façon ce signifié se transmet aux autres ; au contraire, tout laisse croire qu'il n'est pas du tout en mesure de transmettre aux autres le signifié, mais qu'il ne transmet que les vibrations sonores de ses mots. Ainsi, semble-t-il, il faut encore une fois admettre que l'ombre du mystère entoure le processus de la communication, qu'on le regarde avec les yeux de Wittgenstein, de Croce ou de Saussure. » (p. 130-131)

Si De Mauro ne proposait pas de solution à ce solipsisme linguistique, il relèverait de ceux qu'il appelle « les sceptiques sémantiques ». On apprend ce qu'est « le scepticisme sémantique » et la solution pour en sortir à la fin du livre (Chap. VIII « Le signifié comme l'organisation de l'expérience ») :

> « En effet, la force des sceptiques sémantiques est toute, pour autant qu'il puisse paraître à première vue étrange, dans la confiance immodérée en l'efficacité sémantique des formes linguistiques : Aristote, Wittgenstein, Croce première manière et Saussure, avec leur tendance à trouver des conceptions de la communication qui expliquent comment les formes linguistiques communiquent parfaitement un signifié, ont été les meilleurs alliés du scepticisme sémantique. Ils ont en effet laissé croire que la communication, si elle ne se réalise pas à la perfection, ne se réalise pas du tout. Pour eux, comme pour les sceptiques, la communication a lieu ou n'a pas lieu, une phrase est comprise parfaitement ou alors elle est parfaitement incomprise. » (p. 195-196)

De Mauro propose « un point de vue réaliste » : une « conception de la langue comme systématisation ouverte » (p. 194) par l'interaction entre le signe et « l'acte significateur » :

> « [...] l'acte significateur est une façon d'agir sur le monde. C'est-à-dire qu'il est une *praxis.* Une praxis qui, à travers la méditation de la solidarité sociale et de la systématisation de ses manifestations individuelles, porte à associer de façon historiquement variable une section de l'expérience à une forme phonico-acoustique,

avec un lien qui n'est garanti que par l'usage lui-même, par son exploitation. La relation entre la forme et un savoir, c'est-à-dire le signe de Saussure ou l'hyposème de Lucidi, est tout à la fois la cristallisation d'une série d'expériences effectuées au sein d'une communauté historique et l'instrument grâce auquel ceux qui participent à cette communauté résolvent, analysent, ordonnent et dominent les nouvelles expériences. » (p. 192)

Ainsi De Mauro insiste-t-il (i) sur « l'acte significateur » comme *praxis* historico-sociale qui amène l'association d'une expérience et d'« une forme phonico-acoustique » (cette association n'est autre que le signe en tant que « cristallisation d'une série d'expériences ») et (ii) sur le signe comme « instrument » qui permet aux membres de la communauté de vivre de nouvelles expériences.

Cette interaction entre la *praxis* et le signe rappelle le rapport dialectique entre parole et langue du premier cours :

« S'il est vrai que l'on a toujours besoin du trésor de la langue pour parler, réciproquement, tout ce qui entre dans la langue a d'abord été essayé dans la parole un nombre de fois suffisant pour qu'il en résulte une impression durable ; la langue n'est que la consécration de ce qui avait été évoqué par la parole. » (*CLG/E* 2522=2560, I R2.23)

Incontestablement, la conception du signe comme « cristallisation d'une série d'expériences » rappelle l'expression du troisième cours qui désigne la langue comme dépôt individuel :

« Quelle partie du circuit [de la parole] peut donner lieu à cette capitalisation, cristallisation sociale ? [...] C'est la partie réceptive et coordinative [...] C'est cette sphère-là qui nous représente la sphère de la langue. Ce sont ces milliers d'images verbales associées chez les individus à autant de concepts placés en regard. [...] Si nous pouvions examiner le dépôt des images verbales dans un individu, conservées, placées dans un certain ordre et classement, nous verrions là le lien social qui constitue la langue. » (*CLG/E* 223, 229, 232-234, III C269)

Mais c'est plutôt la langue de Wittgenstein que De Mauro recommande comme modèle de *systématisation ouverte* :

« La langue de Wittgenstein, plutôt qu'un système clos, est une systématisation toujours ouverte de forme et de signifié. Elle est l'ensemble des possibilités alternatives à une phrase, mais elle est un ensemble pas nécessairement entièrement saisi, mais simplement présent comme référence possible des comportements linguistiques, ou de l'acte significateur des individus. C'est une représentation plus correcte, du point de vue réaliste, de la façon dont nous construisons et dont nous interprétons une phrase : et c'est en même temps une représentation exempte des conséquences du parfait système clos imaginé par Saussure. » (p. 193-194)

Une fois la langue ainsi décrite, suggère De Mauro, se résoudront d'elles-mêmes des questions de communication telles que :

« [...] comment deux individus, même s'ils ne disposent pas exactement du même bagage de connaissances linguistiques, peuvent cependant se comprendre ; comment il y a toujours un minimum de communication, jusque chez l'étranger qui réussit d'une façon ou d'une autre à réaliser l'association entre une phrase et une situation donnée ; comment il y a des niveaux de compréhension toujours plus élevés et capables de se justifier face aux niveaux les moins précis. » (p. 194)

Mais il n'est pas sûr que tous ces points-là découlent nécessairement de l'idée que la langue est une « systématisation ouverte » : la description de la langue correspondante n'est qu'en projet.

Discussion : Comment décider ou ne pas décider qu'il y a communication ?

Observant la démarche de De Mauro, nous pouvons remarquer qu'y domine un certain optimisme sémantique :

« La nécessité de concevoir le système comme immuable à travers les personnes, les états sociaux, le temps, ne subsiste donc plus : dans certaines limites, les différences partielles par rapport à l'ensemble des alternatives connues ne font pas obstacle à la communication, qui trouve sa garantie, outre dans l'usage des formes linguistiques traditionnellement semblables, dans la disposition des interlocuteurs à se comprendre. » (p. 194)

Nous conjecturons derrière cet optimisme le raisonnement suivant : Après avoir conçu le système comme identique pour tous de façon à garantir la communication, on s'aperçoit que le système peut varier d'un individu à l'autre, ce qui théoriquement devrait (i) rendre impossible la compréhension entre individus et (ii) transformer toute communication en catastrophe ; comme cependant cette catastrophe ne se produit pas dans la réalité, il en résulte nécessairement que la communication est une question de degré :

« Mais, en matière d'expérience sémantique, la communication parfaite ou l'incompréhension parfaite ne peuvent être conçues que comme des pures limites, jamais atteintes, entre lesquelles oscille, en tendant vers elles, notre comportement linguistique. » (p. 195)

Nous pourrions appeler cette attitude qui n'admet ni réussite absolue ni échec absolu un « relativisme sémantique » :

> « Dans le monde des hommes, entre le oui et le non, entre l'entente parfaite et l'incompréhension parfaite, il y a une bande infinie de possibilités d'ententes partielles entre lesquelles nous nous mouvons effectivement. [...] il y a toujours une réussite plus ou moins grande dans le comportement linguistique ; la solidarité sociale et la systématisation des usages linguistiques sont les alliés qui nous sauvent du zéro absolu de l'incommunicabilité, mais ils ne nous font pas toucher à l'infini de la communication parfaite. » (p. 196)

Pour ne plus se demander si la communication est possible ou non, De Mauro la divise en trois catégories de réussite, « parfaite / partielle / zéro », avant d'exclure les deux extrêmes en les qualifiant de « pures limites jamais atteintes » pour ne conserver qu'une infinité de degrés de réussite « partielle ». Mais que sont ces « pures limites » ? Comment se décide une réussite partielle ? Quel critère pour distinguer entre communication parfaite et imparfaite ? Essayant de sauver la communication au nom d'un relativisme tout empirique, De Mauro ne laisse pas de supposer les deux extrémités entre lesquelles elle se meut, entente ou incompréhension parfaites. Le paradoxe est que ce relativisme ne peut tenir sans supposer un absolu qui l'étaye, le premier étant, en tant que tel, forcément un mouvement entre deux limites, et les limites, par définition, étant des absolus. Ceci parce que toute communication implique une décision, un jugement sur son degré de viabilité sémantique ou pragmatique, et qu'en conséquence, elle ne peut être relative ni partielle : il n'y a pas un oui ou un non partiel ou relatif, c'est toujours oui ou non, pourvu qu'il s'agisse d'une décision ou d'un jugement. Une compréhension partielle ou relative, c'est la décision d'un relatif. Une décision relative, c'est la décision absolue d'un relatif.

Même si l'on admet que la réussite communicationnelle est relative, qu'elle est une question de degré, elle n'échappe pas à l'absolu de la décision de différence : la relativité d'une compréhension partielle implique un jugement de différence du type « plus que ça » ou « moins que ça », un degré exprimant toujours la différence entre termes comparés. La communication partielle de De Mauro, sur laquelle repose son « optimisme », implique non seulement une différence avec les pures limites mais aussi une différence avec une autre communication partielle de degré voisin. Il s'agit toujours de la logique de différence A / non-A. Ainsi son relativisme n'échappe pas à la logique de différence négative en quoi consiste le système saussurien lui-même. Dernier point : le fait que De Mauro ignore la question de la détermination des communications parfaite et partielle correspond assez à sa négligence de la conception saussurienne de la langue comme système serré.

De Mauro remarque avec raison que c'est la confiance immodérée en l'efficacité des formes linguistiques qui fait tomber dans le scepticisme sémantique selon lequel la communication ne saurait être que parfaite ou nulle. Nous ne contrarierons pas l'optimisme qu'il oppose au scepticisme car il correspond mieux à la réalité dans laquelle nous vivons. En effet, d'ordinaire, il n'arrive pas que les sujets parlants, en s'entretenant, se demandent s'ils parviennent à une communication parfaite ou partielle. Ce n'est pas l'objectif de la communication. Le plus souvent on se comprend et de temps en temps il y a des incompréhensions plus ou moins grandes, mais tout incident communicatif n'incite pas à se demander si la langue est la même pour tous ou différente d'un individu à l'autre. Il y a d'emblée chez chacun une certaine croyance, pour ainsi dire préconsciente, en faveur de la communicabilité, une croyance que le code est commun à tous. Ce qui correspond à ce que De Mauro appelle « la disposition des interlocuteurs à se comprendre », une garantie de la communication. C'est sur cette réalité que repose l'attitude relativiste de De Mauro quittant le système « clos » de Saussure et ignorant le problème de l'indéterminabilité d'une communication partielle dont nous venons de parler. Pourtant, là même où nous trouvons raisonnable son relativisme réaliste apparaît une question négligée : Comment se fait-il que la différence entre idiolectes et l'incertitude de toute communication qui en résulte ne soient pas présentes de façon permanente à la conscience des sujets parlants ? En d'autres termes, d'où vient cette croyance d'une langue commune à tous procurant « naturellement » aux sujets parlants la disposition à se comprendre mutuellement ?

2.3 L'aporie du système et l'omnipotence de la langue : Le point de vue de René Amacker

Nous examinerons ici les considérations de René Amacker sur le problème de la langue individuelle dans *Linguistique saussurienne* (Droz, 1975) en reprenant la façon dont il pose le problème et lui apporte une solution.

Lecture : L'aporie du système social / individuel et l'élasticité du signifié

Amacker pose le problème de la langue individuelle dans le chapitre intitulé « La langue comme système arbitraire synchronique ». Par cette définition, il entend le problème de l'unité linguistique saussurienne. Comme nous l'avons vu, une unité ne se détermine que par les coexistants formant système :

> « Or le fait que jamais le signe n'est fixé à un objet donné qui le garantirait a pour conséquence immédiate que les signes n'ont d'existence que *relative* les uns par rapport aux autres. » (p. 109)

Cette détermination réciproque des unités permet à leurs signifiés de couvrir de façon serrée « l'ensemble de tout ce qu'il y a à dire » [5] :

> « [...] par leur face signifiée, les unités linguistiques – disons les mots en première approximation – couvrent l'ensemble de tout ce qu'il y a à dire, toute « la masse purement conceptuelle de nos idées » [*CLG/E* 1823, III C 397], bref ! la matière du contenu selon la terminologie de Hjelmslev. Grâce à "la détermination réciproque" de ces unités, on peut être assuré que celles-ci ne laissent pas de trous, de vides, dans leur façon de couvrir la matière du contenu ; [...] Les classes de sens [les signifiés] [...] découpent donc sans reste la matière du contenu [...] » (p. 110)

D'où une « propriété remarquable » :

> « Ces classes que sont les signifiés ont une propriété remarquable : ni leur extension, ni par conséquent leur compréhension, ne sont absolument déterminées ; ainsi "*craindre* et *redouter* n'ont de sens défini que l'un par rapport à l'autre ; si l'un n'existait pas, l'autre aurait en plus de son sens propre le sens du premier" [6], où l'on voit bien que *sens* vaut pour *ensemble de sens*, c'est-à-dire *signifié*. [...] Les classes que sont les signifiés, comparables aux mailles d'un filet [7] plus ou moins serré, couvrent la totalité de la matière du contenu *quel que soit leur nombre.* » (*ibid.*)

---

5 Amacker présente cette conception des signifiés capables de recouvrir sans reste toute la matière du contenu comme « une interprétation plausible de l'expression malgré tout énigmatique de Saussure : « La langue est un système serré » (entretien du 19 janvier 1909 avec A. Riedlinger, dans Godel, *SM*, 29) ». L'expression est commentée dans ce passage du deuxième cours (17 déc. 1908) qui insiste sur la nécessité de distinguer synchronie et diachronie : « Mais plus les valeurs forment un système serré, plus cette nécessité grandit : aucun système n'est serré comme la langue : serré implique précision des valeurs (la moindre nuance change les mots) ; multiplicité des genres de valeurs ; multiplicité immense des termes, des unités en jeu dans le système ; réciproque et stricte dépendance des unités entre elles : tout est syntaxique dans la langue, tout est un système. » (*CFS* 15, p. 78. *CLG/E* 1330-1332, II R77)

6 *CLG/E* 303, II B12.

7 Cette comparaison avec « un filet » vient évidemment de celle de Louis

D'un côté les signifiés couvrent bien la totalité de la matière du contenu, de l'autre cette propriété ne dépend pas de leur nombre [8]. De ce fait, la grandeur que couvre chacun des signifiés devrait changer en fonction de leur nombre total, ce qui donne une image des signifiés comparable aux mailles d'un filet « élastique » :

> « Ce qu'on peut appeler, avec De Mauro, l'"élasticité" des mailles du filet que la langue, en sa face signifiée, étend sur la matière du contenu [...] » (p. 111)

Reprenant l'idée de l'élasticité du signifié, conception qui dérive de « la langue comme système arbitraire synchronique », Amacker passe au problème que pose le rapport entre dimension sociale et dimension individuelle, « difficulté inhérente à la notion même de langue comme système » :

> « C'est que la langue est conçue à la fois comme "purement mentale, purement psychique" [*CLG/E* 234, III C269], donc apparemment particulière à chaque individu, et comme "capitalisation, cristallisation sociale" [*CLG/E* 223, III C268], "dans le cerveau d'*un ensemble d'individus* dans une même communauté" [*CLG/E* 239, J4], formant donc un "dépôt qui arrive à être appréciablement conforme dans tous les individus" [*CLG/E* 229, J150]. Ainsi, la définition de *langue* comme lieu des identités ressenties par les sujets parlants risque d'éclater en deux conceptions opposées, ce qui est à l'origine de la difficulté mentionnée, et qu'on pourrait exprimer en disant que le système arbitraire semble pouvoir être intra-individuel aussi bien qu'inter-individuel, le problème étant de savoir comment concilier la conception du système comme "purement psychique" et la conception du système comme "cristallisation" sociale ». (*ibid.*)

Hjelmslev pour expliquer le rapport entre forme et substance : « De même, c'est en vertu de la forme du contenu et de la forme de l'expression, et seulement en vertu d'elles, qu'existent la substance du contenu et la substance de l'expression qui apparaissent quand on projette la forme sur le sens, comme un filet tendu projette son ombre sur une face ininterrompue. » (*Prolégomènes à une théorie du langage*, traduit par Una Canger, Paris, Minuit, 1971, p. 75)

8 Cf. l'étonnant inédit publié par Rudolf Engler dans « Solide / Non-solide : "Le Cru et le Cuit" », in J. Anis *et alii* (éds), *Le Signe et la lettre*, L'Harmattan, 2002, p. 181-185, où Saussure invente une langue à deux mots : « Ainsi, dans une langue composée au total de deux signes, *ba* et *la*, la totalité des perceptions confuses de l'esprit viendra *nécessairement* se ranger sous une première idée générale (ou sens) *ba*, et une deuxième idée générale (ou sens) *la* » [p. 183, souligné par Saussure].

Ainsi, « la définition de *langue* comme lieu des identités ressenties par les sujets parlants » donne deux caractères apparemment opposés : d'un côté, la langue est psychique, donc elle est individuelle, de l'autre, la langue est sociale, donc elle est universelle. Amacker traduit cette difficulté en d'autres termes :

> « En termes de mailles du filet, en termes de classes mutuellement définies que sont les signifiés des mots, le problème se pose ainsi : parler d'un système "appréciablement conforme dans tous les individus", cela signifie supposer les mêmes classes, donc en première approximation les mêmes mots, chez chacun des sujets parlants. Or ce système, "ce trésor, sans doute, si on le prend de chaque individu, *ne sera nulle part parfaitement complet*" [*CLG/E* 240, III C14]. L'aporie consiste finalement en ceci : la langue française, par exemple, est-elle, en son état actuel, *un* système ou une poussière de systèmes "appréciablement conformes" certes, mais tous différents malgré tout ? Ainsi, tous les sujets adultes parlant le français distinguent probablement *craindre* et *avoir peur*, mais il en existe certainement qui ignorent *redouter*, dont le contenu, pour eux, se distribue sur *craindre* et *avoir peur*. Il y a plus : chacun de nous, même après la période d'apprentissage du langage, acquiert des mots nouveaux et bientôt en oublie ; cela veut dire que les systèmes linguistiques individuels ne seraient pas seulement différents d'individu à individu, mais encore dans le même individu d'un moment à l'autre. » (p. 111-112)

D'où ces deux questions :

- Une langue est-elle *un* système, ou bien une poussière de systèmes tous différents malgré tout ?
- N'est-elle pas différente non seulement d'un individu à l'autre, mais aussi dans le même individu d'un moment à l'autre ?

Amacker propose deux réponses :

> « [...] ou bien on admet la diversité des codes individuels, en comptant sur leur usage, sur les redondances qui les caractérisent, sur une espèce de mise au point réflexive, etc., pour transcender leurs différences – ou bien l'on attribue au système lui-même le moyen de concilier les différents "trésors déposés dans chaque cerveau" » (235C). (p. 112)

et c'est la deuxième qu'il choisit en repartant de cette « élasticité » du signifié empruntée à De Mauro :

> « Or si l'on accorde à la face signifiée des unités linguistiques la propriété d'élasticité dont il a été question plus haut, si l'on admet donc que les classes qui découpent le plan du contenu n'ont pas

une extension ni une compréhension *a priori* bien définies, on attribue [...] à la langue même, le moyen de transcender l'individuel. » (*ibid.*)

L'élasticité du signifié permet à chaque individu de s'en tirer sans langue complète :

« [...] Pour peu qu'il lui manque *redouter*, il se servira aussi bien de *craindre* ou d'*avoir peur*, en vertu d'une légère dilatation du signifié de ces termes, rendue possible par leur élasticité et nécessaire par l'absence de *redouter*. » (*ibid.*)

de sorte que :

« [...] chaque individu peut employer la langue, bien qu'il n'en ait jamais qu'une connaissance partielle ("ce trésor [...] ne sera nulle part complet"), pour dire *tout* ce qu'il a à dire. » (*ibid.*)

permet de transcender le problème de la langue individuelle. D'éventuelles différences entre les systèmes individuels de langue ne posent pas de problèmes, car chaque individu, même s'il lui manque un mot par rapport au système d'autrui, n'a qu'à en employer un autre pour se débrouiller, en se servant d'une dilatation de celui-ci. L'aporie de la question de savoir si la langue est un système identique à tous les individus ou une multiplicité de systèmes différents d'un individu à l'autre, cette aporie disparaît.

L'élasticité du signifié est un reflet, au niveau du signe, de ce qu'Amacker appelle après De Mauro l'« omnipotence » de la langue :

« Avec De Mauro encore, appelons « omnipotence » la propriété du système qui se reflète dans cette faculté de dire tout ce qu'il y a à dire en se servant d'entités linguistiques dont la face signifiée a une extension, et donc une compréhension, élastiques. [...] L'omnipotence permet d'expliquer pourquoi le système linguistique « arrive à être appréciablement conforme » pour tous les individus : elle permet, en effet, d'expliquer comment les différences entre systèmes individuels s'harmonisent par l'élasticité même des classes de ces systèmes. » (*ibid.*)

Elle permet aux langues individuelles de fonctionner sans problème ; elle assure leur convergence vers la conformité. De ce fait, les pôles social et individuel de la langue se concilient.

Discussion :
L'indéterminabilité de l'unité et le problème de la communication

Toutefois, nous avons le sentiment qu'il manque quelque chose à la démarche d'Amacker. Récapitulons-en le parcours :

1. L'auteur est parti du problème de l'unité linguistique. Celle-ci n'est que relative du fait de la propriété de la langue d'être un système serré : les termes ne se déterminent que négativement, par leur coexistence.

2. L'omnipotence de la langue permet aux signifiés de couvrir la totalité du contenu, quel qu'en soit le nombre ; le signifié n'a ni une extension ni une compréhension *a priori* définies, mais de ce fait une extensibilité qu'on peut appeler l'élasticité.

3. La double définition de la langue comme « psychique » et comme « cristallisation sociale » suggère que la langue peut être différente entre les individus, voire chez le même individu d'un moment à l'autre.

4. Cette aporie se résout grâce à l'élasticité du signifié : chacun de nous peut communiquer même si son système n'est pas identique à celui de son voisin, ce qui permet de surmonter l'antinomie entre le social et l'individuel dans la conception saussurienne de la langue.

Nous formulerons notre sentiment d'insatisfaction en deux questions :

1. Le problème et sa solution ne sont-ils pas circulaires ?

2. Cette façon de résoudre l'aporie ne repose-t-elle pas sur une omission ?

Comme nous l'avons vu, l'antinomie entre langue sociale et langue individuelle provient de la notion de langue conçue à la fois comme système (« une difficulté inhérente [...] à la notion même de langue comme système ») et comme lieu des identités ressenties (« la définition de la langue comme lieu des identités ressenties par les sujets parlants risque d'éclater en deux conceptions opposées, ce qui est à l'origine de la difficulté mentionnée [...] »). Il s'agit là de la genèse même des unités de la langue : Comment et où le système saussurien se forme-t-il ? On a vu à propos du circuit de la parole que la langue se produit et se reproduit dans la partie psychique et réceptive du circuit, là où les identités sont ressenties, c'est-à-dire là où s'effectue l'association des signifiants à autant de signifiés placés en regard, ce qui forme le système même. C'est justement dans cette partie du circuit de la parole que s'accomplit la détermination réciproque des unités du système serré saussurien. Ce processus de formation de la langue se définit à la fois comme « purement psychique » et comme « cristallisation sociale », d'où le problème.

Par ailleurs, la détermination réciproque des unités de la langue donne aux signifiés une propriété problématique. Nous avons vu que

« les signes n'ont d'existence que relative les uns par rapport aux autres », d'où la « propriété remarquable » des signifiés : « ni leur extension, ni par conséquent leur compréhension ne sont absolument déterminées ». Ceci signifie que la « grandeur » du signifié n'est pas déterminable de façon positive. Alors comment décider « les mêmes mots, chez chacun des sujets parlants », par conséquent, la même langue pour tous ? Enfin ce n'est rien d'autre que cette indéterminabilité de l'unité, conséquence immédiate de l'idée saussurienne du système, qui apporte l'aporie en question. Donc c'est de la détermination systémique, absolument relative, de l'unité saussurienne, autrement dit, de sa détermination non déterminée *a priori*, comme nous l'avons vu, que vient l'antinomie « langue sociale » / « langue individuelle ».

La solution d'Amacker, c'est que l'élasticité du signifié rompt l'aporie en fournissant une issue au sujet parlant démuni de langue complète. Rappelons que cette élasticité suppose deux propriétés corollaires : l'omnipotence de la langue et l'indétermination de la limite du signifié. L'omnipotence, grâce à laquelle les signifiés couvrent sans reste la totalité du contenu, repose sur la détermination des unités par leur coexistence systémique : ce n'est pas leur rapport avec des objets extérieurs à la langue mais leur opposition avec les autres signifiés, donc leur détermination intrasystémique, qui leur permet l'omnipotence. Or l'indétermination de la limite du signifié vient évidemment aussi de la détermination relative des unités du système : un signe n'est signe que par différence avec tous les autres, ce qui donne au signifié cette propriété que ni son extension ni sa compréhension ne sont absolument déterminées. De plus, le fait que l'omnipotence fonctionne quel que soit le nombre de signifiés dans la langue donne à la limite indéterminée du signifié un caractère mobile, extensible : voilà l'élasticité du signifié. Ainsi l'élasticité du signifié comme la solution apportée à l'antinomie entre système identique pour tous et systèmes différents des uns et des autres sujets parlants repose elle aussi sur la détermination réciproque des unités, autrement dit, sur l'indéterminabilité des unités, issue de la conception saussurienne de la langue comme système arbitraire de différences. L'aporie et sa solution reposent toutes les deux sur le même problème : l'indéterminabilité de l'unité linguistique dans une conception de la langue où les signes ne se déterminent que par leur coexistence même.

Une solution venant de la même source que le problème est-elle satisfaisante ?

Le raisonnement d'Amacker qui conduit de la question à la réponse est le suivant : La langue est un ensemble d'identités psychiques qui convergent vers la conformité chez tous les individus. Elle est à la fois individuelle et sociale. Mais il n'y a pas moyen de concilier ces deux propriétés antinomiques parce qu'il n'est pas vérifiable que la langue sociale se constitue en « les mêmes mots chez chacun des sujets parlants » en raison de l'indéterminabilité des unités du système. Voilà l'aporie. Pourtant cela ne pose pas vraiment de problème parce que les signifiés couvrent tout ce que le sujet parlant veut dire malgré sa langue incomplète, mais élastique, cette élasticité provenant elle aussi de l'indéterminabilité des unités...

Autant dire que l'indéterminabilité des unités pose et résout à la fois le problème. D'où notre sentiment d'insatisfaction : d'après nous, il aurait fallu pousser l'examen jusqu'à l'indéterminabilité systémique de l'unité linguistique elle-même. Car dans tout le parcours qui précède, la question a été de savoir comment décider si *les mots sont les mêmes* : il s'agit justement du problème saussurien de l'unité indéterminable.

* * *

Deuxième difficulté, la façon d'Amacker de résoudre l'aporie ne repose-t-elle pas sur une omission ?

Comme on vient de le voir, l'indéterminabilité de l'unité saussurienne, qui apporte une solution à l'aporie de la langue « sociale ou individuelle » par l'élasticité du signifié, n'est pas approfondie.

Que signifie approfondir l'indéterminabilité de l'unité ? Forcément se demander comment les unités linguistiques se déterminent. Et à cette question nous avons déjà répondu par la définition saussurienne de la langue en tant que système où les mots ne se déterminent que par leur coexistence même. Ainsi c'est par leurs différences que les unités se déterminent. Mais cette définition de la détermination réciproque des unités, si elle en décrit la structure, ne permet pas de comprendre le processus. Ce qu'il convient dès lors de se demander, c'est *comment, quand* et *où* s'effectue cette détermination réciproque des unités. Comment la langue comme lieu des unités ressenties se produit. Autrement dit, par quel processus se produit la « cristallisation sociale » de la langue. Réponse : dans la partie psychique et auditive du circuit de la parole et lors de la communication entre individus. Approfondir le problème de l'indéterminabilité de l'unité n'est pas autre chose que d'examiner le problème de la communication, car, on l'a vu, le critère pour Saussure lorsqu'il définit la langue comme une « cristallisation », c'est la compréhension des énoncés échangés, une réussite de la communication qui suppose *les mêmes mots* entre sujets parlants.

On ne peut pas ne pas noter qu'Amacker s'abstient de discuter ce problème. Rappelons l'exemple qu'il reprend à Saussure pour montrer comment un individu peut, grâce à l'élasticité du signifié, légitimer (pour ainsi dire) sa langue partielle :

> « Pour peu qu'il lui manque *redouter*, il se servira aussi bien de *craindre* ou d'*avoir peur*, en vertu d'une légère dilatation du signifié de ces termes, rendue possible par leur élasticité et nécessaire par l'absence de *redouter.* » (p. 112 déjà citée)

A première vue l'argument est convaincant. Pourtant si on y regarde de plus près, on peut se demander quelle difficulté le locuteur doit surmonter. Comment peut-il s'apercevoir de l'*absence* de « redouter » dans son lexique ? La seule condition qui lui permettrait de s'en apercevoir serait... qu'il connaisse le mot qui lui manque. Proposition absurde à ce niveau de théorie. Cependant il reste trois issues. La première, c'est que le mot manquant est connu mais échappe au moment voulu. Mais ce n'est apparemment pas la situation qu'Amacker voulait présenter.

Dans la seconde, le locuteur sent le manque en confrontant le vocabulaire dont il dispose avec ce qu'il a à dire. Hypothèse vraisemblable. C'est ce qui arrive quand on rencontre quelque chose de tout à fait inconnu. Mais ce n'est toujours pas le cas suggéré par Amacker. Il subsiste en outre un inconvénient : pour qu'on puisse trouver « un trou » dans son vocabulaire par confrontation de sa langue « incomplète » avec la totalité de la matière à signifier, il faudrait que cette dernière soit d'avance découpée de la même façon que celle dont la langue « complète » la découpe, sinon la comparaison ne tient pas. Et même si cela était possible, nous aboutirions encore à un paradoxe : Comment un individu peut-il comparer le contenu de sa langue individuelle avec celui de la langue complète (qu'il ne connaît pas) ? Si cette dernière pouvait être connue (*redouter* compris), il n'aurait plus la langue incomplète dont il disposait jusque-là (sans *redouter*), ce qui fait que l'exemple n'est plus envisageable et que l'on retombe dans la conception de la langue-nomenclature où tout signifié est découpé en dehors de la langue.

Dernière solution, le locuteur prend conscience d'une lacune dans son vocabulaire grâce à un interlocuteur. Ainsi est-il possible que la langue de tel individu, qui n'a que *craindre* et *avoir peur,* et la langue de son interlocuteur, qui dispose en plus de *redouter,* se confrontent et que, de ce fait, l'un s'aperçoive de l'absence d'un mot dans son vocabulaire par rapport à l'autre. Autrement dit, une difficulté de communication s'est produite entre sujets parlants, et c'est à travers cette difficulté que la différence de leurs langues (en l'occurrence de leurs vocabulaires) se révèle à la conscience. C'est seulement alors qu'on peut parler de décalage entre langues individuelles, ce qui permet de conclure que ce qui manque à l'exemple de l'individu ignorant *redouter* n'est autre que la présence d'un autre sujet parlant, présence absolument nécessaire pour démontrer l'efficacité de l'élasticité du signifié en tant que solution de la difficulté résultant du problème de la langue individuelle. En d'autres termes, les considérations d'Amacker ne prêtent pas assez attention au côté réceptif de la communication. Elles ne traitent que du sujet émetteur de l'énoncé et du rapport entre sa langue et ce qu'il y a à dire, et non du sujet récepteur, de celui qui reçoit le message :

> « [C'est grâce à l'élasticité du signifié que] chaque individu peut employer la langue, bien qu'il n'ait jamais qu'une connaissance partielle [...] pour dire tout ce qu'il y a à dire. » (*ibid.*)

Or c'est plutôt sur le sujet recevant l'énoncé que repose le critère de la communication réussie : s'il comprend, c'est le signe qu'une même langue est partagée, et dans le cas contraire s'ouvre la possibilité de systèmes individuels différents. C'est d'ailleurs dans le sujet écoutant son interlocuteur que Saussure, examinant le circuit de la parole, a localisé le siège de la cristallisation de la langue, cette dernière résultant de l'accomplissement de la coordination des images acoustiques reçues, c'est-à-dire de la compréhension de la part du sujet qui reçoit le message, donc de la réussite de la communication : pour parler du problème de la communication dans le cadre d'un examen de la notion de langue, il faut parler du locuteur qui reçoit l'énoncé, parce que c'est lui qui décide de la compréhension ou de l'incompréhension [9].

En résumé : Abordant le problème des deux propriétés antinomiques de la langue – un seul système ou bien des systèmes différents selon les individus –, Amacker propose que c'est *l'élasticité du signifié* qui permet au sujet parlant de se tirer de la difficulté provenant de la déviation de sa langue individuelle par rapport à la langue « complète ». Malgré son apparente efficacité, cette idée est circulaire. Aporie et solution reposent sur le même ressort : l'indéterminabilité de l'unité linguistique. Rompre le cercle exige que l'on rapproche l'aporie du circuit de la communication – ce à quoi nous consacrerons le chapitre suivant.

---

9 Amacker évoque ailleurs dans le même ouvrage, à propos de « langue et parole », le rapport nécessaire entre l'unité (l'*identité* chez Saussure) et la communication : « il faut une forme linguistique – la langue – pour fonder les jugements d'identité qui permettent en fin de compte la réussite de la communication [...] » (p. 65).

3

LA CROYANCE EN UNE LANGUE COMMUNE À TOUS

3.1 Le circuit de la communication

Nous montrerons dans ce qui suit comment l'idée que la langue est sociale repose sur la croyance des sujets parlants qu'il existe *une langue commune à tous* – que les linguistes nomment habituellement *la* langue – en reprenant deux questions de communication :

- Comment la communication est-elle possible si la langue est différente d'un individu à l'autre ?
- Comment les sujets parlants peuvent-ils avoir conscience de la réussite ou de l'échec de leur communication ?

De quelque façon qu'on l'envisage, *la* langue ne peut guère s'observer que dans le champ où les sujets parlants s'entretiennent, c'est-à-dire par la parole, dans la différence de phase entre la langue et la parole. Saussure attribue l'idée de virtualité à l'une et l'idée de réalisation à l'autre :

> « Nous avons dans la langue une somme de signes évocables, mais le mouvement n'interviendra que par la parole et ces signes dans leur état latent sont parfaitement réels (déposés comme des images photographiques dans le cerveau). » (*CLG/E*.268, III C273)

> « Par la *parole* on désigne l'acte de l'individu réalisant sa faculté au moyen de la convention qui est la langue (définition). Dans la parole, il y a une idée de réalisation de ce qui est permis par la convention sociale. » (*CLG/E* 160, II R6-7)

Pour explorer la langue, surtout quand il s'agit de ses unités, nous n'avons d'autre moyen que de recourir à la parole – laquelle est pour ainsi dire « à portée d'oreille » :

> « Pour faire cette délimitation [des unités linguistiques] nous pouvons accorder que la meilleure méthode c'est de prendre la pa-

role. La parole ne figure ici que comme un document de langue. En effet, les casiers existant à l'intérieur de notre cerveau, nous ne pouvons les explorer. Obligés d'employer un moyen extérieur dans la parole. » (*CLG/E* 1714, III C290-291)

Nous ne pouvons pour avancer partir d'un autre lieu que celui où *s'effectue* la parole, ce qui, s'agissant de la différence de langue entre individus, revient à poser les questions suivantes :

- La langue est-elle différente, en tant que code, d'un individu à l'autre ?
- De quel critère dispose-t-on pour établir si « les mêmes mots » sont partagés par tous ?

En cette affaire, la langue fonctionne comme « une boîte noire ». Nous ne pouvons que saisir ses traces dans la parole pour remonter à la configuration des unités psychiques du système individuel. Tout ce qu'on peut saisir dans la parole qui permette de juger de l'identité de la langue mise en commun par les interlocuteurs, ce sera la réussite ou l'échec de leur communication. Si la communication réussit, alors la langue est, en tant que code, commune aux sujets. Si elle ne réussit pas, elle n'est pas commune, elle est individuelle, et le système n'est fondamentalement pas le même.

Examinons ceci plus concrètement en reprenant le circuit de la parole entre nos deux sujets parlants A et B :

1. Association d'une image acoustique à un concept dans le cerveau de A, procès *psychique* ;
2. Transmission d'une impulsion aux organes de phonation, procès *physiologique* ;
3. Propagation des ondes sonores de la bouche de A à l'oreille de B, procès *physique*.

Le circuit se prolonge en B dans l'ordre inverse ; le procès A → B qui représente la moitié du cycle débouche sur le procès B → A qui prend exactement le même chemin, et la boucle est bouclée.

Une telle représentation ignore la langue en tant que code individuel et tout problème de communication. Son objectif est de dégager des parties physique et physiologique du circuit la partie psychique et réceptive où le dépôt de la langue s'effectue par convergence des images verbales reçues, pour y localiser le siège de la langue. Rappelons que dans les discussions sur le circuit de la parole, Saussure avait attribué à la langue la série de qualités « intérieure / psychique / passive / réceptive / coordinative », et à la parole la série « extérieur / physique / physiologique / active / exécutive ». Cette division des différents aspects de l'ensemble hétéroclite du langage en *langue* et *parole* recoupe l'asymétrie de statut entre les deux sujets parlants : celui qui reçoit l'énoncé représente la langue, tandis que celui qui l'envoie représente la parole. Il importe de remarquer ici que cette asymétrie confirme l'absence d'intérêt de Saussure pour la langue individuelle : l'opposition *langue / parole* neutralise l'hypothèse « langues d'interlocuteurs ».

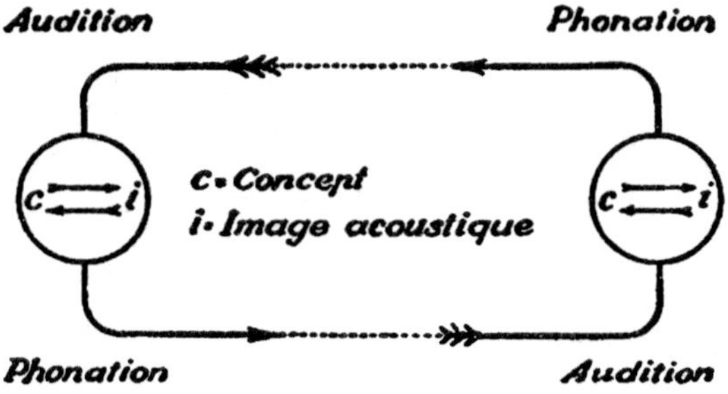

CLG, p. 28.

Nous allons reconstruire ce circuit à notre manière, en y emboîtant l'idée de « langue individuelle » dans une optique de *communication difficile*. Nous partirons de l'hypothèse qu'une dérive relative du code, ou pour mieux dire des codes des sujets parlants est possible.

Le sujet A propose un énoncé. Les associations d'un concept et d'une image acoustique effectuées dans le cerveau de A suivent l'ordre de sa langue individuelle, de son propre code [1].

Le sujet B reçoit l'énoncé de A et le son vocal correspondant rencontre l'ordre de la langue individuelle telle que dans le cerveau de B.

Deux cas sont possibles :

1. L'ordre de la langue de B est tel que B réussit à décoder le message de A ;
2. Il est tel que B ne réussit pas à comprendre ce que dit A.

Examinons d'abord le cas n° 1. Cette réussite de la compréhension par B du message de A « consacre » (selon le mot employé par Saussure en cette affaire) le fait qu'il n'existe qu'une langue pour les deux sujets. Pourtant à ce moment-là, le sentiment qu'il n'y a qu'une langue n'est pas encore partagé, c'est-à-dire que la compréhension par B n'est

---

1 Ici le sujet A n'a pas conscience de l'éventuelle différence de sa propre langue par rapport à celle d'autrui. Aucun sujet parlant ne pense à la possibilité d'un tel *écart* par rapport à sa propre langue. Nous verrons plus loin qu'aucune parole ne peut s'effectuer sans supposer une même langue pour tous.

communiquée à A que si l'autre moitié du circuit, B → A, s'accomplit : alors B envoie un message exprimant sa compréhension du message premier de A, ce message second est lui-même compris par A, etc. Comment se fait-il que cette deuxième compréhension par A du message de B exprimant la compréhension du premier message se fasse à son tour comprendre par B ? (Je comprends que tu comprends que je comprends que tu comprends...) Il faut qu'à chaque tour de parole débute un nouveau cycle d'interlocution, indéfiniment. Le fait que le message d'un sujet parlant encodé selon sa langue personnelle s'accorde au décodage d'un autre sujet parlant titulaire d'une autre langue individuelle ne se constate jamais qu'après coup – par le biais de nouveaux messages. Ce qui crée une situation théorique obscure dans laquelle la démonstration de l'existence d'une langue sociale, c'est-à-dire d'une unique langue partagée par tous, est renvoyée *ad infinitum*.

Personne n'a cependant conscience quand il parle de l'éventuelle déviation de son code par rapport à celui d'autrui qui l'institue en tant qu'individuel ; on remarquera aussi que le sujet parlant qui s'exprime ne parle pas à seule fin d'établir l'existence d'une langue commune à tous. Tel n'est pas en effet l'objectif naturel de la parole. La conscience du sujet parlant suppose d'emblée, sans réflexion, une langue commune, comme par l'effet d'une conviction « préconsciente ». Dès lors que le premier message de A est compris par B et que la compréhension par ce dernier est exprimée directement ou indirectement par un nouvel énoncé qui y succède, allant de B vers A, le cycle s'achève (au pire provisoirement).

Passons au cas n° 2.

L'énoncé de A ne s'accorde pas au code de B : l'opération de coordination dans la partie psychique et réceptive du circuit de la parole ne parvient pas à faire correspondre le son perçu avec des unités significatives. C'est là que la déviation de la langue individuelle par rapport au code présumé « universel » (à l'intérieur de chaque communauté linguistique) se dévoile. Des écarts entre la langue de A et celle de B se révèlent. Ni A ni B ne sont « dans le fait social ». Normalement, personne n'interprète cet échec comme le fait de ne pas partager une même langue ou comme une rupture de l'unité de la langue en tant que code commun. Chacun incrimine la parole (« Ce n'est pas ce que j'ai voulu dire... ») pour mieux continuer à croire à l'unicité de la langue, et l'entretien continue lui aussi.

Ainsi l'identité, l'unité de *la* langue se reconnaît-elle toujours ne serait-ce que transitoirement chaque fois que la parole s'échange entre sujets parlants. Tout ce qui peut relever de langues individuelles est-il à peine révélé qu'il s'oublie et disparaît, perdu pour ainsi dire avant même de parvenir à la conscience. D'où – selon nous – la croyance préconsciente en une langue commune à tous, identique pour tous. Comme le remarque De Mauro, une communication parfaite (de même qu'un échec total) n'a jamais eu ni n'aura jamais lieu. Ni décision d'une communication parfaite ni décision d'une communication « parfaitement » partielle – ni en conséquence une communication « parfaitement » ratée – n'ont jamais eu ni n'auront jamais lieu. De même que la langue « ne sera nulle part parfaitement complète ». Si la communication suppose une langue commune à tous qui, cependant, doit cette supposition même au renvoi perpétuel de la décision qu'elle est identique, la communication repose sur l'invérifiabilité de l'identité de la langue, de cette langue *complète* qui ne se trouve nulle part sinon chez *tous* les locuteurs d'une même langue ! Ni commensurabilité ni incommensurabilité des moyens langagiers de tous et de chacun ne sont concrètement décidables. En un mot, l'indécidabilité de la réussite de la communication recouvre l'indécidabilité de l'identité, de l'universalité d'une langue donnée pour les membres de sa communauté de parlants [2].

Cette indécidabilité détermine plutôt une consécration continûment provisoire de la langue et la défend contre toute rupture. Chaque fois que les sujets parlants échangent des énoncés, les dérives de leurs langues individuelles se dévoilent fugitivement, mais toujours la croyance en une langue commune reprend le dessus : ce fait et sa répétition *ad infinitum* constituent, pour ainsi dire, le mécanisme même de la reconduction permanente de la langue. Ainsi est la langue.

Revenons maintenant aux questions posées au début de la section :

- Comment la communication est-elle possible si la langue est différente d'un individu à l'autre ?

Nous avons suggéré que les sujets parlants partent de la croyance en une langue commune pour tous sans laquelle l'interlocution n'aurait pas lieu. Si sur cette base une déviation de langue vient à se produire, une difficulté de compréhension peut venir à la conscience et donner lieu à un redressement. D'où cette seconde question :

- Comment les sujets parlants peuvent-ils avoir conscience de la réussite ou de l'échec de leur communication ?

---

2 Cette idée de l'« indécidabilité » du statut de chaque langue au sein de la communauté des sujets qui la parlent est à mettre en rapport avec le fait que les langues « n'ont pas de limites naturelles » (*CLG* p. 278) : selon la quatrième partie du *CLG*, intitulée « Linguistique géographique », il n'y a pas de frontière unique entre deux langues mais une multitude d'isoglosses (voir entre autres p. 275 et s.).

Cette question vise la compréhension de l'énoncé B → A qui communique la compréhension ou l'incompréhension de A → B. La compréhension d'un énoncé ne se communique que par un autre énoncé qui lui succède et dont la compréhension pose à son tour le même problème. Ainsi le constat que les sujets parlants communiquent, par conséquent le constat qu'il y a une même langue pour tous, est-il perpétuellement remis à plus tard. Pourtant, cette *regressio ad infinitum* d'une compréhension de l'énoncé qui communique la compréhension de l'énoncé précédent est illusoire. Dès qu'une compréhension – plus ou moins réussie – est atteinte, un cycle de communication s'achève. Ainsi la croyance en une même langue pour tous se retrouve-t-elle toujours reconduite à la fin de chaque cycle de communication, à la fois renforcée et en suspens, provisoire, en vertu de l'indécidabilité du bonheur ou du malheur de la communication.

La réponse à la première question est : La croyance en une langue identique à tous procure aux sujets parlants une prédisposition à communiquer. Malgré d'éventuelles difficultés de compréhension, la rupture ultime qui balaierait cette croyance ne se produit pas, ceci grâce à l'indécidabilité de communication même. « *Ce dont nous nous entretenons ne peut pas ne pas avoir le même sens pour chacun de nous* » semblent également admettre A et B, chacun pour ce qui le concerne. Du même coup, on s'aperçoit que la deuxième question n'a pas de sens : Que la décision de la réussite ou de l'échec de la communication fasse problème échappe nécessairement à la conscience des sujets parlants, ce qui est par ailleurs garant de la croyance en une langue commune à tous. Le problème posé par le fait qu'une langue individuelle soit possible ou non n'est pas perçu par les sujets car, même si la dérive de leurs langues individuelles crée des difficultés passagères d'intercompréhension, ces difficultés ne sont pas considérées comme des signes du caractère idiolectal du code. Le moindre petit bout de réussite renforce la croyance en une même langue au détriment du souvenir des échecs. Le soupçon qu'il puisse n'exister que des langues individuelles est « oublié » avant de s'imposer. La langue et sa reconduction sont ainsi protégées par l'illusion préconsciente que la langue est universellement partagée, par l'« oubli avant mémoire » du fait que la langue est un « système individuel ».

3.2 Ce que c'est que cette croyance

Nous venons de voir que la croyance des sujets parlants en une langue commune supporte tout le processus de la communication linguistique. Quel est son mécanisme ? En quoi relève-t-elle de l'immotivé ?

Comme nous l'avons vu, sans croyance en *la* langue, les individus n'entreprendraient pas de parler. Mais cette croyance est pour ainsi dire *préconsciente*, car personne ne se dit en entamant une conversation : « Je suis sûr qu'il y a une même langue pour tous qui garantit la communication, donc je vais parler. » Cette croyance est donnée d'emblée. Autrement dit, c'est une croyance sans fondement, immotivée. Qui plus est, c'est elle qui motive tout le langage. *Tout le langage* veut bien dire ici non seulement la parole comme réalisation de la langue au niveau phonatoire – donc dans une communication intersubjective – mais aussi le langage intérieur, la pensée discursive. La croyance en la langue est une croyance sans conscience de soi.

Au commencement était la croyance immotivée en la langue. On ne peut que difficilement penser : « Ce mot de ma langue est différent de celui qu'on trouve dans les langues des autres », « Ce mot de ma langue ne se trouve pas dans les langues des autres. » Pathologies, créations poétiques, pratiques métalinguistiques et autres situations non triviales mises à part, une telle représentation vient rarement à l'esprit. Mais comment se fait-il que le sujet parlant ne puisse se représenter qu'un mot soit inexistant dans les langues des autres ? La réponse à cette question renvoie à la notion de *genèse de la langue* que nous avons déjà observée :

> « Tout ce qui entre dans la langue a d'abord été essayé dans la parole un nombre de fois suffisant pour qu'il en résulte une impression durable : la langue n'est que la consécration sociale de ce qui avait été évoqué dans la parole [...] rien n'y a pénétré qui ne soit d'abord consacré par l'usage de tous dans la sphère extérieure de la parole. » (*CLG/E* 2560, I R2.23,25)

Ainsi aucun mot n'est dans la langue s'il n'a été maintes fois essayé dans la parole, s'il n'a pas reçu autant de fois l'accord des interlocuteurs. *Un mot, un signe n'est autre chose que l'accumulation des accords en sa faveur répétés dans la parole.* Cet accord étant toujours une décision partagée par les interlocuteurs, un mot qui n'existe que pour une seule personne est par essence impossible. N'importe quel mot existant dans la conscience linguistique d'un sujet parlant est la cristallisation des accords intersubjectifs vécus par lui. Ainsi le mot ne peut être, dès l'abord, que partagé par tous. Le mot personnel n'existe pas. Si un mot me vient à l'esprit, il appartient d'emblée à tout le monde.

Rappelons la définition du deuxième cours :

> « langue qui est une chose éminemment sociale, aucun fait n'existe linguistiquement qu'au moment où il est devenu le fait de tout le monde. » (*CLG/E* 155, II R5)

Cette impossibilité pour le mot d'être individuel répond à la croyance immotivée en la langue. De même qu'elle se fonde sur la postériorité de la langue par rapport à la parole, cette croyance rend possible la prédisposition à la parole. Telle est la croyance préconsciente que *ma* langue est *la* langue – placée au commencement de chaque acte de langage.

Examinons de ce point de vue le circuit de la communication. Partons d'un sujet A : en tant que sujet parlant, il croit à une seule langue pour tous : *ma* langue est, croit-il, *la* langue commune, la langue de n'importe quel autre membre de la communauté linguistique. Cette conviction qu'il y a une même langue pour tous est garantie par la communauté linguistique.

Le sujet A s'adresse à un autre sujet B. Supposons que surgissent alors des difficultés d'intercompréhension. C'est le moment où se révèle à l'observateur linguiste la dérive des langues, le moment où apparaît la dimension individuelle des langues. Pourtant, comme nous l'avons déjà remarqué, les interlocuteurs ne considèrent pas ce qui se passe alors comme un phénomène linguistique : corollairement leur croyance en *la* langue n'est pas entamée. Le fait que le trouble de communication susceptible d'ébranler la croyance en *la* langue ne soit pas durable n'empêche pas qu'il y soit remédié. Si éphémère soit-il, cet ébranlement de la croyance préconsciente que la langue est sociale s'inscrit contre la conviction de chaque sujet que « sa » langue est (identique à) la langue commune, tandis que cette conviction se fonde sur le poids de toute la communauté linguistique. L'abîme creusé entre les langues individuelles est comblé au nom de la langue de la communauté. Ce qui justement s'effectue dans le tour de parole suivant où un nouvel énoncé s'échange entre les sujets. Et finalement, supposons-le, à peine une réussite de communication, si ténue soit-elle, est-elle atteinte que la croyance en *la* langue est reconduite. Du point de vue du sujet parlant, chaque échange verbal n'est qu'un temps de consécration de *la* langue à travers la parole et, en quelque sorte, le micro-modèle de reproduction de langue comme « dépôt des formes entendues et pratiquées » (*CLG/E* 2560).

La croyance du sujet parlant en la langue tient constamment, bien qu'éphémèrement plus ou moins perturbée. Et c'est plutôt la fermeté de la croyance en la langue – de l'ordre de la conviction intuitive – qui garantit l'accomplissement de tout le processus depuis le mouvement de parole qui révèle la déviation des langues individuelles jusqu'à la fin du processus avec la reconduction de la croyance en la langue –, tout cela étant garanti par la conviction des sujets qu'il n'y a que *la* langue. La conscience du sujet parlant est traversée d'un bout à l'autre par la croyance immotivée que la langue est « une chose sociale ».

Considérons maintenant une communication difficile du point de vue de la langue individuelle. Le processus compte trois moments : (1) commencement, (2) échange d'énoncés, (3) fin du cycle. En (1) commence le langage comme croyance en une langue commune à tous, en (2) apparaissent des difficultés de compréhension, autrement dit, se révèle la déviation entre langues individuelles, en (3), malgré tout, la communication atteint un certain degré de réussite et la croyance en *la* langue est reconduite, ce qui reconduit la langue elle-même comme code social. L'apparition de la déviation entre les langues des sujets parlants signifie non seulement la différence de configuration des langues, mais aussi entre langue commune et langues individuelles. Car la différence entre la langue du sujet A et la langue du sujet B peut signifier, du fait de la définition de la langue commune comme identique à soi, les trois cas suivants :

1. La langue de A est déviée de la langue commune et la langue de B est identique à cette dernière ;
2. Au contraire, la langue de B est déviée de la langue commune et la langue de A est identique à cette dernière ;
3. La langue de A et la langue de B sont toutes deux déviées de la langue commune.

Or, le fait qu'à la fin du cycle la croyance en une langue commune à tous soit rétablie suppose nécessairement :

- Soit la déviation de l'une des deux langues individuelles, celle de A ou celle de B, par rapport à la langue commune ;
- Soit la déviation des deux langues individuelles par rapport à la langue commune est rectifiée [3] et les langues individuelles sont intégrées à la même langue commune.

En conséquence ce processus de reconduction – ou de reproduction, peu importe – de la langue implique un déplacement des différences vers la langue individuelle [4], de sorte que la langue individuelle d'un même sujet est différente en fin de cycle par rapport à ce

3 C'est en ceci que la dimension métalinguistique peut être dite *incorporée* dans la langue en tant que moyen de contrôle et de correction des dérives individuelles. C'est ce que permet de penser le fait que dans le face à face conversationnel direct, la plupart des opérations métalinguistiques (ou métadiscursives) d'ajustement qui assurent chaque locuteur du fait qu'il est compris par son auditeur s'effectuent « sans y penser ».

4 La langue sociale étant, on l'a vu, « une certaine moyenne » (*CLG/E* 220) des langues individuelles, le changement de ces dernières amène forcément celui de la langue commune.

qu'elle était en début de cycle. Mais pas plus que l'existence de la langue individuelle, ce déplacement de la configuration de langue n'arrive à la conscience du sujet. Celui-ci continue de croire, même après le déplacement des différences dans « sa » langue, non seulement qu'il partage la langue de son interlocuteur, mais aussi que « sa » langue est identique à la langue commune et de ce fait identique à soi sans jamais avoir changé. On peut en conclure que la croyance en *la* langue repose non seulement sur « l'oubli avant mémoire » de la langue individuelle mais aussi sur l'ignorance de ses changements. Selon les termes de Charles Bally, l'histoire n'existe pas pour la conscience linguistique :

> « Sans doute les significations des mots isolés et les impressions qu'ils produisent plongent dans le passé et continuent à se modifier dans le présent ; mais nous ne nous en apercevons pas ; nous croyons que tout, dans le langage, se passe comme si rien n'avait changé, ne changeait ou ne devait changer. De plus, toutes les associations sur lesquelles repose notre connaissance des mots – comme celle de tous les faits linguistiques – sont pour nous sur le même plan et contemporaines les unes des autres ; l'histoire n'existe pas pour la conscience linguistique. » (*Le langage et la vie*, 3e éd. augm., Droz, 1965, p. 65)

Dans ce changement de la langue individuelle entre avant la parole et après la parole, nous pouvons supposer au moins deux cas :

1. La quantité lexicale change ;
2. Elle ne change pas.

Le cas où la quantité lexicale change fait penser à l'exemple donné par Amacker de l'homme qui ne connaît pas *redouter*. Soit dans notre contexte la confrontation d'une langue individuelle qui ignore *redouter* avec une autre langue individuelle qui distingue *craindre*, *avoir peur* et *redouter*. Si elle augmente son vocabulaire en apprenant *redouter* à travers la parole échangée avec l'autre, elle subit un déplacement de la configuration des différences dans son système, car le changement de la quantité lexicale cause un changement de la répartition des significations sur les signes :

> « Si vous augmentez d'un signe la langue, vous diminuez d'autant la signification des autres. Si par impossible on n'avait choisi au début que deux signes, toutes les significations se seraient réparties sur ces deux signes. L'un aurait désigné une moitié des objets et l'autre l'autre moitié. » (*CLG/E* 1191, II R21)

Ainsi l'augmentation d'un mot modifie tout le système individuel. Pourtant le sujet ne s'en apercevra pas et continuera à croire à *la* langue et à son immuabilité : *ma* langue échappe d'un bout à l'autre à ma volonté et *ma* croyance en la langue reste intacte.

Examinons maintenant le cas où le changement lexical ne se produit pas : la langue individuelle se compose toujours des mêmes mots dans lesquels le sujet a mal compris *redouter* par exemple ; elle est donc toujours dans l'état où s'est révélée la déviation entre interlocuteurs. Cette langue est-elle identique avant et après ? Ou encore : deux langues individuelles composées des mêmes termes sont-elles identiques ? Supposons que la langue du sujet A et la langue du sujet B soient composées des mêmes mots et qu'ils connaissent des difficultés de communication. Leurs langues sont-elles identiques ? Non. Car comme le constate Amacker, « les signifiés ont une propriété remarquable : ni leur extension, ni par conséquent leur compréhension, ne sont absolument déterminées ». Cette indétermination des signifiés se note par exemple dans le cas des couleurs. Comment constater l'identité de ce que chacun entend par le mot « bleu » ? Ou alors considérons un signifiant d'un registre dont on peut donner une définition plus nette, « table » par exemple : *« objet formé essentiellement d'une surface plane horizontale, généralement supportée par un pied, des pieds, sur lequel on peut poser des objets »* (*Petit Robert*). Il reste difficile de constater l'identité de ce que chacun entend par ce mot parce que la délimitation de ce qui est « table » et de ce qui ne l'est pas est équivoque. Et l'on peut aussi imaginer un meuble dont il est difficile de décider si c'est une table ou une console – la décision variera d'un individu à l'autre. Si enfin on compte sur des définitions pour décider de l'identité des signifiés d'un individu à l'autre apparaîtra le problème de leur circularité :

> « la circularité des définitions de dictionnaire est inhérente au genre lexicographique : les termes métalinguistiques (c'est-à-dire les termes permettant de fournir des indications sur une unité du code) sont également des unités de la langue. » (Jean Dubois *et alii*, *Dictionnaire de linguistique*, art. « circulaire »)

Si l'identité de deux langues composées des mêmes mots ne se vérifie pas, la différence entre elles n'est pas non plus vérifiable.

Revenons à la question de l'identité de la langue d'un même individu d'un moment à un autre : le sujet parlant a rencontré des difficultés de compréhension mais la quantité des mots de sa langue n'a pas changé. Etant donné que le sujet a eu du mal à décoder l'énoncé de l'autre, on peut supposer que sa langue était déviée par rapport à celle de son interlocuteur. Et comme il a finalement atteint une certaine réussite de communication, c'est-à-dire que sa langue a *in fine* partagé un nombre suffisant de signes avec la langue de l'autre, il est théoriquement probable que sa configuration de langue se soit tout de même déplacée. Pourtant il est remarquable que *le sujet ne s'apercevra pas de ce changement et continuera de croire que la langue qu'il parle coïncide avec la langue tout court,* du moins si l'on en juge par ce qui arrive couramment à chaque locuteur.

Au fond, les deux cas que nous avons examinés permettent de conclure que la différence de langue chez un individu d'un moment à un autre, pas plus que celle entre deux langues individuelles, n'arrive à la conscience du sujet parlant et que sa croyance immotivée en une langue sociale identique pour tous reste perpétuellement inentamée.

Comme nous l'avons vu, cette croyance qui supporte et permet la production et la reproduction de la langue est elle-même garantie par l'indécidabilité de sa propre identité ; et ce renvoi perpétuel de la décision d'identité à la parole prochaine provient quant à lui de la différence de phase entre la langue et la parole : l'une latente, l'autre réalisée, la langue n'étant explorable, connaissable qu'à travers la parole. Mais pourquoi cette indécidabilité, tout en étant à la fois celle de la langue individuelle et celle de la langue sociale, s'exerce-t-elle seulement en faveur de cette dernière ? C'est toujours la croyance en la langue sociale qui est reproduite, tandis que la langue individuelle n'est jamais perçue, ou si faiblement que la croyance en *la* langue n'est jamais remise en cause, du moins généralement. La raison se trouve, entre autres, dans le fait que si un mot vient à l'esprit, il est, au sentiment du sujet parlant, d'emblée à tout le monde. C'est toujours la croyance en une même langue sociale qu'on retrouve à la base de la pratique verbale. Si ni la langue individuelle ni la langue sociale ne sont décidables parce qu'aucune des deux n'arrive à la conscience du sujet, il n'y a que la langue qui reste parce qu'elle était *toujours déjà là.*

C'est l'antériorité de la langue sociale par rapport à la langue individuelle qui joue en faveur de sa prééminence. Souvenons-nous : le mot est le dépôt de ses usages répétés dans la parole, c'est-à-dire l'accumulation des accords réalisés entre interlocuteurs : de ce fait il est essentiellement une cristallisation de décisions intersubjectives. D'où l'on peut déduire que *c'est le caractère social de la parole qui produit celui de la langue.*

D'où vient cette immédiateté du caractère social du mot au sentiment du sujet parlant ? C'est ici encore affaire de genèse de la langue. Pour qu'un mot soit inscrit dans *la* langue, il faut qu'il soit répété dans la parole « *un nombre de fois suffisant pour qu'il en résulte une impression durable* ». La fréquence des répétitions du mot, autrement dit son intensité d'impression, détermine l'immédiateté de l'intuition sémantique. Et cette immédiateté de la compréhension linguistique transcende l'individualité. Dès que le sujet saisit un mot, son sens se présente comme étant essentiellement impersonnel. Par ailleurs, cette impersonnalité relève, selon Saussure, de la nature des signes en général, et par conséquent de tout ce qui signifie quelque chose :

> « les signes, les gestes de politesse par exemple y [dans le domaine de la sémiologie] rentreraient ; ils sont un langage en tant qu'ils signifient quelque chose. Ils sont impersonnels – sauf la nuance, mais on peut en dire autant des signes de la langue [...] » (*CLG/E* 1131, II R17)

Ainsi pour Saussure, le sens sémiologique en général est-il de nature impersonnelle. Cette impersonnalité du sens vient, selon nous, de la nature perceptive de l'intuition du signe. Quand la conscience saisit le sens d'un signe, il est donné d'emblée de façon perceptive. Comme le dit Maurice Merleau-Ponty :

> « Si je voulais traduire exactement l'expérience perceptive, je devrais dire qu'*on* perçoit en moi et non pas que je perçois. » (*Phénoménologie de la perception*, p. 249)

Saussure localise le siège de la langue dans la partie réceptive, auditive et passive du circuit de la parole. Pour lui le signe linguistique est à recevoir par l'audition, intuitivement. Cette intuitivité du signe correspond à l'immédiateté de la croyance immotivée de la langue dans la conscience du sujet parlant.

Pour résumer : il y a toujours croyance en une langue commune au commencement de l'acte de langage. Cette croyance vient du caractère social de la formation, de l'apprentissage et de l'exercice de la langue ; elle répond à sa nature d'immotivé. Le processus de communication permet de constater que la croyance en une langue sociale en garantit constamment la réussite tout en étant constamment réassurée sans que les changements de langue qui se produisent en cours de communication arrivent à la conscience du sujet parlant. L'indécidabilité de l'universalité de chaque langue au sein de la communauté qui la parle joue paradoxalement en faveur de la croyance de chacun en une langue uniformément partagée. Une des raisons de la continuité de la reproduction conjointe de cette croyance et de la langue est l'immédiateté de l'intuition du signe dans la conscience du sujet parlant.

CONCLUSION

La langue telle qu'imaginée par Saussure est une entité troublante. Elle a des propriétés antinomiques, ce qui pose des problèmes, entre autres, du côté de la communication : Saussure a parlé, surtout dans le premier des trois cours, de façon fluctuante, tantôt de langue sociale, tantôt de langue individuelle. Or si la langue est individuelle, comment la communication est-elle possible ? Quant à cette propriété de la langue d'être un système purement différentiel, dont dérive l'indéterminabilité de l'unité du signe, ne fait-elle pas elle aussi obstacle à la communication ?

La langue peut-elle être tantôt sociale, tantôt individuelle ? Nous avons suivi au fil des trois cours l'évolution dans la façon dont Saussure décrit la langue dans son opposition à la parole. En fin de compte, il n'y a pas de dualité « social / individuel », il n'y a pas d'antinomie : le caractère social de la langue repose sur sa propriété de code social qui permet la parole comme activité sociale, tandis que la dimension individuelle de la langue provient simplement du fait que, « dépôt dans le cerveau », elle s'observe plus facilement dans l'individu. D'où l'évolution de la conception que se fait Saussure de la langue vers le seul code social.

Le cadre dans lequel Saussure a dégagé la langue de l'ensemble hétéroclite du langage repose sur ce qu'il appelle *le circuit de la parole*. Parmi les différentes parties du circuit – psychique, physiologique, physique… –, Saussure définit la langue comme psychique, auditive, passive, réceptive, coordinative, mettant l'accent sur le côté social et non individuel du code, de sorte que la langue est toujours sociale, même quand elle est observée dans l'individu. Elle est dès l'abord sociale en tant que code suivant lequel les sons reçus sont décodés, deviennent significatifs. Et ce n'est rien d'autre que l'intercommunicabilité qui joue comme critère de langue, toute construction de la notion de langue impliquant d'emblée la réussite de la communication.

Ce qui dans la langue selon Saussure accentue le rôle du social est-il compatible avec cette autre propriété essentielle de la langue d'être constituée comme un « système de différences » ? Si dans la langue comme système les termes ne se déterminent que par leurs différences réciproques, chaque unité sera forcément indéterminable de façon positive. Une des conséquences de cette propriété est de remettre en cause la traductibilité des idiomes. Or, une telle incommensurabilité entre systèmes idiomatiques différents peut se retrouver entre systèmes individuels d'un même idiome : la possibilité de « langues individuelles », de codes personnels, que Saussure a évacuée de sa théorie, pose le problème de l'intercompréhension. Une pleine intercompréhension entre locuteurs natifs ne peut-elle être considérée dans ce cas comme un incident minoritaire, le résultat d'un hasard heureux dans un océan d'incommunicabilité ?

Tullio De Mauro et René Amacker imaginent tous deux la possibilité d'une langue individuelle et le problème de communication qui en découle : conséquence de la conception saussurienne du système de différences, selon laquelle l'identité des termes n'est pas rigidement déterminable d'un système à l'autre. Tullio De Mauro propose pour solution de quitter le « système serré » de Saussure en se fondant sur la réussite relative, mais permanente, de la communication, tandis que René Amacker répond par une certaine « élasticité » du signifié grâce à laquelle la compréhension serait garantie en toute situation. Mais ces solutions laissent quelques points de côté, la nature du problème exigeant qu'on l'examine dans le mouvement de la communication intersubjective.

Nous avons réfléchi au problème de la communication en partant de la notion de langue individuelle et nous nous sommes posé deux questions. La première : Comment la communication a-t-elle lieu s'il existe une différence de code entre les individus ? La deuxième : Comment se fait-il que les sujets parlants n'aient pas conscience de l'individualité de leur langue ?

Nous avons observé que les locuteurs, les sujets parlants *croient* parler une langue commune à tous, croyance sans laquelle il leur serait difficile, pour ne pas dire *impossible,* de prendre la parole. Les écarts existant entre les langues personnelles créent constamment des difficultés de compréhension manifestes, explicites. Mais les sujets parlants ne considèrent pas ces incidents de parole comme les indices structurels d'un phénomène dû à l'individualité des langues ; ils y voient des phénomènes purement conjoncturels. Ainsi la communication s'accomplit-elle et atteint-elle généralement un degré satisfaisant de réussite. Certes, la compréhension d'un énoncé ne se communiquant que par un autre énoncé qui lui succède et dont la compréhension pose à son tour problème, le constat que la communication est effective, et par conséquent le constat qu'il existe une même langue pour tous, est constamment renvoyé à plus tard, mais dans les faits, il n'y a pas *vraiment* de renvoi perpétuel de la décision. Dès qu'une compréhension plus ou moins réussie est atteinte, un cycle de communication se termine sans qu'il y ait besoin de conclure sur le statut ou le degré de fiabilité du code.

On peut donc répondre à la première question en disant que la croyance en une même langue pour tous assure aux sujets parlants une prédisposition à s'entretenir et que grâce à l'indécidabilité des conditions de la communication même, les difficultés de compréhension n'entraînent pas la rupture ultime du code, la perte de confiance dans le langage.

On peut corollairement répondre à la deuxième question en disant que le problème de la langue n'est pas perçu par les sujets parlants parce que même si la déviation entre les langues crée des ratés de compréhension, les uns ne sont pas nécessairement perçus ni les autres immédiatement rattachés à la qualité des langues ; à peine une réussite de communication est-elle atteinte que la possibilité que les langues soient individuelles est « oubliée » avant d'avoir pu être reconnue.

Ainsi le processus de communication s'accomplit-il et la croyance en la langue sociale comme code, garante de la communicabilité intralinguistique, se conserve-t-elle. Tel est le mécanisme qui assure la reconduction – c'est-à-dire la reproduction, la conservation et la mutation – de la langue : la langue et sa reconduction (pour autant que Saussure les distingue) sont garanties par la croyance en *la* langue et par le fait que les sujets parlants ne perçoivent pas leurs propres langues individuelles.

Quelle est la nature de cette croyance en une même langue commune à tous ? Elle est avant tout immotivée : elle se trouve toujours au commencement de l'acte de langage, elle est *a priori*. Sa nature d'immotivé, correspondant à son antériorité par rapport à toute activité langagière, vient du caractère social de la genèse de la langue : aucun mot de langue n'existe s'il n'est répété un nombre de fois suffisant dans l'échange de parole intersubjectif. Ainsi un mot personnel est inimaginable pour la conscience du sujet parlant qui sent d'emblée tout mot de sa langue comme communicable parce que reçue d'autrui. D'où la fermeté de la croyance, pour ainsi dire préconsciente, en la langue sociale et son efficacité comme garante de tout le processus de communication. De ce fait, non seulement la déviation de langue entre les individus, mais aussi son éventuel changement au cours de la communication n'atteignent pas la conscience du sujet : pour lui l'identité de la langue est inébranlable socialement ainsi qu'individuellement ; d'ailleurs l'« individualité » de la langue n'est pas, par essence, reconnue par lui.

Nous avons posé la possibilité de langues individuelles en partant de l'indécidabilité de l'identité de la langue, conséquence de la conception du système en tant qu'essentiellement différentiel. On remarquera que cette indécidabilité joue paradoxalement en faveur de la reproduction de la croyance en la langue sociale. Puisque cette croyance est *a priori*, l'indécidabilité fait qu'elle reste inentamée.

Autre raison de *l'inlassabilité* de sa reproduction, l'immédiateté de l'intuition du signe qui arrive de façon anonyme à la conscience du sujet parlant. Cette immédiateté correspond au caractère immotivé de la croyance en question.

Quelle est la nature de cette intuition linguistique que nous avons vue correspondre à la croyance du sujet parlant en une langue *sociale* ? D'une part, l'intuition, correspondant à l'immédiateté de la compréhension linguistique, en conséquence au mécanisme de communication, joue un rôle non négligeable dans le cercle de nos problèmes – langue individuelle, communicabilité, croyance dans le caractère universel de la langue – qui tous dérivent du système de différences négatives inauguré par Saussure. D'autre part, l'arbitraire du signe, premier principe, s'explique parfaitement par cette conception du système. La correspondance de l'intuition sémantique et de l'arbitraire du signe, par le truchement du concept de système différentiel, s'impose dans toute la théorie saussurienne.

Insistons sur la correspondance entre intuition et système. On la surprend dans la négativité de la différence entre signes : cette négativité ne parvient pas à faire que le signe ne se présente pas positivement à l'esprit – et ce d'autant plus qu'elle ne parvient pas elle-même à se présenter spontanément, naturellement à l'esprit. Elle reste invisible même dans le cas où s'entretiennent deux individus qui ne disposent pas, comme on dit, « des mêmes mots ». Ici l'« invisibilité » de l'incommensurabilité des langues joue en faveur de la communication. La négativité de la différence permet d'un côté au signe de se présenter immédiatement à la conscience, de l'autre à l'acte communicateur de transcender l'incommunicabilité entre systèmes individuels. L'intercompréhension linguistique est par essence intuitive grâce au jeu de différences qui permet la présence du sens en effaçant la présence de la différence elle-même de la conscience. L'immédiateté de l'intuition du sens est ainsi liée à la nature du système différentiel.

Nous avons dégagé à travers ces examens de la notion de langue chez Saussure un mécanisme psychique que nous appelons *la croyance immotivée en la langue sociale*. Cette croyance fonctionne comme le support de tout le processus de communication ainsi que, de ce fait, comme le mécanisme de transmission inlassable de la langue, ou mieux : comme le mécanisme de transmission inlassable qu'*est* la langue. Le caractère immotivé de cette croyance repose sur l'immédiateté de l'intuition linguistique. Et cette dernière n'est rien d'autre que le critère de *la* langue : rappelons-nous les qualités que Saussure a attribuées à la langue en la dégageant du circuit de la parole : psychique, auditive, passive, réceptive, coordinative. La nature de la langue est ainsi intrinsèquement intuitive. Ainsi la croyance immotivée en une langue commune à tous, en une langue sociale, en *la* langue, est-elle profondément liée à sa nature. Mécanisme de reproduction inlassable de la langue, elle est la vie même de la langue.

La langue est certes un code, mais c'est un code invisible, invisible parce qu'il est un système de différences. Cette différence n'est pas saisissable positivement, mais donne à chaque locuteur l'illusion de saisir d'emblée, c'est-à-dire intuitivement, les termes en tant que positifs. Enfin, c'est toujours la langue sociale qui reste perçue positivement, au détriment de la langue individuelle qui, quant à elle, ne parvient pas à la conscience du sujet parlant.

Autrement dit, la langue est un code qui permet le décodage, mais ce dernier est une opération intuitive. Intuitive, parce que c'est une opération mentale préconsciente qui distingue entre différences négatives. Il s'agit là d'une propriété essentielle mais paradoxale du signe : il échappe à notre volonté. D'une part, la négativité de la différence qui ne se présente jamais comme telle à l'esprit en permettant la présence positive des termes, et de l'autre, la perpétuelle absence de la langue individuelle dans la conscience du sujet parlant sont deux corollaires de ce côté paradoxal du signe en tant qu'il échappe à la volonté. La langue a deux côtés, positif et négatif : sa positivité est assurée par la langue sociale, dont la conservation et la reproduction sont étayées par sa négativité, ce jeu de différences qui assure le caractère immotivé de la croyance en une langue commune à tous.

DEUXIÈME PARTIE

LA LANGUE ET SA PAROLE

INTRODUCTION

Est-il nécessaire de préciser une fois de plus que Saussure, en opposant la langue à la parole, a choisi la première pour objet de science et ainsi fondé, dit-on, la linguistique moderne ? Il est notoire que son geste de centrer l'objet de la linguistique sur la langue comme système de signes, et non sur la parole, a suscité des mises en cause et incité à développer des théories de la parole. Est apparue entre autres la théorie du discours de Benveniste, quarante ans après la sortie du *CLG*.

Une remarque en quelque sorte « post-saussurienne » concernant l'absence de linguistique de la parole chez Saussure avait déjà été faite lors de la publication du *CLG* par ses éditeurs eux-mêmes dans leur préface :

> « L'absence d'une linguistique de la parole est plus sensible. » (p. 10)

Mais Saussure y était-il indifférent ? Non, tant s'en faut ; il avait même envisagé d'y consacrer une partie du cours de 1910-1911 :

> « Promise aux auditeurs du troisième cours, cette étude aurait eu sans doute une place d'honneur dans les suivants. » (*ibid*)

Il avait proposé dans la leçon du 4 novembre 1910 un programme en trois parties :

> « 1° Les langues ; 2° La langue ; 3° Faculté et exercice du langage chez les individus. » (*SM*, p. 77 ; *CLG/E* 122)

mais il n'a traité que les deux premières, en raison apparemment du manque de temps. Et il mourra deux ans plus tard sans avoir repris son enseignement. Cela dit, il n'est pas inutile de se demander si par exercice du langage, il entendait la parole telle qu'elle est aujourd'hui abordée par les uns dans la théorie du discours ou par les autres sous le nom d'*énonciation*. On dispose à ce sujet de deux repères :

1. Une définition « définitive » de la parole dans le troisième cours :

> « Parole : active et individuelle. Il faut distinguer deux choses : 1° Usage des facultés en général du langage (phonation, etc.)

2° Aussi : usage individuel du code de langue selon la pensée individuelle. » (*CLG/E* 246-247, III C270)

Saussure distingue ici deux paroles et c'est la seconde qui nous intéresse : elle correspond apparemment à ce que les théories de l'énonciation et la pragmatique prennent pour objet, tandis que la première renvoie à ce qu'on appelle aujourd'hui la phonétique.

2. Une note manuscrite datable de l'époque du premier cours, où Saussure s'occupait par ailleurs d'anagrammes [1], note la difficulté à rendre compte du discours :

« La langue n'est créée qu'en vue du discours, mais qu'est-ce qui sépare le discours de la langue, ou qu'est-ce qui, à un certain moment, permet de dire que la langue *entre en action comme discours* ? [...] Que faut-il pour que nous ayons l'idée qu'on veut signifier quelque chose, en usant des innombrables termes à disposer dans la langue ? C'est la même question que de savoir ce que c'est le discours, par opposition à la simple notion de langue [...] » (BPUG, Ms. fr. 3961)

Nous avons là un Saussure perplexe devant l'abîme creusé entre le statique de la langue et le dynamique du discours.

Partageons avec Saussure l'esprit de cette interrogation : Comment le sujet passe-t-il de la langue à la parole ? Qu'est-ce que le discours ? La langue est-elle si statique et monologique que cela ? N'y a-t-il aucun rapport entre elle et le dynamisme de l'énonciation ?

Cette deuxième partie de notre étude confrontera la conception saussurienne de la langue aux grandes théories de la parole.

Le chapitre 4 analysera la position d'Emile Benveniste pour faire le lien entre le concept d'*instance de discours* et la théorie saussurienne du signe. Nous verrons que l'étude du pronom personnel *je* permet de rapprocher l'inscription du sujet dans la langue selon Benveniste de l'intersubjectivité discursive selon Saussure.

Le chapitre 5 réfléchira à une éventuelle correspondance entre le *je* selon Benveniste et la structure sémantique de la phrase proposée par Charles Bally, avant de confronter les conceptions de ces deux linguistes à la *polyphonie* selon Oswald Ducrot.

Le chapitre 6 partira de la notion austinienne de *performatif* pour proposer une synthèse de la conception saussurienne de la langue et des théories de l'énonciation.

---

1 Cf. Okamura, 1997 et Fehr, 2000, p. 245

4

BENVENISTE ET SAUSSURE : L'INSTANCE DE DISCOURS ET LA THÉORIE DU SIGNE

4.1 Benveniste au-delà de Saussure

Il est notoire qu'Emile Benveniste a appelé à « aller au-delà du point où Saussure s'est arrêté » (*PLG* II, 219) [1] et a été l'instigateur d'une théorie de la parole qu'il a développée dans la perspective de ce qu'il appelle *le discours*. Concernant le problème du discours, on a donc l'habitude d'opposer les deux linguistes.

Le présent chapitre a pour objectif de proposer quelques repères qui permettent d'établir une continuité entre la notion de langue chez Saussure et le discours tel que le présente Benveniste.

Dans cet esprit, nous étudierons les textes où Benveniste traite les pronoms personnels et la subjectivité [2] et chez Saussure quelques passages des sources manuscrites du *Cours de linguistique générale*.

Dans notre analyse nous retiendrons de Benveniste les problèmes suivants, qui sont profondément liés à sa théorie de l'énonciation :

1. celui de la référence du pronom personnel *je*,
2. celui de la subjectivité,
3. celui du point de vue.

Par « point de vue » nous entendons celui qui détermine plus ou moins systémiquement le rapport langage / pensée chez le sujet et l'organisation des données de son expérience.

---

1 « La forme et le sens dans le langage » (1967), ch. XV dans *Problèmes de linguistique générale* II (tome I, 1966 ; tome II, 1974, Paris, Gallimard), abrégé *PLG*.

2 Il s'agit de « La nature des pronoms » (1956) et de « De la subjectivité dans le langage » (1958), respectivement ch. XX et ch. XXI dans *PLG* I.

L'examen du premier problème est indispensable pour introduire et poser les deux autres : la spécificité de la référence de *je* concerne d'une façon profonde la constitution de la subjectivité humaine et le fondement du point de vue comme système déterminant chez chaque sujet parlant ses relations avec le monde. Les deuxième et troisième problèmes seront abordés plus directement dans la synthèse finale.

Nous examinerons chez Saussure quelques-unes de ce qu'il appelle les *dualités* de la langue. Il s'agit d'oppositions binaires entre éléments où nous trouverons que le concept même de signe est imprégné par l'intersubjectivité du discours.

4.2 Benveniste ou l'instance de discours

La spécificité de la référence de je

Nous commencerons par examiner le mot clé de la théorie que Benveniste a développée a propos d'*instance de discours*, à savoir *je*, pronom personnel de la première personne du singulier. Selon le linguiste, *je* a, avec *tu*, une propriété toute particulière qui lui permet de se distinguer de tous les noms, lesquels sont porteurs de valeurs lexicales :

> « On relèvera une propriété fondamentale, et d'ailleurs manifeste, de *je* et *tu* dans l'organisation référentielle des signes linguistiques. » (*PLG* I, p. 252)

Quelle est donc cette particularité de *je* par rapport aux autres signes ?

> « Or ces pronoms [*je* et *tu*] se distinguent de toutes les désignations que la langue articule, en ceci : ils ne renvoient ni à un concept ni à un individu. Il n'y a pas de concept "je" englobant tous les *je* qui s'énoncent à tout instant dans les bouches de tous les locuteurs, au sens où il y a un concept "arbre" auquel se ramènent tous les emplois individuels d'*arbre*. Le "je" ne dénomme donc aucune entité lexicale. » (*PLG* I, p. 261)

On voit qu'il s'agit d'une spécificité que *je* manifeste dans son comportement de référence : *je* est ainsi une forme « vide », sans contenu. Mais, en tant que signe, ne doit-il pas désigner quelque chose ?

> « A quoi donc *je* se réfère-t-il ? A quelque chose de très singulier, qui est exclusivement linguistique : *je* se réfère à l'acte de discours individuel où il est prononcé, et il en désigne le locuteur. » (*Ibid.*)

D'où la définition suivante :

> « *je* signifie "la personne qui énonce la présente instance de discours contenant *je*". Instance unique par définition, et valable seulement dans son unicité. [...] *je* ne peut être identifié que par

> l'instance de discours qui le contient et par là seulement. Il ne vaut que dans l'instance où il est produit. Mais, parallèlement, c'est aussi en tant qu'instance de forme *je* qu'il doit être pris ; la forme *je* n'a d'existence linguistique que dans l'acte de parole qui la profère. Il y a donc, dans ce procès, une double instance conjuguée : instance de *je* comme référant, instance de discours contenant *je*, comme référé. La définition peut alors être précisée ainsi : *je* est l'"individu qui énonce la présente instance de discours contenant l'instance linguistique *je*" ». (*PLG* I, p. 252)

Ainsi *je* se caractérise-t-il par la spécificité de sa référence. Le phénomène est étrange : l'instance d'un signe réfère à l'instance du discours dont elle fait partie. Autant dire que le discours ne parle pas seulement de la réalité du monde, mais aussi de la réalité de sa propre production.

Cette définition de *je* permet de définir symétriquement *tu* :

> « comme l'individu allocuté dans la présente instance de discours contenant l'instance linguistique *tu* » (*PLG* I, p. 253).

Pour résumer, *je* est le point de contact de l'intérieur et de l'extérieur de l'énoncé : l'apparition d'un signe – *je* en l'occurrence – à l'intérieur d'un énoncé réfère à l'énonciation même de ce dernier, laquelle par définition se trouve à l'extérieur. Autrement dit, une intrusion de l'énonciation dans son énoncé. *Je* se trouve au centre de la *coïncidence sui-référentielle* de l'acte d'énonciation et de l'action énoncée (*PLG* I, p. 263).

Cette propriété sui-référentielle des pronoms *je* et *tu* permettra d'éclairer d'une part le problème de la subjectivité dans le langage, et de l'autre celui de la nature intersubjective du point de vue humain.

La constitution de la subjectivité dans le langage

Je se distingue non seulement des noms porteurs d'une valeur lexicale mais aussi des formes qu'on présente traditionnellement dans son voisinage, à savoir les pronoms personnels de la troisième personne :

> « Il faut voir que la définition ordinaire des pronoms personnels comme contenant les trois termes *je*, *tu*, *il*, y abolit la notion de "personne". Celle-ci est propre seulement à *je* / *tu*, et fait défaut dans *il*. » (*PLG* I, p. 251)

Benveniste insiste sur la distinction entre la première et la deuxième personne d'une part, avec la troisième personne de l'autre. C'est la notion de « personne » qui sert de critère à la coupure. Que signifie « la personne » ?

« Il y a des énoncés de discours, qui en dépit de leur nature individuelle, échappent à la condition de personne, c'est-à-dire renvoient non à eux-mêmes, mais à une situation "objective". C'est le domaine de ce qu'on appelle la "troisième" personne. La "troisième" personne représente en fait le membre non marqué de la corrélation de personne. C'est pourquoi il n'y a pas truisme à affirmer que la non-personne est le seul mode d'énonciation possible pour les instances de discours qui ne doivent pas renvoyer à elles-mêmes, mais qui prédiquent le procès de n'importe qui ou n'importe quoi hormis l'instance même, ce n'importe qui ou n'importe quoi pouvant toujours être muni d'une référence objective. » (*PLG* I, p. 255-256)

La notion de « personne » chez Benveniste repose dans la modalité de la référence propre aux instances de discours qui renvoient à elles-mêmes. L'instance du *je* renvoie à l'instance de discours qui la contient. Ce n'est pas le cas pour *il.* D'où la coupure entre *personne* et *non-personne*, qui recouvre la coupure entre subjectivité et objectivité.

Vu sous cet angle, le monde se divise en deux en fonction de l'opposition personne / non-personne avec d'un côté la sphère subjective articulée en *je* et *tu*, et de l'autre celle de la « troisième personne ». Cette opposition, de type pragmatique, joue un rôle essentiel dans la constitution de la subjectivité :

« C'est dans et par le langage que l'homme se constitue comme sujet ; parce que le langage seul fonde en réalité, dans sa réalité qui est celle de l'être, le concept d'"ego". La "subjectivité" dont nous traitons ici est la capacité du locuteur à se poser comme "sujet". Elle se définit, non par le sentiment que chacun éprouve d'être lui-même (ce sentiment, dans la mesure où l'on peut en faire état, n'est qu'un reflet), mais comme l'unité psychique qui transcende la totalité des expériences vécues qu'elle assemble, et qui assure la permanence de la conscience. Or nous tenons que cette "subjectivité", qu'on la pose en phénoménologie ou en psychologie, comme on voudra, n'est que l'émergence dans l'être d'une propriété fondamentale du langage. Est "ego" qui dit "ego". Nous trouvons là le fondement de la "subjectivité", qui se détermine par le statut linguistique de la "personne" ». (*PLG* I, p. 259-260)

Alors, comment *je* se comporte-t-il dans ce processus de constitution ? Benveniste insiste sur la fonction *sui-déclarative* de *je* :

« Le fondement de la subjectivité est dans l'exercice de la langue. [...] il n'y a pas d'autre témoignage objectif de l'identité du sujet que celui qu'il donne ainsi lui-même sur lui-même. » (*PLG* I, p. 262)

« C'est en s'identifiant comme personne unique prononçant *je* que chacun des locuteurs se pose tour à tour comme "sujet". [...] Ce signe est donc lié à l'exercice du langage et déclare le locuteur comme tel. » (*PLG* I, p. 254)

Le locuteur, en s'énonçant *je,* se pose comme sujet, et obtient le statut de première personne. C'est en se disant *je* qu'on devient *je*, sujet humain. Il est à noter ici d'emblée que cette constitution du sujet par l'énonciation de *je* est appropriation de la langue :

« Le langage est ainsi organisé qu'il permet à chaque locuteur de *s'approprier* la langue entière en se désignant comme *je.* » (*PLG* I, p. 262)

L'auto-déclaration de *je* est indispensable non seulement pour se poser comme sujet et s'approprier la langue mais aussi pour devenir « homme dans le monde » : en se disant *je*, on se situe au centre des coordonnées sans lesquelles on ne parviendrait pas à saisir le monde, à mettre en place les *indicateurs* qui déterminent les relations spatio-temporelles :

« Cette référence constante et nécessaire à l'instance de discours constitue le trait qui unit à *je* / *tu* une série d'"indicateurs" [...]. Tels sont d'abord les démonstratifs : *ce,* etc., dans la mesure où ils sont organisés corrélativement aux indicateurs de personne, comme dans lat. *hic* / *iste* [...] ce sera l'objet désigné par ostension simultanée à la présente instance de discours [...]. Hors de cette classe, mais au même plan et associés à la même référence, nous trouvons les adverbes *ici* et *maintenant*. On mettra en évidence leur relation avec *je* en les définissant : *ici* et *maintenant* délimitent l'instance spatiale et temporelle coextensive et contemporaine de la présente instance de discours contenant *je*. Cette série n'est pas limitée à *ici* et *maintenant* ; elle s'accroît d'un grand nombre de termes simples ou complexes procédant de la même relation : *aujourd'hui, hier, demain*, *dans trois jours*, etc. » (*PLG* I, p. 253)

Ces indicateurs organisent autour de *je* les relations spatiales et temporelles. Etant donné l'opposition personne / non-personne en fonction de laquelle l'univers se divise en deux sphères, la langue est dotée d'une autre série d'expressions correspondant à la sphère de la non-personne, qui déterminent d'une autre façon le cadre référentiel :

« Dès qu'on ne vise plus, par l'expression même, cette relation de l'indicateur à l'instance unique qui le manifeste, la langue recourt à une série de termes distincts qui correspondent un à un aux premiers et qui se réfèrent, non plus à l'instance de discours, mais aux objets "réels", aux temps et lieux "historiques". D'où les corrélations telles que *je* : *il*, *ici* : *là*, *maintenant* : *alors*, *au-*

jourd'hui : *le jour même* [...] » (*PLG* I, p. 253-254)

Tels sont les systèmes *déictique* et *non déictique* qui constituent la grille spatio-temporelle sur le fondement de laquelle les référents sont donnés au sujet. Est ainsi construit le point de vue au sens précisé plus haut de *ce qui, chez le sujet, détermine de façon systémique le rapport langage / pensée et l'organisation des données de son vécu*. En effet la subjectivité se constitue dans le langage au cœur duquel se trouve le pronom personnel *je*. Tandis que le monde de la troisième personne est rempli de références objectives, appréhendées à partir du point de vue *je*, ce dernier, qui les saisit dans les concepts, ne peut pourtant pas disposer d'un « concept "*je*" englobant tous les *je* ». En effet, *je* n'est pas définissable, nous l'avons vu, sans recours à *je* lui-même, comme si *je*, en tant que point de vue, manquait de distance pour regarder l'objet qu'il est lui-même.

Le point de vue intersubjectif

Après avoir considéré l'opposition entre la première et la troisième personne, nous allons examiner la relation entre la première et la deuxième.

Nous avons vu que la subjectivité humaine se construit par le langage. On devient *je* en se disant *je*. Mais cet auto-témoignage ne tient évidemment pas sans ce partenaire qu'est *tu*, à qui *je* s'adresse :

> « La conscience de soi n'est possible que si elle s'éprouve par contraste. Je n'emploie *je* qu'en m'adressant à quelqu'un, qui sera dans mon allocution *tu*. C'est cette condition de dialogue qui est constitutive de la *personne*, car elle implique en réciprocité que *je* devient *tu* dans l'allocution de celui qui à son tour se désigne par *je*. » (*PLG* I, p. 260)

Benveniste insiste sur la réciprocité entre *je* et *tu* en l'appelant « la polarité des personnes » et en en faisant la condition fondamentale du langage :

> « Le langage n'est possible que parce que chaque locuteur se pose comme *sujet,* en renvoyant à lui-même comme *je* dans son discours. De ce fait, *je* pose une autre personne, celle qui, tout extérieure qu'elle est à "moi", devient mon écho auquel je dis *tu* et qui me dit *tu*. La polarité des personnes, telle est dans le langage la condition fondamentale, dont le procès de communication, dont nous sommes parti, n'est qu'une conséquence toute pragmatique. » (*ibid.*)

Cette condition fondamentale est aussi fort singulière :

> « Polarité d'ailleurs très singulière en soi, et qui présente un type d'opposition dont on ne rencontre nulle part, hors du langage, l'équivalent. Cette polarité ne signifie pas égalité ni symétrie : "ego" a toujours une position de transcendance à l'égard de *tu* ; néanmoins, aucun des deux termes ne se conçoit sans l'autre ; ils sont complémentaires, mais selon une opposition « intérieur / extérieur », et en même temps ils sont réversibles. » (*ibid.*)

Cette singularité de la polarité des personnes provient de la quasi-contradiction entre les propriétés qu'elle manifeste : *je* et *tu* sont d'un côté réciproques, complémentaires, mais de l'autre asymétriques. Cette asymétrie repose sur les oppositions « immanent / transcendant », « intérieur / extérieur ». Qui plus est, elle est réversible. Il s'agit d'un type d'échange. Soit deux locuteurs A et B. Ils s'échangent les rôles de locuteur et d'allocutaire. A s'adresse à B en énonçant *je*, et appelle son interlocuteur *tu*. Ensuite B prend la parole se disant *je* et A devient *tu*. Et ainsi de suite. C'est à travers ce processus que la subjectivité se construit :

> « C'est dans l'instance de discours où *je* désigne le locuteur que celui-ci s'énonce comme "sujet". Il est donc vrai à la lettre que le fondement de la subjectivité est dans l'exercice de la langue. » (*PLG* I, p. 262)

La subjectivité ainsi constituée dans et par la relation *je* - *tu*, est intersubjectivité. Et là, il n'est pas difficile de voir qu'un tel processus de construction subjective peut bien concerner le problème du point de vue tel que défini plus haut.

Récapitulons. Selon Benveniste, grâce à la *sui-référence* du pronom personnel de première personne, le seul geste de s'énoncer *je* fraie la voie vers :

1. L'instauration de la subjectivité qui accompagne l'appropriation de la langue par le sujet ;
2. L'organisation de la grille référentielle à travers laquelle le sujet saisit le monde ;
3. La mise en place de la polarité des personnes.

Etant donné que la subjectivité se constitue dans l'échangeabilité de *je* et *tu*, et que *je* est le point de vue à partir duquel le sujet prédique le monde, le dialogue entre *je* comme locuteur et *tu* comme allocutaire n'est autre que l'échange de la position subjective vis-à-vis du partenaire et du monde. Autant dire que la constitution de la subjectivité implique une intériorisation de la polarité de *je* et *tu* dans chacun des sujets parlants : à l'intérieur, pour ainsi dire, du locuteur *je* il y a un *tu* qui l'écoute : à preuve, on n'arriverait jamais à parler sans entendre sa propre voix. De fait,

> « Le “monologue” est un dialogue intériorisé, formulé en “langage intérieur”, entre un moi locuteur et un moi écouteur. Parfois le moi locuteur est seul à parler ; le moi écouteur reste néanmoins présent ; sa présence est nécessaire et suffisante pour rendre signifiante l'énonciation du moi locuteur. » (« L'appareil formel de l'énonciation » [1970], *PLG* II, ch. V, p. 85-86)

4.3 Saussure ou la théorie du signe

Qu'en est-il maintenant de la subjectivité et du point de vue dans la réflexion de Saussure ?

Commençons par le point de vue. Saussure est formel : la langue est un point de vue qui s'impose avec une telle force au sujet parlant que celui-ci n'en est même pas conscient :

> « la langue [...] nous paraît tout près de notre main ; peut-être est-elle trop près ([...] verre de la lunette par lequel et au travers duquel nous saisissons les autres objets) » (*CLG/E* 1766, II R1)

L'idée de *langue comme point de vue* est d'ailleurs corrélative de la conception de la langue comme système de différences négatives. Sans nous y attarder ici, nous en relèverons les conséquences :

1. Ce n'est pas le référent qui détermine la valeur d'un signe mais la coexistence du signe avec les autres signes, autrement dit le découpage entre eux ;
2. Les différences négatives ne parvenant pas comme telles à la conscience du sujet, celui-ci n'a qu'à se soumettre à la distribution des valeurs que lui impose la langue – d'où l'idée que la langue est un point de vue *subi* par le sujet.

Mais comment la segmentation de la langue, l'association déterminée d'un signifiant et d'un signifié, est-elle décidée ? Cette question conduit directement à la conception de la subjectivité chez Saussure.

Prenons la première leçon du Cours II. Saussure y propose pour causes de la difficulté à déterminer l'objet de la linguistique plusieurs dualités.

Première dualité :

> « Les syllabes qu'on articule ne sont-elles pas dans le son, dans ce que perçoit l'oreille ? Oui, mais les sons ne seraient pas existants sans les organes vocaux. Donc, si on voulait réduire la langue au son, on ne pourrait la détacher des articulations buccales ; et réciproquement, on ne peut même pas définir les mouvements de l'organisme vocal en faisant abstraction de l'impression acousti-

que. [...] Ainsi dans le phonème *k* : deux côtés qui ne font qu'un par leur correspondance. » (*CLG/E* 134, 136, 135, II R3)

Voilà pour la dualité articulatoire / acoustique du son linguistique.

Deuxième dualité :

> « Le son vocal n'est un mot que dans la mesure exacte, constante, où il lui est attaché un sens. Cette correspondance se vérifie à chaque pas de la linguistique à tel point qu'on ne peut dire ce que c'est qu'une forme sans prendre à la fois le son et le sens. » (*CLG/E* 139, II R3-4)

Voilà pour la dualité du signe comme son / sens.

Troisième dualité :

> « Cette unité complexe doit trouver sa sphère au moins dans deux individus : donc troisième unité complexe [...]. Le passage de la bouche d'un monsieur A à l'oreille d'un monsieur B et réciproquement sera toute la vie de la langue. [...] La langue est faite pour communiquer avec ses semblables. Enfin ce n'est que par la voie sociale que la langue reçoit sa consécration. » (*CLG/E* 142, II R4)

Voilà pour la troisième dualité : l'intersubjectivité du langage.

Notons d'abord la relation que Saussure définit entre la deuxième et la troisième dualités : il s'agit de l'interdépendance langue / parole. La langue sert à la parole qui dépend d'elle. Mais il est également vrai que la langue a à son tour besoin de la parole pour « recevoir sa consécration ». Le signe comme double unité représentant ici la langue, la consécration de celle-ci par la voie sociale, à savoir par le processus de parole, signifie bien celle du signe, *i.e.* celle de l'association d'un signifiant à son signifié correspondant.

Le processus de parole est présenté ici comme « passage de la bouche d'un monsieur A à l'oreille d'un monsieur B et réciproquement... ». Cette description renvoie au schéma de communication, proposé deux ans et demi plus tard, que Saussure appelle « circuit de la parole » (voir *CLG/E* 194-196, 198, et ici même *supra*).

Examinant ce circuit de la parole qui représente plusieurs strates du processus de l'acte de communication entre sujets parlants, Saussure localise le lieu du dépôt de la langue dans « la partie réceptive et coordinative » (*CLG/E* 229) – il la qualifie de « sociale » –, c'est-à-dire dans « le centre associatif » du sujet entendant, où « sont mis en contact un concept verbal et une image acoustique » (*CLG/E* 198) :

> « C'est cette sphère-là qui nous représente la sphère de la langue. Ce sont ces milliers d'images verbales associées chez les individus à autant de concepts placés en regard. » (*CLG/E* 232, III C269)

Cette mise en contact des deux faces du signe implique que la configuration des valeurs reçoive la consécration sociale en plein acte d'énonciation, *i.e.* dans l'instance de discours. Le circuit de la parole représente donc le processus où la polarité des personnes *je* et *tu* s'intériorise dans la langue. Pour Saussure, la langue n'est rien d'autre qu'une intériorisation de la relation sociale de la parole dont l'unité élémentaire est celle des deux sujets parlants *je* et *tu* :

> « On peut dire qu'en prenant un individu nous aurons dans le seul exemplaire l'image de ce qu'est la langue dans la masse sociale. Si nous pouvions examiner le dépôt des images verbales dans un individu, conservées, placées dans un certain ordre et classement, nous verrions là le lien social qui constitue la langue. » (*CLG/E* 232-234, III C269)

La conception saussurienne de la langue est ainsi traversée, avant la lettre, par une inspiration quasi benvenistienne de l'énonciation, comme si pour Saussure résonnait jusque dans le son linguistique la voix double des deux sujets *je* et *tu*.

5

BALLY ET DUCROT : LA STRUCTURE DE PHRASE ET LA SUI-RÉFÉRENCE DE *JE*

5.1 *Introduction*

Le rapport entre discours et personne grammaticale conduit à repenser ce que Benveniste dit de *je* :

1. La sui-référence de *je* permet au locuteur de se déclarer comme sujet parlant, ce qui ouvre sa relation avec le destinataire *tu*. Le simple fait de dire *je* n'est autre que la mise en place du point à partir duquel on noue des relations avec autrui.
2. Cette mise en place du point de départ par *je* correspond aussi à la constitution du système d'articulation du temps et de l'espace. Le présent moment où *je* parle s'appelle *maintenant*, le lieu où *je* parle *ici*. Ainsi le triptyque *je - ici - maintenant* (lat. *ego - hic - nunc*) sert de repère primitif qui permet la constitution des cadres spatio-temporels : « ici / là / là-bas » ainsi que « passé / présent / futur ».
3. Tout ceci signifie que la subjectivité, propriété humaine de nouer des relations sociales et de prédiquer le monde, se constitue à travers les dialogues que deux interlocuteurs entreprennent en échangeant les rôles de *je* et *tu* ; cette constitution de la subjectivité ne fait qu'un avec l'appropriation de la langue par le sujet.

On voit que cette théorie du discours ramène tous les problèmes au *je* et les explique en se fondant sur ses propriétés. Cette particularité laisse deviner un certain parallélisme de l'instance énonciative de Benveniste avec la *théorie de la phrase* qui fait de Charles Bally un des précurseurs de la théorie de l'énonciation – parallélisme que le présent chapitre va tenter de confirmer.

Notre lecture repèrera dans la conception de la structure sémantique de la phrase selon Bally deux directions opposées. La première direction pointe vers ce que Ducrot appelle la « polyphonie », perspective dans laquelle le sujet modal et le sujet communicant d'un énoncé peuvent ne pas être *je,* tandis que selon l'autre direction, la *signification de phrase* serait régie par la première personne.

Oswald Ducrot reprend et radicalise Bally pour élaborer sa théorie polyphonique. Nous étudierons ce point en confrontant les arguments développés dans *Logique, structure, énonciation* (1989) à la notion benvenistienne de « personne » avant de revenir à Charles Bally.

5.2 Schémas de la phrase chez Bally

Une des raisons pour lesquelles la théorie de la phrase de Bally déborde le cadre de la grammaire et peut être considérée comme une théorie de l'énonciation, c'est l'importance que son auteur a accordée à la *modalité*, notion qui par définition implique l'attitude du sujet parlant à l'égard de l'énoncé. Il est à noter que Bally n'est pas tout à fait fidèle à la tradition logico-grammaticale du *modus.* Ducrot et Schaeffer précisent en quoi son approche est innovante :

> « La notion de modalité, entendue comme attitude vis-à-vis d'un fait, a été généralisée par le linguiste suisse Bally, élève de Saussure, jusqu'à empiéter de façon spectaculaire sur ce qu'on appelle d'habitude *dictum.* [...] Ce qui amène à élargir la notion de modalité par rapport aux conceptions habituelles :
>
> 1. Le verbe modal peut marquer n'importe quelle attitude psychologique [...]
>
> 2. La structure sémantique où apparaissent sujets et verbes modaux peut n'avoir qu'une trace indirecte dans la syntaxe, et rester de ce fait "implicite" [...]
>
> 3. Plus novatrice encore est l'idée que le sujet modal peut être différent du locuteur [...]
>
> 4. Autre thèse paradoxale : la même phrase peut exprimer plusieurs propositions modales distinctes [...]. » (p. 586-587)

Avant d'analyser ces remarques, nous allons observer l'architecture de la théorie de la phrase de Bally d'après *Linguistique générale et linguistique française*, p. 35 et s.

La théorie de Bally part de l'idée que :

> « La phrase est la forme la plus simple possible de la communication de la pensée. » (p. 35, § 27)

Mais de quelle *pensée* s'agit-il ?

> « Penser, c'est réagir à une représentation en la constatant, en l'appréciant ou en la désirant. C'est donc juger qu'une chose est ou

n'est pas, ou estimer qu'elle est désirable ou indésirable, ou enfin désirer qu'elle soit ou ne soit pas. » (p. 35, § 27)

Ainsi la pensée est-elle une réaction à telle et telle représentation. Dans cette réaction Bally distingue trois catégories – selon une conception ternaire du psychisme empruntée, semble-t-il, à la psychologie de son temps – à savoir (i) le jugement de fait, (ii) le jugement de valeur et (iii) la volition, qui correspondent à l'entendement, au sentiment et à la volonté (p. 35, § 27), la modalité couvrant les trois fonctions. D'où la première remarque de Ducrot sur l'élargissement de la modalité jusqu'à « n'importe quelle attitude psychologique ».

Une telle conception du rapport entre pensée et représentation, une fois appliquée à l'analyse de l'énonciation, justifiera – puisque la phrase est pour Bally l'unité minimale – l'idée d'une structure dichotomique à *modus* et *dictum* :

> « Demandons-nous quelle est la forme la plus logique que puisse revêtir la communication de la pensée. C'est évidemment celle qui distingue nettement la représentation reçue par les sens, la mémoire ou l'imagination, et l'opération psychique que le sujet opère sur elle [...] La phrase explicite comprend donc deux parties : l'une est le corrélatif du procès qui constitue la représentation [...] ; nous l'appellerons, à l'exemple des logiciens, le *dictum*. [...] l'autre contient [...] l'expression de la modalité, corrélative à l'opération du sujet pensant [à savoir le *modus*]. » (p. 36, § 28, entre crochets par nous)

Comme la terminologie l'indique, le *modus* est celui des deux constituants qui porte la *modalité*, c'est-à-dire non pas comme dans la tradition une simple définition du statut de la phrase mais bien la pensée comme forme de représentation. Quant au *dictum*, c'est le constituant qui correspond au procès, à la représentation elle-même.

Bally en donne un exemple :

> « Cherchons maintenant à déterminer les rapports qui unissent les termes d'une phrase logiquement constituée : sujet modal, verbe modal et *dictum*. Une phrase telle que : *Je crois que cet accusé est innocent* nous présente un sujet pensant (*moi*) opérant un acte de pensée (*croire*) sur une représentation (*l'innocence de l'accusé*). » (p. 38, § 32)

Telle est la structure sémantique de la « phrase explicite » (p. 36, § 28).

Schéma 1

modus (sujet + verbe) + ***dictum*** (sujet + verbe / infinitif/ substantif)

Le tableau 1 reprend des phrases données en exemple par Bally en tenant compte de l'opposition *modus* - *dictum* et des trois catégories psychiques évoquées :

Tableau 1

	modus	***dictum***
jugement de fait		
	Je suis convaincu	*que cet accusé est innocent.*
	On croit	*que la Terre tourne.*
	Nous ne croyons pas	*qu'il pleuve.*
	Socrate veut	*que l'homme fasse le mal par ignorance.*
jugement de valeur		
	On se réjouit	*qu'il pleuve.*
	Je regrette	" " "
	J'ai du plaisir	*à manger ce fruit.*
volition		
	J'exige	*que vous sortiez.*
	Il est interdit	*de fumer dans les non-fumeurs.*
	Le général a décidé	*que les prisonniers seraient mis à mort.*

La schématisation dichotomique est claire. Mais tout l'intérêt de cette recherche d'une modélisation de la structure sémantique de la phrase vient de ce que Bally ajoute à *modus* et *dictum* une troisième composante de la signification, la *communication* :

> « Puisque le langage sert à communiquer la pensée, il faut s'attendre à ce qu'il marque ce caractère primordial par des procédés appropriés, qu'on appelle procédés déclaratifs. Ces procédés existent, mais ils se dérobent à un examen superficiel : comme les signes modaux, ils ont des formes soit indirectes, soit implicites. Si la phrase *La Terre tourne* signifie logiquement "Je vous fais savoir (communication) que je suis convaincu (modalité) que la Terre tourne", on ne s'étonnera pas que l'on ne trouve presque jamais d'expressions chargées de cette double et pesante armature. » (p. 50, § 55)

D'où ce nouveau schéma à trois termes et son tableau :

Schéma 2

communication (s. + v.) + ***modus*** (s. + v.) + ***dictum*** (s. + v. /inf./subst.)

Tableau 2

communication	***modus***	***dictum***
Je vous fais savoir	*que je suis convaincu*	*que la Terre tourne.*
	que je suis convaincu	*que cet accusé est innocent.*
	qu'on croit	*que la Terre tourne.*
	que nous ne croyons pas	*qu'il pleuve.*
	que Socrate veut	*que l'homme fasse le mal par ignorance.*
	qu'on se réjouit	*qu'il pleuve.*
	que je regrette	« « «
	que j'ai du plaisir	*à manger ce fruit.*
	que j'exige	*que vous sortiez.*
	qu'il est interdit	*de fumer dans les non-fumeurs.*
	que le général a décidé	*que les prisonniers seraient tous mis à mort.*

On peut à ce niveau faire deux observations :

1. Le sujet du *modus* n'est pas toujours *je*, le sujet de locution. Il peut s'incarner en n'importe quel autre sujet, en n'importe quelle personne grammaticale, corollaire d'une des propriétés de la notion de modalité selon Bally évoquée par la remarque 3 de Ducrot et Schaeffer *supra*.
2. La deuxième observation concerne la remarque 2. Il s'agit de l'opposition entre phrase explicite et phrase implicite. Il va de soi que les énoncés réels ne sont pas toujours chargés de la structure « explicite » des schémas, où les composants de la phrase (dans le schéma 1, *modus* → *dictum*, et dans schéma 2, *communication* → *modus* → *dictum*) sont tous explicites. Les phrases explicites sont plutôt rares. Il y a des degrés d'explicitation : au niveau de la réalisation les phrases sont plus ou moins explicites ou implicites.

Situons ces deux problèmes par rapport à la théorie du discours chez Benveniste. Celle-ci est centrée sur la logique du *je* : c'est *je* qui permet la constitution de la subjectivité et du rapport sujet - monde. De ce point de vue les deux problèmes que nous venons de repérer chez Bally ne vont pas également dans le sens d'un rapprochement : si l'existence d'un degré d'explicitation est plutôt favorable, la pluralité du sujet n'est guère compatible avec l'unicité du *je*.

5.3 La théorie de la polyphonie chez Ducrot

Revenons sur la pluralité du sujet modal dans la théorie de la phrase de Bally, où le sujet du *modus* peut ne pas être identique au sujet de l'énonciation et observons la façon dont Oswald Ducrot a interprété ce problème pour mettre en place sa propre théorie de la polyphonie (Ducrot, 1989, chap. VII), c'est-à-dire en radicalisant la dissociation du sujet énonçant et du sujet modal.

Bally lui-même en donne des exemples :

> « Le sujet modal peut être et est le plus souvent en même temps le sujet parlant [...]. Mais il peut englober d'autres sujets : "*Nous* ne croyons pas qu'il pleuvra", ou bien c'est un autre ou plusieurs autres sujets : "*Galilée*, *les astronomes* affirme(nt) que la *Terre* tourne" ; puis on reste dans le vague : "*On* croit que le roi est mort" ». (Bally, p. 37, § 30)

Cette dissociation du sujet parlant et du sujet modal rend la notion de modalité plus linguistique que logique, ce qui lui confère une large possibilité d'application : cette modalité « élargie » peut concerner toute la structure sémantique de l'énonciation.

Ducrot a trouvé dans cette pluralité du sujet modal son inspiration pour « esquisser une théorie linguistique de la polyphonie » (Ducrot, 1989, p. 165). Il interprète Bally comme une théorie de la polyphonie et justifie sa lecture par le passage que nous venons de citer puis par :

> « Même lorsque le sujet pensant est identique au sujet parlant, il faut prendre garde de confondre *pensée personnelle* et *pensée communiquée*. Cette distinction est de la plus haute importance, et s'explique par la nature et la fonction du signe linguistique lui-même. » (Bally, p. 37, § 31)

Ducrot en donne l'interprétation suivante :

> Le texte de Bally apporte donc trois indications :
>
> 1. Les cas de dissociation entre sujet modal et sujet parlant font apparaître une distinction entre la pensée réelle du sujet parlant et celle qu'il communique ;
>
> 2. Cette distinction loin d'être limitée à de tels cas, vaut aussi lorsque sujet modal et sujet parlant sont identiques ;
>
> 3. Les indications 1 et 2 appuient l'une et l'autre, et la seconde plus encore que la première, une conclusion commune. (Ducrot, 1989, p. 172)

Et Ducrot en tire ce qu'il appelle « le principe sémiologique général » :

> « "Toute communication implique une distinction entre la pensée communiquée et la pensée personnelle de celui qui parle". Ce principe, selon Bally, est évidemment satisfait lorsque sujet parlant et sujet modal sont dissociés, mais il l'est tout autant lorsqu'ils coïncident. Dans ce dernier cas, en effet, il reste toujours possible [...] que le sujet parlant s'attribue à lui-même, dans son acte de communication, une pensée qui n'est pas la sienne (c'est ce qui se passe lorsqu'il y a mensonge ou ironie : on constate alors, selon les termes de Bally, un "dédoublement de la personnalité", le sujet parlant étant à la fois le lieu de deux pensées différentes, la sienne et celle qu'il communique comme la sienne). » (*ibid.*, p. 172-173)

Partant de la dissociation du sujet parlant et du sujet modal dans une phrase comme « *Galilée* affirme que la Terre tourne » (ici le sujet de l'affirmation n'est pas *je*), Bally et Ducrot parviennent à la distinction de la pensée énoncée et de la vraie pensée du locuteur : « même lorsque le sujet pensant est identique au sujet parlant, il faut prendre garde de confondre *pensée personnelle* et *pensée communiquée* ». Est toujours ouverte la possibilité du « dédoublement de la personnalité ». « Le mensonge en est la forme la plus caractéristique » (Bally, p. 37, § 31).

Ayant ainsi élargi la distinction des sujets parlant / modal jusqu'à celle entre pensées personnelle / communiquée, Bally remonte à la nature même du signe :

> « Cela nous amène à une conception particulière de la réalité en matière de sémiologie : le signe porte en lui-même sa signification (son signifié), et c'est celle-là seule qui compte pour la communication. Elle peut être avec la pensée de celui qui emploie le signe, et ne recouvre donc pas la notion de réalité. » (Bally, p. 37-38, § 31).

Ce que Ducrot commente et développe comme suit :

> « Dans la mesure où [le signe], selon la formule saussurienne, comporte à la fois un signifiant et un signifié, dans la mesure d'autre part où le signifié, selon Bally, est une pensée, la liberté que nous avons de choisir des signes implique la liberté de choisir une pensée : le trésor de phrases mis à notre disposition par la langue est en même temps une galerie de masques ou une garde-robe de costumes permettant de jouer une multitude de personnages différents – et, même si le personnage choisi est conforme à la pensée "réelle", c'est encore un personnage. » (*ibid.*, p. 173)

La dissociation de la pensée réelle d'avec la pensée énoncée, illustrée par la possibilité du mensonge et justifiée par la nature du signe, constitue le point de départ du schéma polyphonique de Ducrot.

Bally justifie la distinction entre sujet parlant et sujet communicant par des exemples tels que :

Paul dit : je suis malade. (p. 50, § 56)

Galilée dit que la Terre tourne. (p. 51, § 57)

En effet ces phrases explicitent un sujet de communication autre que *je*, sujet parlant. Et même si le sujet de communication reste implicite, la distinction est possible, comme dans :

Il est défendu de fumer. — Tu ne tueras point. (p. 50, § 56)

Cet exemple de distinction implicite :

> « Ainsi, de même qu'il y a un "style direct" explicite ("L'administration déclare : 'Il est défendu de fumer'"), il y a un style direct implicite ou libre ; si une servante annonce à sa maîtresse : "Un monsieur désire parler à Madame", elle reproduit les paroles du visiteur : "Je désire parler à Madame" ». (Bally, p. 50-51, § 55)

est ainsi commenté par Ducrot :

> « Ce que Bally, me semble-t-il, a voulu dire, c'est que le monsieur est le sujet communicant : il est la personne qui, à l'intérieur du sens de l'énoncé, essaye de "faire savoir quelque chose" – alors que le sujet parlant ne peut être que la servante, porte-parole. Autrement dit, l'analyse de l'énoncé, si Bally la présentait de façon explicite, serait : "Un monsieur fait savoir (communication) qu'il désire (modalité) parler à Madame." » (Ducrot, 1989, p. 180)

Se justifie ainsi la dissociation du sujet parlant (en l'occurrence, la servante, qui devrait s'appeler dans l'énoncé « je », si elle y était présente) et du sujet communicant (ici, le visiteur désigné par « Un monsieur »). Etant donnée la séparation des sujets parlant / communicant, la structure de phrase polyphonique chez Ducrot sera, non pas tripartite (*communication, modus, dictum*), mais quadripartite :

> « Pour décrire ce qui se passe lors d'une énonciation, il faut donc dire : "Un sujet parlant X indique qu'un sujet communicant Y fait savoir ce qu'un sujet modal Z pense à propos de p" (ainsi : "La servante indique qu'un monsieur fait savoir qu'il désire parler à Madame"). » (Ducrot, 1989, p. 184)

Nous venons de parler de « la structure de phrase polyphonique chez Ducrot », mais ce n'est pas tout à fait correct : en l'occurrence il ne s'agit pas de la phrase seule mais de « ce qui se passe lors d'une énonciation ». Comme on le voit dans le schéma 3, la première des parties prenantes, à savoir « Un sujet parlant X indique que... », ne fait pas partie de l'énoncé :

> « L'énoncé a pour fonction d'indiquer quelque chose, et c'est le sujet parlant X qui lui confère cette fonction ; or ni X ni la fonction ne peuvent être marqués dans l'énoncé. En revanche, le "sujet communicant" dont parle Bally, c'est-à-dire Y, peut être marqué dans la phrase [...]. » (p. 184-185)

Le premier segment ne relève pas de l'énoncé mais de l'énonciation, et le schéma 3 devrait s'appeler « schéma polyphonique de l'énonciation » :

Schéma 3

indication (X + v.) + ***communication*** (Y + v.) + ***modus*** (Z + v.) + ***dictum*** (s.+v.)

Ce schéma canonique de la polyphonie se compose de quatre parties, à savoir *énonciation, communication, modus* et *dictum*, dont il faut noter que chacune peut avoir un sujet différent.

5.4 Une synthèse de la polyphonie et de la monophonie

Le schéma 3 distingue quatre segments, donc possiblement quatre sujets différents. Mais seuls le sujet Y (sujet de communication) et le sujet Z (sujet modal) concernent le point qui nous intéresse – le sujet X (sujet parlant) est hors de l'énoncé et le sujet dictal, par définition, peut être n'importe qui sans poser de problème. La difficulté de la conjoncture peut se reformuler comme suit : Pourquoi le sujet Y et le sujet Z peuvent-ils ne pas être *je* ? C'est qu'on a affaire à *deux* dissociations :

1. Celle du sujet parlant X et du sujet modal Z ;
2. Celle du sujet parlant X et du sujet communicant Y.

Ducrot justifie ces dissociations. Analysons ses arguments.

Sur la dissociation entre sujet parlant et sujet modal

Ducrot a justifié, après Bally, la dissociation du sujet parlant et du sujet modal, qui implique la distinction entre pensée réelle et pensée communiquée, par les arguments suivants :

1a Les verbes modaux peuvent prendre des sujets qui ne sont pas *je*.

1b La nature binaire signifiant / signifié du signe confère au sujet la liberté d'énoncer une signification qui ne correspond pas à sa pensée.

1c La possibilité du mensonge prouve que la pensée énoncée n'est pas forcément celle du sujet parlant.

Examen de l'argument 1a

Bally a donné pour exemples des phrases comme « Nous ne croyons pas… », « Galilée affirme… », « On croit… ». Certes ces verbes modaux peuvent prendre d'autres sujets que *je*, mais nous pouvons considérer ces phrases comme précédées d'un implicite segment modal à *je*.

En tableau :

Tableau 3

(Je crois que)	*Nous ne croyons pas qu'*	*il pleuvra.*
(Je suis convaincu que)	*Galilée affirme que*	*la Terre tourne.*
(Je trouve qu')	*On croit que*	*le roi est mort.*

Ducrot lui-même a suggéré cette objection :

« S'il s'agit par exemple de la phrase "Mon mari a décidé que je le trompe", rien n'empêcherait de lui attribuer un *modus* implicite assertif du type "Je trouve que" (dont le résidu superficiel serait l'indicatif de *a décidé*), en prenant pour *dictum* l'ensemble "Mon mari… trompe". » (Ducrot, 1989, p. 171)

Pourquoi Bally n'a-t-il pas voulu recourir à cette stratégie ? — « C'est qu'il a décidé d'emblée d'admettre comme possible une divergence entre les deux sujets [parlant et modal] » (*ibid.*, entre crochets par nous). Cette décision se fonde sur les arguments 1b et 1c.

Passons à leur examen.

Examen de l'argument 1b

L'argument se fonde sur une conception binaire du signe : le signe est une association du signifié et du signifiant. Le signifié étant une pensée, la liberté du choix du signe correspond à celle du choix d'une pensée.

Cet argument pose au moins deux problèmes.

Ne commet-il pas une confusion des niveaux sémiotiques ? Nous posons cette question non pas pour réfuter l'argument mais pour préciser le cadre de l'argumentation. C'est que nous avons au moins deux niveaux à distinguer : le niveau du simple signe et celui de l'énoncé. La définition saussurienne du signe concerne plutôt le premier, tandis que la « pensée » dont parle Ducrot correspond au second. Ce qui empêcherait l'enchaînement direct mis en place dans son argumentation entre « la nature du signe » et « la liberté de choisir une pensée ».

N'est-ce pas un cercle vicieux ? Ducrot fonde « la perpétuelle possibilité d'une séparation entre la pensée que l'on a et celle que l'on communique » sur « la liberté que nous avons de choisir des signes ». Pourtant cette liberté ne tient qu'à condition que la pensée qui choisit des signes (pensée réelle) soit indépendante de ces derniers qui font l'objet du choix et qui véhiculeraient des pensées communiquées : cela signifie que ladite liberté suppose *a priori* une séparation entre pensée réelle et pensée communiquée.

Examen de l'argument 1c

Bally et Ducrot font du mensonge l'illustration de la distinction entre pensée réelle et pensée communiquée (Ducrot évoque aussi l'ironie p. 173). Argument incontestable dans la mesure où le mensonge est un phénomène universel. On sait mentir et on ment. Pourtant – en admettant qu'il s'agisse d'un phénomène non pas contingent mais nécessaire au langage –, si on se fonde sur sa possibilité pour rechercher un modèle général de l'énonciation polyphonique, comme fait Ducrot, cela ne va pas sans problème. Car de tels arguments, à notre sens, oublient la condition même du mensonge, par conséquent celle du langage en général. Qu'est-ce que cela signifie ? Nous en discuterons d'abord d'un point de vue social, puis individuel.

Un mensonge n'a son effet mensonger – ne tire son efficacité, sa félicité illocutoire – qu'à condition que tout le monde ne mente pas toujours. Si toute parole était mensonge, personne ne ferait plus confiance à la parole d'autrui, aucun menteur ne réussirait plus, enfin on ne sera plus motivé à parler. La mauvaise monnaie chassant la bonne, le langage ne tiendrait plus. Ainsi la condition de possibilité du mensonge est que d'ordinaire on ne ment pas. Il en va de même pour la condition du langage en général. Les sujets parlants partagent *a priori* la maxime qu'« on ne doit pas mentir ».

Il ne s'agit pas ici de morale éducative mais de condition générale du langage. Etant donné que la langue est une institution sociale, conventionnelle, un système de règles à respecter, il est naturel qu'au niveau de la parole, elle s'accompagne d'un certain nombre de *règles pragmatiques*, somme de contrats tacitement passés entre les sujets parlants, définissant pour tout un chacun la modalité des actions langagières. Parmi de telles règles, nous pouvons évoquer les conditions de bonheur des énonciations performatives. La maxime « on ne doit pas mentir » en fait partie, mais elle est de la plus haute généralité puisqu'elle concerne toute parole. « On ne doit pas mentir » constitue la condition de bonheur de toute parole. Dans ces circonstances, l'idée de faire du mensonge un critère ne va-t-elle pas contre les conditions générales du langage ?

Cette question conduit à en poser d'autres, préliminaires, que Ducrot n'a pas posées :

– Qu'est-ce qui permet à une énonciation d'être un mensonge ?

– Qu'est-ce qui se passe vraiment chez le sujet parlant quand il ment ?

Essayons d'y répondre.

Un mensonge suppose au moins les conditions suivantes :

1. Que le menteur ait deux pensées distinctes ;
2. Qu'il fasse de ces deux pensées l'une vraie et l'autre fausse ;
3. Qu'il garde la première et communique la seconde.

Ces conditions sont si fondamentales qu'on ne s'attendrait pas à ce qu'elles soient explicitées de cette façon. Pourtant nous pouvons en tirer les points suivants, tout aussi importants :

1. La possibilité du mensonge n'est garantie qu'à condition que le menteur sache que son énonciation constitue un mensonge, sinon, il ne s'agit plus d'un mensonge, mais d'une erreur ou d'un délire ;
2. La conscience du mensonge consiste dans le fait que le sujet distingue bien « sa » pensée personnelle et vraie, d'une autre pensée fausse, avant de communiquer cette dernière.
3. Le fait que deux pensées différentes et contradictoires soient coprésentes chez un seul individu n'est pas suffisant pour constituer un mensonge. Il faut encore, on l'a vu, que ce sujet établisse une relation hiérarchique entre pensées – la vraie à garder *vs* la fausse à communiquer – et qu'il s'identifie à la première (« sa » pensée) tout en communiquant la seconde.
4. Il faut également que toutes ces opérations soient gouvernées par un seul point de vue. Cette unicité du point de vue qui opère le mensonge correspond à l'identité à soi du sujet parlant (ce qu'impliquent toutes les précédentes remarques).
5. « Pensée » signifie ici pensée discursive, s'agissant du mensonge qui n'est autre qu'un discours. Le « sujet mentant », pour pouvoir maîtriser ces deux pensées, personnelle et communiquée, doit être un sujet qui s'écoute. Car de même qu'on n'arriverait pas à parler sans s'entendre, on n'arriverait pas à penser sans écouter la voix intérieure qu'est la pensée. Ainsi l'identité du sujet parlant au sujet écoutant chez un même individu, constitue le seul point de vue cohérent et garantit la cohérence de la pensée. Et c'est aussi cette identité de point de vue qui permet le mensonge en en garantissant la cohérence.

Pour conclure, c'est l'identité du point de vue chez le menteur, la « monophonie » du sujet parlant *je*, qui garantit la polyphonie de l'énoncé mensonger et de la double pensée personnelle / communiquée. Le problème de la distinction des sujets parlant / modal n'est-il pas déjà celui du sujet parlant *je* ?

Sur la dissociation entre sujet parlant et sujet communicant

On a vu que Bally et Ducrot justifient la distinction entre sujet parlant et sujet communicant par les arguments suivants :

2a Les verbes de communication peuvent prendre un sujet autre que *je* : « Paul dit... », « Galilée dit... » (cas explicites) ;

2b Il y a des cas où la situation d'énonciation permet d'attribuer le sujet communicant à un autre que *je* : « Il est défendu de fumer », « Un monsieur désire parler à Madame » (cas implicites).

Examen de l'argument 2a

Dans les exemples de Bally nous pouvons distinguer quatre catégories en deux alternatives, à savoir l'identité ou la distinction des sujets parlant / communicant d'une part, et la fonction de communication explicitée ou non d'autre part. En tableau :

Catégorie 1 :
sujet parlant = sujet communicant ; communication implicite

Il pleut.

Je suis malade.

Catégorie 2 :
sujet parlant = sujet communicant ; communication explicite

Je vous dis, moi, qu'il pleut.

Catégorie 3 :
sujet parlant ≠ sujet communicant ; communication implicite

Il est défendu de fumer.

Un monsieur désire parler à Madame.

Catégorie 4 :
sujet parlant ≠ sujet communicant ; communication explicite

Paul dit : je suis malade.

Si on explicite les sujets communicants qui restent implicites dans les exemples des catégories 1 et 3, on a les énoncés suivants :

Catégorie 1' :

Je dis : il pleut.

Je dis : je suis malade.

Catégorie 3' :

L'administration signale : il est défendu de fumer.

Le visiteur indique qu'il désire parler à Madame.

L'explicitation des sujets communicants des exemples de la Catégorie 3 n'est possible qu'en prenant en compte le contenu exprimé dans l'énoncé originel tandis que ce n'est pas le cas pour l'explicitation des exemples de la Catégorie 1 : dans le premier exemple de la Catégorie 3, par exemple, c'est le contenu de l'énoncé (l'interdiction de fumer) qui permet d'identifier le sujet communicant à l'administration, tandis que l'exemple « Il pleut » de la Catégorie 1 suppose *a priori* « Je dis : il pleut ». Ce caractère *a priori* par lequel nous pouvons attribuer le sujet communicant *je* aux énoncés de la Catégorie 1 provient du simple fait que toute énonciation a son sujet parlant.

Cela signifie que l'explicitation du type Catégorie 1' et celle du type Catégorie 3' ne relèvent pas du même niveau : la première explicitation a pour base l'organisation fondamentale de l'énonciation, alors que la seconde se fonde sur le contenu intérieur de l'énoncé. Une distinction que ni Bally ni Ducrot n'ont faite.

La condition fondamentale de l'énonciation permettant la possibilité perpétuelle d'une explicitation du sujet communicant *je*, nous pouvons poser pour principe que « Tout énoncé est, sémantiquement, censé être précédé par un segment "Je dis que" ». Au point que, comme le remarque Bally, l'explicitation du sujet *je* est dans la plupart des cas superflue :

> « Tout d'abord cet appareil est superflu quand le sujet exprime sa propre pensée [...] » (Bally, p. 50, § 55)

Et cette superfluité ne se limite pas aux explicitations des énoncés originellement à la première personne. C'est encore Bally qui le remarque quand il propose la communication comme faisant partie de la structure sémantique de la phrase (il s'agit d'un passage que nous avons déjà cité en partie plus haut) :

> « Puisque le langage sert à communiquer la pensée, il faut s'attendre à ce qu'il marque ce caractère primordial par des procédés appropriés, qu'on appelle procédés déclaratifs. Ces procédés existent, mais ils se dérobent à un examen superficiel : comme les signes modaux, ils ont des formes soit indirectes, soit implicites. Si la phrase *La Terre tourne* signifie logiquement "Je vous fais savoir (communication) que je suis convaincu (modalité) que la Terre tourne", on ne s'étonnera pas que l'on ne trouve presque jamais d'expressions chargées de cette double et pesante armature. » (p. 50, § 55)

Ainsi constatons-nous que tout énoncé, quelle que soit la personne qui le régit, peut être considéré comme précédé par « Je dis que », et que ce principe (appelons-le « principe du préfixe "je dis" ») est tant fondamentale qu'une explicitation du sujet *je*, si on l'ose, peut produire au niveau superficiel des effets stylistiques, par exemple la redondance, comme nous venons de voir avec l'exemple « La Terre tourne », ou l'insolite comme dans l'exemple de la Catégorie 2 : « Je vous dis, moi, qu'il pleut ». Dans ce dernier exemple, l'explicitation du sujet parlant a aussi une valeur modale de contestation.

Or, la généralité de ce « je dis » permet de toute évidence de l'appliquer aux exemples de la Catégorie 3, à savoir « Il est défendu de fumer » et « Un monsieur désire parler à Madame ». D'où les explicitations suivantes :

Catégorie 3" :

Je dis qu'il est défendu de fumer.

Je dis qu'un monsieur désire parler à Madame.

Nous obtenons des phrases qui sont apparemment différentes des résultats de la Catégorie 3'. Que signifie cette différence entre les Catégories 3' et 3" ? Il va de soi qu'il s'agit de la différence du niveau d'explicitation. Mais il s'agit aussi des deux directions, que nous avons évoquées à la fin de la section 5.2, à savoir celle de la polyphonie que Ducrot prend et celle de la « monophonie » du *je* selon Benveniste. Pourtant ces deux perspectives ne se contredisent pas. Car il s'agit, répétons-le, d'une différence de niveau : en général, deux éléments, ne relevant pas du même niveau, ne constituent pas une véritable opposition ni, par conséquent, une contradiction. Ainsi la polyphonie selon Ducrot et la monophonie selon Benveniste ne constituent pas une alternative mais sont complémentaires. Pour nous expliquer, proposons une synthèse des Catégories 3' et 3" :

Catégorie 3"' :

Je dis que l'administration signale qu'il est défendu de fumer.

Je dis que le visiteur indique qu'il désire parler à Madame.

Rappelons le schéma de Ducrot : « Un sujet parlant X indique qu'un sujet communicant Y fait savoir ce qu'un sujet modal Z pense à propos de p », soit :

indication (X + v.) + ***communication*** (Y + v.) + ***modus*** (Z + v.) + ***dictum*** (s. + v.)

Nous essaierons dans ce qui suit de synthétiser cette conception avec notre propre schéma.

La structure de phrase intégrale et le problème du je

Comme le sujet de communication est monopolisé par *je*, notre schéma ne devrait plus connaître de distinction des sujets parlant / communicant, et par suite pas non plus de place pour le sujet X qui, dans le schéma de Ducrot, se distinguait du sujet communicant Y. Dans le même temps, nous conserverons le cadre de la polyphonie selon Bally et Ducrot.

Nous avons également proposé (examen de l'argument 1a) la monopolisation par *je* du sujet modal tout en en conservant la pluralité, et mis en place deux niveaux de relation *modus - dictum*, dont l'un recouvre toute la structure tandis que l'autre en constitue le *dictum*.

En tableau :

Tableau 4

modus ————	**dictum**	
	modus ————	**dictum**
(Je crois que)	*Nous ne croyons pas qu'*	*il pleuvra.*
(Je suis convaincu que)	*Galilée affirme que*	*la Terre tourne.*
(Je trouve qu')	*On croit que*	*le roi est mort.*

Cette conception ventile la pluralité des sujets selon Bally et Ducrot à l'intérieur du *dictum* d'une superstructure relevant de la communication :

Schéma 5

comm*on* (*Je te dis que*) + ***modus*** (*je* + v.) + ***dictum*** (***comm****on* + ***modus*** + ***dictum***)

Tableau 5

communication	**modus**	**dictum**	
	(ne… pas)	***comm****on* **/ *modus***	***dictum***
	(ne… pas)		(ne… pas)
Je te dis que	*je crois que*	*Galilée affirme que*	*la Terre tourne.*
	je suis convaincu que	*cet accusé est innocent.*	
Je vous fais savoir que		*mon mari a décidé que je le trompe.*	
		Paul dit qu'	*il est malade.*
		il est interdit	*de fumer dans les non-fumeurs.*
		on se réjouit qu'	*il pleuve.*
	je regrette qu'		» » »
	j'ai du plaisir à		*manger ce fruit.*
	j'exige que		*vous sortiez.*

Note : Nous avons distingué les deux structures à trois segments (la structure globale et à l'intérieur du *dictum* de la première) en mettant en majuscules les trois composantes de la première tandis que celles de la seconde restent en minuscules.

Ce schéma représente notre interprétation de la théorie de la phrase de Bally.

Essayons de l'analyser en tant que synthèse de la théorie de la phrase de Bally *et* de la théorie du pronom personnel de Benveniste.

Commençons par l'axiomatique. Notre schéma se compose, comme celui de Bally, de trois segments, *communication, modus* et *dictum*, qui correspondent aux trois fonctions sémantiques constituant la signification de phrase. Ces trois segments s'alignent de gauche à droite et forment un axe. Ce qui est intéressant est que la place occupée par chacun de ces trois composants sur cet axe correspond à la caractéristique de la fonction qu'elle représente. L'axe *communication - modus - dictum* a ainsi une signification de coordonnées linéaires. Que pouvons-nous en déduire ? Au moins les observations suivantes, qui, pour anticiper, sont toutes liées au problème du pronom *je* au sens benvenistien :

1. La première remarque concerne la richesse de variété de l'expression et du contenu. Plus on est à droite sur l'axe, plus la marge est large. Dans le *dictum,* le sujet peut être *je*, ou *tu*, ou n'importe quel substantif. Là tous les verbes sont possibles, à n'importe quel temps, à n'importe quel « mode » (indicatif, conditionnel...), à n'importe quelle « forme » (affirmative, négative, interrogative). Le contenu du *dictum* est aussi libre que la représentation et l'imagination humaines. Le contenu du *dictum* est quasi infini, à la mesure de la langue qui confère aux phrases une variété quasi infinie.

   En comparaison, le *modus* a une marge très limitée : le sujet se limite à *je.* Aucun autre n'est possible. Selon notre conception, le sujet modal doit être le sujet parlant. Tous les autres sujets doivent être disposés dans le *dictum*, même s'ils expriment une modalité. De même le verbe doit-il être un verbe modal, à l'indicatif présent.

   Le choix du verbe du *modus* dispose d'une marge de manœuvre plus large que celle du verbe de *communication.* Car les verbes modaux sont plus nombreux que les verbes de communication. Et les verbes modaux peuvent être en négation, ce qui n'est pas le cas dans la *communication.*

   Enfin, plus en amont, à l'extrémité gauche, dans la *communication* nous n'avons que *je*, avec un verbe à l'indicatif présent, comme dans le *modus*, et une variété de verbes plus limitée (*Je te dis..., Je vous fais savoir...*), toujours et seulement à l'affirmatif. [1]

---

1 Je dois à Kawamato (1985, p. 116) cette observation sur la variation de la richesse de l'expression et du contenu en fonction de chacun des trois segments de la structure de la phrase.

Ainsi, l'analyse sémantique de la phrase en *communication*, *modus* et *dictum*, permet de voir, si on monte le long de l'axe, que la signification de toute phrase, pour ainsi dire, converge dans le « Je te dis » de la *communication*, ultime étape à gauche. C'est le « Je te dis » primitif qui déclenche et gouverne toute signification de phrase, point de contact de la théorie du *je* selon Benveniste et de la théorie de la structure sémantique de la phrase selon Bally [2].

2. La différence de place sur l'axe correspond aussi à l'opposition implicite / explicite. Plus à gauche, le segment a plus de chance d'être implicite, plus à droite, il est plus souvent explicité. En effet c'est le segment de communication « Je te dis » qui échappe le plus souvent à la surface de la phrase, et le *modus* un peu moins souvent, tandis que ce n'est pas le cas pour le *dictum*. Ainsi :

« Il suffit de dire "Il pleut" pour que l'entendeur comprenne qu'il s'agit d'une constatation faite par le parleur. » (Bally, p. 50. § 56)

De fait, prononcer une phrase dotée des trois pointeurs sémantiques au grand complet comme : « Je te dis que je crois qu'il pleut » suppose des conditions particulières. Une telle phrase, lourde, peut générer des effets stylistiques ou modaux (contestation, insistance...) qui débordent le simple constat de fait.

Mais ce n'est pas seulement la question stylistique qui sert de critère pour décider d'expliciter ou non la *communication* et le *modus*. Autant dire que le problème du style peut concerner d'autres problèmes. Il s'agit du problème de la référence. Si le *modus* ne s'explicite pas, c'est que la modalité est communiquée par d'autres façons, par exemple, par le mode du verbe dictal. Le *modus* étant implicite, le sujet dispose de moyens verbaux ou non verbaux de communiquer la modalité. Bally consacre toute une section à ce problème (p. 40 et s.). En effet, s'il y a d'autres façons de désigner sa pensée modale, ou que la situation le fait, le locuteur ne recourt pas à l'explicitation du *modus*. Il s'agit de la loi de l'économie du langage : ne se dit pas ce qui va de soi. Il en va de même *a fortiori* pour la *communication*. Remarque intéressante :

---

2 La prétérition mise à part, qui décale tout le système d'un rang vers la droite et constitue à ce titre une forme particulière de l'énonciation générale : l'énoncé « *Je ne te dirai pas que je pense que Jacques est un voleur* » dit en disant qu'il ne dit pas, dans une structure de dissociation symétrique inverse de celle du mensonge (cf. Ducrot, *Dire et ne pas dire, Principes de sémantique linguistique*, Paris, Herman, 1972). Reste que cet énoncé lui-même se laisse précéder d'un « Je te dis que » tacite.

« la parole est un déictique général, qui identifie l'expression à la pensée du parleur. » (*ibid.*)

Le premier référent qu'un énoncé puisse avoir n'est autre que sa propre énonciation. L'acte de parole, avant tout, se désigne. Certes un énoncé « Il pleut » ne raconte pas son propre sujet parlant ni sa propre énonciation, mais les montre. Le fait même que les interlocuteurs, présents l'un à l'autre, se parlent, constitue un signe qui le désigne. C'est un signe « non verbal » qui a un corps verbal. D'où Bally parle de « déictique ». Et ce caractère déictique de l'acte de parole concerne bien la référence de *je*.

Rappelons-nous : pour Benveniste, *je* désigne la personne qui dit *je*. Le locuteur n'est *je* qu'en tant qu'il prononce *je*. *Je* n'existe que pendant que la voix prononçant « je » retentit. Le référent *je* apparaît en même temps que la réalisation de l'instance de *je*. Il disparaît en même temps que la disparition de ladite instance. La simultanéité de l'existence du référent et de l'instance de signe est parfaite. Car *je* est le signe de l'acte de parole et fait partie de cet acte. Et l'acte de parole est, on l'a vu, le signe désignant (déictique) de lui-même. De même, *je* est le signe de sa réalisation. *Je* signifie « Je dis », « Je parle », « Je dis "je" ». Quand on parle, le fait qu'on est en train de parler est habituellement trop évident pour s'expliciter [3]. *Je* n'est pas un signe qui raconte, mais un signe qui montre cette évidence la plus évidente. Et cette évidence sert de point zéro des coordonnées, comme on l'a vu plus haut, sur la base desquelles sont constituées la subjectivité et les relations avec autrui et le monde. *Je* est, on le sait, le déictique originel, autour duquel le système des indicateurs est organisé. C'est ainsi que *je*, évidence axiomatique, phénoménologique, se trouvant le plus à gauche sur l'axe (*communication*) est le plus susceptible d'être implicite.

3. L'axe *communication - modus - dictum* peut se diviser en fonction de l'opposition faite par Benveniste entre personne et non-personne. Nous avons d'un côté *communication - modus*, qui correspondent à la personne, et de l'autre, *dictum* pour la non-personne. Comme nous l'avons vu avec Benveniste, la personne (c'est-à-dire les première et deuxième personnes) représente la sphère subjective, tandis que la non-personne représente la sphère objective. En d'autres termes, la personne est le sujet qui donne un prédicat à son vécu et au monde, alors que la non-personne constitue le contenu du

---

3 D'où le caractère exceptionnel et même agressif d'expressions telles que « Je te parle… » ou « Je vous parle… », voire de « Je vous ai écrit… ».

monde. La partie gauche *communication - modus* est l'explicitation de l'opération de la personne (parole et pensée). La partie droite *dictum* est la représentation qu'a le sujet du monde-objet sur laquelle la personne opère. Comme le montre bien un exemple comme « Je viens d'apprendre (actant) que je suis gravement malade (patient) », le *je* éventuel du *dictum* n'entretient pas nécessairement le même rapport avec son procès que le *je* du *modus*.

Examinant la théorie de la polyphonie de Ducrot et réécrivant sur deux niveaux le schéma de Bally pour affirmer la compatibilité entre la pluralité du sujet et l'axiomatique du *je*, nous avons justifié le schéma de phrase à trois segments *communication - modus - dictum*. Sa confrontation avec les propriétés de *je* mises en évidence dans le chapitre 4 permet de rapprocher les théories de l'énonciation de Bally et de Benveniste.

6

DES THÉORIES DE LA PAROLE À LA LANGUE SELON SAUSSURE

6.1 Le problème du performatif chez Austin et la théorie de Bally

Nous sommes parti de la question de savoir si la langue au sens où la conçoit Saussure est enfermée dans son statisme et son monologisme. Nous avons vu en « rabattant » la théorie du discours de Benveniste sur la langue saussurienne que celle-ci repose, malgré un préjugé contraire, sur une conception dynamique traversée du souffle de l'énonciation – comme si jusque dans chaque signe résidait la subjectivité des interlocuteurs *je* et *tu*. Confrontant Bally et Benveniste, nous avons montré l'égale importance du *je* pour les deux théories. Ce chapitre 6 va reprendre ces observations à la lumière de la notion de performativité.

J. L. Austin a distingué deux types d'énonciations, le « constatif » et le « performatif » : la fonction d'une énonciation ne se limite pas à décrire, annoncer ou constater un fait, mais peut constituer *en soi* l'exécution d'un acte. On appellera « performatives » les énonciations qui, effectuant une promesse, un témoignage, un pari, un baptême, une interdiction, une bénédiction, etc., sont des actes de langage en soi, en opposition à l'autre type d'énonciations, « constatives », qui sont des affirmations pour ainsi dire creuses, destinées à désigner un fait quelconque, objectif et préexistant (Austin, 1970, p. 37 et s.).

Selon Austin, la réussite d'une énonciation constative a pour condition des critères de véridiction – la conformité à la réalité, *i.e.* « c'est vrai ou c'est faux » –, tandis que l'exécution d'une énonciation performative dépend de conditions dites « de bonheur » ou « de félicité ». Que sont ces conditions de félicité ? Des « circonstances appropriées » :

> « Parier n'est pas […] simplement prononcer les mots "je parie", etc. : quelqu'un pourrait les prononcer sans que nous accordions

qu'il a effectivement, ou au moins complètement, accompli un pari. Pour nous en convaincre, supposons, par exemple, que nous déclarons notre pari *après* la course… En plus de la formulation des mots, qui constituent ce que nous avons appelé le performatif, il faut généralement que nombre de choses se présentent et se déroulent correctement, pour que l'on considère que l'acte a été conduit avec bonheur. […] Et voilà pourquoi nous appelons la doctrine des *choses qui peuvent se mal présenter et fonctionner mal*, lors de telles énonciations, la doctrine des *échecs*. » (p. 48)

Ainsi l'énonciation performative sera-t-elle « heureuse » ou « malheureuse ». On a affaire à une triple dichotomie : d'abord est donnée la distinction entre « constatif » et « performatif », puis chacun des deux termes de cette distinction présente à son tour une opposition : dans le premier cas se distingue un couple d'attributs *vrai* et *faux*, alors que le second est jugé *heureux* ou *malheureux*.

Certaines énonciations exigent les *deux* classes de conditions, celle de vérité *et* celle de félicité. Austin, après avoir signalé « le cas où l'énonciation dans son ensemble est essentiellement tenue pour vraie ou fausse, en dépit de ses caractéristiques performatives » (p. 106), en donne pour exemple :

> « […] les énonciations commençant par "J'affirme que", qui semblent satisfaire aux conditions du performatif, mais qui sans aucun doute posent une affirmation et sont donc sans aucun doute essentiellement vraies ou fausses. » (p. 107)

Bref, il s'agit d'énonciations d'un troisième type, ayant à la fois des propriétés constatives et performatives et qui, susceptibles de recouvrir toutes les énonciations, remettent sérieusement en question cette dichotomie :

> « Nous avons d'abord examiné la distinction avancée entre énonciations performatives et constatives. Un certain nombre d'indices nous ont toutefois amené à penser que des malheurs pouvaient atteindre les unes et les autres – et pas seulement les performatives ; de plus, il nous est apparu que l'exigence d'une conformité ou d'un rapport aux faits (impératif variable selon les cas) s'applique aussi bien aux performatifs (en plus de la nécessité pour eux d'être heureux) qu'aux réputés constatifs. » (p. 107)

A partir de quoi Austin propose pour solution la trichotomie *locutionnaire / illocutionnaire / perlocutionnaire* (p. 109 et s.).

Tout en admettant l'intérêt de cette nouvelle catégorisation, nous resterons dans le champ de l'opposition constatif / performatif, dont le réexamen pourrait justement aider à faire la synthèse des théories de l'énonciation plus haut observées et de la notion de langue selon Saussure (cf. section 6.3).

Il convient de constater le recouvrement des concepts entre Austin et Bally, avec d'une part le performatif et le constatif chez Austin et de l'autre le *modus* et le *dictum* chez Bally. Ceci dit, nous n'entendons pas que les deux couples de concepts correspondent d'un bout à l'autre. Mais le *modus* ne correspond-il pas au performatif ? Rappelons que Bally a distingué dans le *modus* trois catégories, à savoir le jugement de fait (déclaration de vérité), le jugement de valeur (déclaration de jugement subjectif) et la volition (déclaration de volonté). Ces valeurs partagées par les trois catégories du *modus*, déclarative et volitive, sont très proches des valeurs performatives. De fait nous pouvons considérer le *modus* et le performatif comme à peu près équivalents. Il n'en va pas de même pour le couple *dictum* / constatif. Car, le constatif (représentation de fait) ne correspond qu'à un des trois *dictum* qui suivent les trois *modus*, celui que précède le *modus* de jugement de fait. Ce qui n'empêche pas de rapprocher constatif et *dictum*. Ainsi, le performatif correspond au *modus* et le constatif peut se situer à la place occupée par une partie du *dictum*. D'où (c'est tout l'intérêt du parallèle que nous tentons ici) la possibilité d'appliquer la théorie de Bally au problème austinien de ces énonciations qui sont à la fois performatives et constatives.

Revenons sur l'argument d'Austin concernant l'abandon de l'axe constatif / performatif : d'une part, des malheurs peuvent atteindre non seulement les performatives mais aussi les constatives, et de l'autre, « l'exigence d'une conformité ou d'un rapport aux faits (impératif variable selon les cas) s'applique aussi bien aux performatifs (en plus de la nécessité pour eux d'être heureux) qu'aux réputés constatifs ». Ainsi, toute énonciation peut exiger en même temps vérité et bonheur, être à la fois constative et performative. La distinction deviendrait inutile.

Sur quoi se fonde cette démarche ? Elle implique, semble-t-il, que l'auteur considère comme égalitaire la relation entre les deux qualités, le constatif et le performatif. Autant dire que pour le philosophe ce couple constitue une opposition entre classes de même niveau : on a d'un côté le problème de vrai / faux, et de l'autre celui de bonheur / malheur, le tout venant sur un même plan. Ce point de vue ne nous semble pas bien convaincant. Pour nous la question de vérité et celle de bonheur sont dans une relation hiérarchique. Le performatif et le constatif ne sont pas symétriques. Expliquons-nous. [1]

---

1 Une raison pour laquelle performatif et constatif sont asymétriques est déjà en partie démontrée par l'asymétrie des correspondances (a) performatif : *modus* et (b) constatif : *dictum*.

Constatons d'abord la raison pour laquelle pour Austin les énonciations commençant par « J'affirme que » peuvent disposer des deux valeurs performative et constative. Performative parce que le verbe « affirmer », signifiant « énoncer un jugement comme vrai », a une valeur déclarative. Constative parce que ce verbe nécessite que son objet, *i.e.* la proposition qui le suit, représente une vérité. Or, il est aisé de voir que la proposition principale « J'affirme que » correspond au *modus* de Bally tandis que la proposition qui la suit correspond au *dictum*. Du fait, si la relation *modus* - *dictum* n'est pas symétrique, de même pour celle performatif-constatif, ils ne le seront pas malgré le raisonnement austinien. Essayons de le démontrer.

Reprenons la phrase-exemple de Bally : « La Terre tourne ». Est-elle, en termes austiniens, constative ? Dans un certain sens, la réponse est oui. On est en effet dans le domaine du vrai ou faux. Or, selon la théorie de Bally « La Terre tourne » est un *dictum* précédé par un *modus* implicite « Je crois que ». Ainsi, nous avons une énonciation « Je crois que la Terre tourne ». Analysons-la en y appliquant le raisonnement austinien ci-dessus observé, qui considère les énonciations commençant par « J'affirme que » comme étant à la fois constatives et performatives.

Suivant l'argument austinien ci-dessus observé, du moment que « La Terre tourne » qui est le *dictum* de l'énonciation « Je crois que la Terre tourne », concerne la question du vrai ou du faux, l'énonciation entière, tout en étant performative par ailleurs (à cause du verbe de la proposition principale), devient aussi constative. Nous ne trouvons pas ce raisonnement pertinent, car il suppose que les deux valeurs performative et constative sont à égalité dans cette énonciation.

Est-ce parce que le contenu du *dictum* (« La Terre tourne ») de son énonciation n'était pas conforme à la réalité, que Galilée, soutenant l'héliocentrisme, fut accusé ? Sûrement *oui* pour ses accusateurs de l'époque, mais *non* pour nous, quatre siècles plus tard. En effet il ne s'agit pas là d'une question de fait, mais d'un conflit entre deux énonciations qui s'opposent, à savoir, « Je crois que la Terre tourne » d'une part, et de l'autre « Je ne crois pas que la Terre tourne », conflit entre deux *modus*. Bref, le problème relève du niveau du *modus* (question de bonheur) et non du niveau du *dictum* (question de vérité). Le vif du problème n'est pas dans la question de savoir si l'énoncé est conforme au fait, mais se situe dans l'écart d'un *modus* avec un autre.

Le *dictum* et le *modus* ne se trouvent pas au même niveau mais dans une relation hiérarchique qui dispose d'une structure où la question de vrai ou faux du niveau *dictum*, envoyée au niveau *modus*, revient à la question de bonheur ou malheur. Cette réduction de la question de vrai ou faux du *dictum* en la question de bonheur ou malheur du *modus* provient des nécessités structurales suivantes :

- La nécessité de l'envoi de la question de vrai ou faux du *dictum* au niveau *modus* s'explique par la structure de phrase selon Bally que nous avons vue plus haut. Il s'agit du schéma : *communication / modus / dictum* (section 5.3). Là, les segments de la gauche de l'axe englobent ceux de droite. Le *dictum* est précédé et englobé par le *modus*, et le couple *modus – dictum* est à son tour englobé par la *communication*. Ce sont les segments les plus à gauche qui dominent sémantiquement les autres parties de la structure. En d'autres termes, la structure de la phrase repose sur une relation hiérarchique à triple segment, où la *communication* occupe le sommet tandis que le *dictum* se trouve à la base. C'est cette hiérarchie qui situe le *modus* au-dessus du *dictum*, et qui soumet la question de vrai ou faux du *dictum* au *modus* : c'est le *modus* (« Je crois que » ou « Je ne crois pas que », « J'affirme que » ou « Je n'affirme pas que », etc.) qui détermine la signification du *dictum* qui le suit.
- La nécessité de la réduction de la question de vrai ou faux en la question de bonheur ou malheur provient de la définition du *modus*. Au niveau *modus*, qui ne connaît que des questions de bonheur ou malheur, la question de vrai ou faux, par définition, ne peut pas se poser. Car personne ne peut réfuter un *modus* (« Je crois », « Je veux », etc.), tant que celui-ci a pour sujet le pronom personnel de la première personne *je* (rappelons que le sujet du *modus*, d'après le schéma final de notre chapitre 5, ne peut être que *je*) : le *modus* à la première personne n'est autre qu'un acte de témoignage que *j*'effectue sur quelque chose que tout le monde, sauf *moi*, ignore. On ne peut jamais contredire au nom de la vérité le témoignage que quelqu'un porte sur sa propre pensée.

Ainsi, étant donné que le *modus* et le *dictum* forment une relation hiérarchique où la question de vérité au niveau du *dictum* converge vers la question du bonheur au niveau du *modus*, et que dans les énonciations commençant par « J'affirme que » le performatif correspond au *modus* tandis que le constatif correspond au *dictum*, ces deux concepts austiniens ne sont pas égalitaires ni symétriques, mais le premier précède et domine le second. Malgré Austin donc, le fait qu'une énonciation soit à la fois performative et constative ne constitue pas une simple antinomie : il faut voir là une structure où le constatif et le performatif sont dans une relation hiérarchique. Nous pouvons dire avec Austin que toute énonciation peut être à la fois performative et constative, mais elles le sont de telle façon que le performatif domine et englobe le constatif.

6.2 La langue comme performatif

Je *comme performatif primitif*

La performativité austinienne, correspondant au *modus* ballyen, doit bien aussi concerner le *je* benvenistien. Comme nous l'avons constaté, le sujet du *modus* se limite, selon notre schéma final, au pronom personnel *je* qui, pour ainsi dire, incarne l'essentiel du *modus*. Ainsi, étant donné la correspondance *je* / *modus* d'un côté, et performatif / *modus* de l'autre, il doit être possible de lier ce *je* au performatif. Voilà un point de contact de la théorie benvenistienne avec les actes de langage austiniens que nous allons approfondir par rapport à la notion saussurienne de langue. L'hypothèse à démontrer consiste à dire que le pronom *je*, tel que défini par Benveniste, incarne une particularité qu'on peut appeler la « performativité primitive ».

Nous avons vu en examinant le problème des énonciations à la fois performative et constative le mouvement qui remonte, sur l'axe de la structure de phrase, du *dictum* au *modus* et qui réduit la question de la vérité en question du bonheur. Autrement dit, sur le schéma *modus* - *dictum*, le performatif se situe à gauche.

Remontons encore, sur la structure *communication* / *modus* / *dictum*, jusqu'au segment de l'extrémité gauche, la *communication* (« Je te dis », « Je vous fais savoir », etc.). Là, rappelons-le, puisque l'énoncé qui constitue ce segment, par exemple « Je te dis », ne désigne autre chose que sa propre énonciation, il n'y a pas lieu de poser la question de vrai ou faux. Ainsi l'énonciation est-elle au niveau du segment *communication* épargnée de la question de vérité grâce à cette sui-référence. Et c'est justement dans le pronom personnel de la première personne *je*, comme on l'a vu avec Benveniste, que s'incarne le principe de cet auto-témoignage du locuteur désignant ce que lui-même est en train de faire, *i.e.* son propre acte de parole. Le mot *je*, pour ainsi dire, à lui seul implique un énoncé implicite « je te dis » : ce pronom, une fois prononcé, ne laisse pas d'indiquer à la fois la présente énonciation qui le produit et le sujet de cette opération. Le signe *je* assume lui seul toute valeur du segment *communication* « Je te dis ». Cette « sui-référence » du *je*, créant, pour ainsi dire, un « non-interstice » entre le désignant et le désigné qui coïncident parfaitement, ouvre en effet un espace de vérité qui ne laisse aucune marge de tolérance au faux : *je* étant le signe de sa propre présence est par définition conforme à ce qu'il désigne. Dans cette particularité du pronom *je*, dans sa déclarativité qui met en place tout espace d'énonciation et son sujet même, et dans son non-rapport parfait avec la question de vérité (*je* ne peut jamais mentir), se localise une qualité que nous pouvons appeler, selon à la fois Austin et Bally, le *performatif primitif* ou le *modus primitif*.

Rappelons encore la structure de phrase telle qu'élaborée dans le chapitre précédent. Plus on se déplace sur la gauche de l'axe *communication / modus / dictum*, plus la variété de l'expression est limitée, se réduisant *in fine* à « je te dis », toujours à l'indicatif présent à l'affirmative. Par contre, plus on se déplace à droite sur l'axe, plus la place est laissée plus abondamment au contenu au niveau du mode, du temps et du vocabulaire. Nous l'avons dit, le contenu du *dictum* est d'autant quasi infini que la langue produit une variété de phrases elle-même quasi infinie. Nous avons aussi vu que les segments les plus à gauche dominent sémantiquement le reste. Tout cela signifie que, situé à l'extrémité gauche de la structure générale de la phrase, le *je* est l'espace ouvert paradoxalement pour être minimal, espace privé à tout et privé de temps, puisqu'il n'a aucun écart avec son référent et n'a que le présent éternel qui est non-temps [2], mais il ouvre la possibilité de toute énonciation, à savoir, celle de la *communication*, du *modus* et du *dictum*, par conséquent la possibilité du performatif et du constatif, bref, tout espace discursif possible. Le pronom *je* est le témoignage primitif qui ouvre la possibilité de tout témoignage. Il est l'acte de langage primitif qui permet tout acte de langage. Le pronom *je* est affirmation primitive sans possibilité de faux, et c'est la force du performatif primitif qui, en tant que *modus* originel, englobe le bonheur et la vérité de toute énonciation.

Les théories du je *et la langue selon Saussure*

Nous avons interprété les théories de la parole de Bally, de Benveniste et d'Austin comme des structures convergeant vers *je*. Les théories de la parole sont souvent des théories du sujet parlant. Or, comme nous l'avons évoqué dans le chapitre précédent, le sujet parlant *je*, par définition, n'existe qu'en tant qu'il énonce *je* : *je* désigne la personne qui dit *je*. Le sujet *je* n'existe que pendant que la voix prononçant « je » se fait entendre (cf. Descartes : « Je suis, j'existe, tant que je le prononce ou le conçois en mon esprit », *Méditations métaphysiques* II). L'existence est concomitante de l'instance de *je*. C'est l'exécution du pronom *je* qui, on l'a vu avec Benveniste, déclenche la constitution de la subjectivité. L'exécution du signe *je* est la mise en place du *point zéro*

2 « [...] il n'y a pas d'autre critère ni d'autre expression pour indiquer "le temps où l'on est" que de le prendre comme "le temps où l'on *parle*" C'est là le moment éternellement "présent" [...] » (Benveniste, *PLG* 1, p. 262-263)

autour duquel tout espace et tout temps s'organisent, et le fondement de toute relation que l'homme noue, comme sujet, avec ses semblables et le monde. La voix *je* retentit, le sujet *je* apparaît. La voix *je* disparaît, le sujet *je* disparaît aussitôt, et devient un sujet sans voix, *tu*, écouteur.

Ici se pose une question – question que les théories de la parole plus haut observées, théories du sujet parlant, ont ignorée. Qu'en est-il de la subjectivité du *tu*, l'autre pendant du couple de locuteurs, la moitié de ce que Benveniste appelle *la polarité des personnes* ? *Tu*, le sujet tacite, puisqu'il n'est *tu* qu'en tant qu'il écoute son interlocuteur sans dire mot, a-t-il son « je », c'est-à-dire, dispose-t-il de sa subjectivité ? Un sujet sans voix, assumant le rôle d'écouteur, peut-il être un sujet ? Quelle est la modalité de sa subjectivité ?

Nous avons vu plus haut la dualité articulatoire / acoustique du son linguistique chez Saussure. Même un simple son, tant qu'il s'agit d'une articulation linguistique, suppose la phonation et l'audition, la bouche d'un parlant et l'oreille d'un entendant :

> « Les sons ne seraient pas existants sans les organes vocaux [...] réciproquement, on ne peut même pas définir les mouvements de l'organisme vocal en faisant abstraction de l'impression acoustique. » (*CLG/E* 134, 136, II R3)

Si l'écouteur ne l'entend pas tel quel, le phonème *k* n'est pas *k* ni *t* ni *p*, il n'est même pas un son linguistique, mais omis de l'univers significatif de la langue, et réduit à de la simple vibration d'air. De même, sans l'écouteur, l'instance de discours ne se réalise pas, le sujet parlant *je* n'obtiendra pas son statut de sujet. Pour qu'il y ait *je*, il ne suffit pas que la voix *je* soit émise et se réfléchisse sur l'énonciation qui est en train de la produire et sur le sujet de cet acte, mais il est indispensable que cette voix ait devant elle l'oreille d'un autre sujet qui l'entend comme signe *je*. Voilà une des conditions du bonheur les plus fondamentales qui s'imposent au *je* comme performatif primitif.

Cette réciprocité parfaite de la phonation et de l'audition dévoile l'essentiel de la linguistique de Saussure : si les théories de la parole sont, on l'a vu, des théories du sujet parlant *je*, la notion saussurienne de langue représente la logique de l'autre sujet, sujet entendant *tu*, qui, avec son interlocuteur, prend part à la réalisation de l'instance de discours, mais d'une façon moins active. La langue selon Saussure est conçue sur le fondement de la logique du sujet auditeur *tu*, et, pour ainsi dire, fait pendant à la théorie du discours, linguistique de la parole construite sur la logique du sujet qui se déclare *je*.

Il s'agit aussi de la démarche par laquelle Saussure a dégagé sa conception de la langue dans le langage en tant qu'ensemble hétéroclite. Rappelons la discussion du circuit de la parole : Saussure a localisé l'idée de langue comme objet de la linguistique dans la partie du circuit correspondant au sujet entendant :

> « Quelle partie du circuit peut donner lieu à cette capitalisation, cristallisation sociale [qu'est la langue] ? [...] C'est la partie réceptive et coordinative (qui est sociale), voilà ce qui forme un dépôt chez les différents individus [...] » (*CLG/E* 223, 229, III C268, 229)

Saussure a ainsi distribué le sujet entendant (récepteur) à la langue, le sujet parlant (locuteur) à la parole [3]. De là le signifiant, la face sonore du signe saussurien, appelé « image acoustique » ou « image auditive », et non pas « image articulée ». Le signifiant n'est que du son entendu. Chez Saussure la langue est forcément celle du sujet entendant. Si la théorie du discours est une linguistique du sujet parlant *je*, la linguistique générale de Saussure qui est avant tout une linguistique de la langue-objet est une théorie du sujet entendant, « *je* sans voix ». La linguistique saussurienne n'est-elle pas le revers précurseur d'une linguistique de la parole qui arriva vingt ans plus tard ? [4] Or, selon Saussure, la langue n'est autre que le dépôt des impressions reçues par la parole :

> « S'il est vrai que l'on a toujours besoin du trésor de la langue pour parler, réciproquement, tout ce qui entre dans la langue a d'abord été essayé dans la parole un nombre de fois suffisant pour qu'il en résulte une impression durable [...] Tout ce qui est contenu dans le cerveau de l'individu, le dépôt des formes entendues et pratiquées et de leur sens, c'est la langue. » (*CLG/E* 2560, I R2.23-24)

Quelle est donc cette intensité qui marque et laisse les impressions des formes entendues, dont la langue est le dépôt ? Ne provient-

---

3 C'est une expression saussurienne de l'asymétrie du rapport des deux interlocuteurs, rapport que Benveniste a appelé la polarité des personnes : « Cette polarité ne signifie pas égalité ni symétrie : "ego" a toujours une position de transcendance à l'égard de *tu* ; [...] ils sont complémentaires, mais selon une opposition "intérieur / extérieur", et en même temps ils sont réversibles » (*PLG* I, p. 260).

4 Tatsukawa (1986, Première partie, Chapitre III) discute longuement le problème du sujet parlant et affirme que le sujet saussurien n'est autre que le sujet entendant, mais non pas le sujet parlant comme celui qui s'adresse, et que la conception saussurienne de la langue se fonde sur le sujet entendant. Selon Tatsukawa, une même remarque a été faite par Bally (1925, [1965, p. 101-102]) ; Kobayashi (1976, p. 401-402) ; Karatani (1986, Chapitre premier).

elle pas de la force performative de la parole ? L'image acoustique, face sonore du signe, est l'impression marquée par l'intensité de la voix du sujet parlant qui a retenti dans l'oreille de l'entendant. Et cette intensité de la voix n'est-elle pas la force qu'exerce *je* comme performatif primitif ? Le sujet entendant est alors un lieu où résonnent les voix des *je* qui s'adressent à lui, et où se déposent des traces marquées par la force performative de ces voix. N'est-ce pas là ce qui institue les sujets dans la langue ? Les innombrables signes de la langue sont les résonances des voix des *je* qui ont retenti et ont été fixées à l'état latent et qui disparaissent en permanence, images acoustiques dont les ombres imprimées s'effacent aussitôt qu'apparues...

La langue et la parole sont, on le sait, dépendantes l'une de l'autre. C'est la répétition de paroles qui porte la langue, c'est la parole qui permet à la langue d'être et de se renouveler. La langue est à la fois le dépôt des impressions marquées par la force performative de la parole et la source de cette force qui garantit la parole. Si *je* parvient à parler, passant – d'un seul élan – du statique de la langue, ce trésor silencieux, au dynamique de la parole, c'est que *je* ayant été sujet entendant avant de passer à la parole, sa langue est pleine de tous les signes, de tous les échos des voix pour ainsi dire performatives qu'elle a recueillies. Ne sont-ce pas les anciennes voix marquées et déposées dans le silence du sujet entendant qui reviennent et retentissent dans la voix du *je* ? Si la langue consiste en la trace des voix entendues, ce sont les résonances de la force performative une fois reçues, imprimées en images acoustiques, qui éveillent le sujet parlant *je* et le poussent à la parole. Ainsi, c'est le performatif de la langue qui étaye la conversion de la langue en parole et déclenche le devenir du sujet parlant. [5]

Essayons d'exprimer d'une autre façon cette conception performative de la langue.

Rappelons d'abord ce que nous avons constaté à la fin du chapitre précédent sur la structure *communication - modus - dictum* :

1. Plus on est à gauche sur cet axe, plus le sujet se limite à *je*. A l'extrémité gauche se trouve le *je* primitif, qui implique « Je te dis » et ouvre toute possibilité discursive ;
2. Plus il est à gauche, plus le segment a de chance d'être implicite. Le segment *communication* s'explicite rarement : le simple fait de

5 Nous pensons à ces mots de Barthes : « Est-ce que j'entends des voix dans la voix ? — Mais n'est-ce pas la vérité de la voix d'être hallucinée ? L'espace entier de la voix n'est-il pas un espace infini ? C'était sans doute le sens du travail de Saussure sur les anagrammes » (« Le grain de la voix », *L'obvie et l'obtus*). Ajoutons immédiatement que la vérité de la voix est aussi celle de la linguistique générale.

l'énonciation, quel que soit le contenu, implique « Je te dis » : « La parole est un déictique général » (Bally) ;

3. Les deux segments les plus à gauche, la *communication* et le *modus* correspondent à la personne au sens benvenistien. Ils sont l'explicitation de l'opération de la personne : le premier représente l'exécution de la parole que *je* adresse à *tu*, le second la pensée déclarée de *je*.

De là nous pouvons dire que dans la structure de l'énonciation, plus ils sont à gauche, plus les segments sont performatifs dans un sens authentique : *Je* qui se trouve à l'extrême gauche est le performatif primitif, car comme on l'a vu dans Benveniste, *je* est la clé de l'opération qui fonde à la fois la subjectivité et les relations que le sujet entretient avec autrui et le monde. La performativité, on le sait, n'est autre que la qualité de l'acte qui crée une relation : promesse, déclaration, ordre, pari, affirmation, etc. De ce fait c'est le *je* qui, se trouvant à l'extrême gauche de la structure de l'énonciation, incarne le performatif primitif et ouvre tout espace discursif. Mais qu'advient-il, si on remonte encore en amont dans l'axe de cette structure et dépasse le *je* qui se trouve le plus à gauche ? On sortira de l'espace de l'énonciation. Qu'est-ce qu'on y trouvera, à l'extérieur gauche de la sphère de la personne, en dépassant le *je* ? Ce sera nécessairement quelque chose qui précède toute parole, car on est en amont du *je* qui précède toute énonciation. Quelque chose qui a le plus de chance d'être implicite, car on est plus à gauche que le *je* du segment *communication* qui, dans la structure de l'énonciation, a le plus de chance d'être implicite. Ce quelque chose n'est-il pas la langue elle-même ?

langue → parole (communication → modus → dictum)

Elargissons le schéma de la structure de phrase pour y intégrer la langue. Sa place est à gauche, en amont de tout espace discursif. Ce qui précède toute parole est par définition la langue. Ce qui a le plus de chance d'être implicite n'est que le silence qui précède la parole. La langue est la totalité de ce qui n'est pas encore prononcé, car on ne pourra jamais expliciter toute la langue. Elle est ce dont on ne pourra jamais tout dire. Elle est le silence éternel qui attend la parole, éternel parce qu'une fois exécutée elle n'est plus la langue, mais la parole. La langue n'est-elle pas en ce sens *archi-performative* ? Une performativité virtuelle. C'est elle qui précède et permet *je,* le performatif primitif, qui déclenche toute performativité. La langue est la performativité latente qui étaye tout le performatif. A gauche de l'espace de la parole, c'est le lieu de la langue, ou mieux le non-lieu de la langue.

La langue est performative et trace du performatif exercé d'abord par la parole. Elle est ce qui permet au performatif d'être exécuté. Les résonances de la force performative une fois reçues, acquises en images acoustiques, éveillent le sujet parlant et le poussent à la parole. C'est le performatif latent de la langue qui pousse à l'acte.

Nous avons dit que la langue est intériorisation de la relation du *je* et du *tu*. Que la performativité n'est autre que la qualité de l'acte qui crée une relation. Créer une relation signifie prendre position par rapport à autrui et au monde et mettre en place un point de vue propre. La langue est aussi performative en tant que point de vue. N'est-ce pas ce que signifie le fait que chacun a sa langue, forcément idiolectique ? Toute langue est particulière, point de vue particulier, prise de position, quoiqu'imposée au sujet :

> « En réalité, la langue est surtout quelque chose à subir, non quelque chose dont on soit maître. » (*CLG/E* 1183, G1.3b)

Ainsi, à l'origine de toute modalité se trouve la langue, qui est performative. Raison pour laquelle la langue pose nécessairement le problème de la *langue individuelle.*

Soient deux aspects de la langue : langue sociale (ou commune) et langue individuelle. La première de l'ordre du code, système établi, rigide et institutionnalisé, identique à lui-même et perpétuel. La seconde, manifestation de la facette de la langue en mouvement, aspect dynamique et fugitif, qui correspond à la reproduction de la langue commune, toujours doublée de l'« oubli » de la langue individuelle, accomplie paradoxalement à travers l'interaction des sujets parlants, par l'indécidabilité de la réussite de communication, par conséquent par l'indéterminabilité de la langue commune elle-même.

Le mouvement de communication observé dans tout ce processus n'est-il pas le conflit et la réconciliation de deux sujets parlants, *je* et *tu*, de deux langues individuelles qui se font face ? Nous avons dit que la langue est *archi-performative.* Nous pouvons dire aussi qu'elle est *archi-modus*. La communication n'est-elle pas un mouvement de friction et de concours entre des langues individuelles comme *archi-modus* ?

TROISIÈME PARTIE

LANGUE ET ARBITRAIRE

INTRODUCTION

La conception d'une science nouvelle, baptisée *sémiologie* par Saussure, a consisté pour lui à prendre les mots pour « signes » et la langue pour « système ». Ainsi la linguistique saussurienne – théorie de la langue comme système – est-elle d'abord une théorie du signe. Dans ce sens-là *signe* et *système* ne sont que deux manifestations d'un même objet *langue* ; leur rapport est celui de la partie au tout.

Cependant, ce rapport signe / système est loin d'être simple à concevoir, ce qui s'observe, par exemple, dans le fait même que leur réception est inégale : alors que la notion de langue comme système, semble-t-il, ne pose pas outre mesure problème parmi les linguistes, l'arbitraire du signe, qui en est le « premier principe », n'en reste pas moins une des conceptions les plus contestées.

Cet arbitraire est, à notre sens, le point où convergent les deux entités fondatrices de la langue, *signe* et *système*. Là se résume le rapport fondamental du tout et de la partie qui constitue la langue selon Saussure. Menée dans cet esprit, l'analyse de l'arbitraire doit permettre d'éclairer la portée de la notion de langue. Plus précisément, nous trouverons dans l'organisation du concept saussurien qui distingue deux arbitraires, l'absolu et le relatif, des problèmes qui nous amèneront à mettre en cause une représentation monolithique, unidimensionnelle, de la langue.

Le chapitre 8 reviendra sur la définition de l'arbitraire et sur ses critiques puis sur le rapport entre les arbitraires absolu et relatif et le système de la langue.

Le chapitre 9 procèdera à l'élargissement du concept d'arbitraire relatif et examinera son rapport avec différents types d'associations de signes.

Le chapitre 10, partant de ce que Saussure appelle le « fait linguistique », montrera le rapport possible de l'arbitraire avec le « dehors » de la langue.

7

LE PROBLÈME DE L'ARBITRAIRE

7.1 Le principe d'arbitraire et sa critique

Le principe de l'arbitraire du signe – « premier principe » précise Saussure – consiste en ceci : le signe linguistique est arbitraire, c'est-à-dire que la combinaison de tel son avec tel sens, qui constitue un signe, n'a aucune nécessité. De nombreuses critiques ont été formulées contre, qui peuvent se résumer comme suit :

1. Non, le signe linguistique n'est pas arbitraire, tant s'en faut, le lien qui relie un son à un sens dans le mot n'est que nécessaire.
2. La démonstration de l'arbitraire menée par Saussure est un échec. C'est la preuve qu'il n'y en a pas.
3. La démonstration de l'arbitraire commet un glissement, mais ce n'est pas forcément la preuve que ce concept soit aberrant.
4. L'arbitraire n'est que la prise de position traditionnelle du conventionnaliste.
5. Ce qui importe, c'est plutôt la conception du système de valeurs : l'arbitraire n'est qu'un outil pour s'y orienter.
6. La démonstration de l'arbitraire n'est pas un échec.
7. Saussure envisageait deux arbitraires, le premier entre signifiant et signifié et le second dans le découpage du système. Le *CLG* ne souligne que le premier.
8. L'arbitraire doit être interprété du point de vue du « fait linguistique » où Saussure place la segmentation des deux plans amorphes – conceptuel et phonique – qui détermine les valeurs et constitue les signes.

La critique de Benveniste (1939) [1] consiste en 1, 2 et 4 ; Tullio

1 E. Pichon, connu pour son influence sur Lacan, critique l'arbitraire du signe de la même façon que Benveniste, mais deux ans plus tôt, en

De Mauro propose les points de vue 5 et 8 [2] ; Claudine Normand (1973, 2000) et Françoise Gadet (1987) les 4 et 5 ; Keizaburo Maruyama (1981) les 3 et 7 ; Michel Arrivé (1994) les 3, 5 et 8 ; Simon Bouquet (1997a, 1997b) [3] les 4, 6 et 7 ; Sémir Badir (2001) [4] les 6 et 8. Parmi les auteurs qui soutiennent le point 8 se trouve aussi Yong-Ho Choi (2002) qui aborde le problème à partir de la pragmatique. [5]

1937. Selon lui, c'est le multilinguisme helvétique qui a conduit Saussure à formuler un faux principe. Sur les critiques de l'arbitraire par Pichon et par Benveniste, voir les deux articles d'Engler (1962, 1964) et le livre d'Arrivé (1994) ; sur Pichon voir Akama (1994, chap. II, § 4), et sur Benveniste, entre autres, Maruyama (1981, 3e partie, chap. II), Godel (1957, p. 196), Jakobson (1971, 345-359, 1976, chap. VI), Bouquet (1997b). C'est l'iconicité au sens peircien qu'on peut trouver dans les formes morphosyntaxiques ou les structures phonologiques que Jakobson (1971) allègue pour critiquer l'arbitraire tandis que Jakobson (1976), du point de vue du « symbolisme phonétique », soutient la position de Benveniste.

2 « Elle [la langue] est un ensemble d'articulations, de limites qui rendent discontinues (on dirait aujourd'hui discrètes) la masse des réalisations phoniques et la masse des significations. [...] Dans ces catégorisations, il n'y a aucune raison intrinsèque à la nature de la substance phonico-acoustique ou conceptuelle. [...] Les ressemblances et les différences phonico-acoustiques ou conceptuelles et psychologiques n'expliquent pas le pourquoi de ces identifications et de ces discriminations. Elles n'appartiennent donc pas au domaine du naturel, du causé, mais au domaine de l'accident historique. Elles sont, en d'autres termes, arbitraires » (De Mauro, *CLG/D*, p. 365).

3 Bouquet soutient par une minutieuse analyse philologique que la critique de l'arbitraire n'est qu'un malentendu aggravé par la confusion terminologique des éditeurs du *CLG*. Selon Bouquet, distinguer l'arbitraire du signifiant (la thèse conventionaliste) et l'arbitraire systémique permet de démêler le problème : lors de la démonstration en question, ce n'est que le premier des deux arbitraires que Saussure envisage et il « utilise volontairement un exemple naïf » (1997b, p. 118)

4 Badir, en distinguant entre valeur, signifié et signification, affirme que la démonstration de Saussure n'entendait pas par l'exemple « bœuf » l'identité de valeur des mots au-dessus de différents idiomes, mais une « homogénéité de signification » (p. 103-104).

5 Arrivé, en citant le « Schéma des deux masses amorphes » et la discussion de Saussure sur le fait linguistique, remarque que « Saussure reconnaît explicitement [...] que le principe [de l'arbitraire] n'est que la retombée de l'intervention de la notion de valeur » (1994, p. 65). Badir soutient que « l'arbitrarité linguistique est donc directement dépendante de la

Nous examinerons pour notre part la position de Benveniste et celle de Gadet. L'une consiste à dire, comme on vient de l'évoquer, que le lien entre son et concept est nécessaire. Pour l'autre, l'important chez Saussure n'est pas l'arbitraire absolu mais l'arbitraire relatif. La première position est soutenue dans « Nature du signe linguistique », *Acta linguistica* (1939), la seconde sans *Saussure* (1987). Si nous examinons ces positions, c'est parce que celle de Benveniste présente une forte cohérence théorique, celle de Gadet déplaçant la discussion vers l'arbitraire relatif, ce qui intéresse particulièrement notre propre propos.

* * *

Avant d'aborder la critique de Benveniste, revenons à la définition de l'arbitraire. On le sait, « le principe d'arbitraire » signifie que si l'on divise le signe linguistique entre plan du contenu (signifié) et plan de l'expression (signifiant), ou entre concept et image acoustique, le son du mot, leur combinaison n'a pas de nécessité. Voici la définition donnée dans le paragraphe « Premier principe : l'arbitraire du signe » du *CLG* :

> « Le lien unissant le signifiant au signifié est arbitraire, ou encore, puisque nous entendons par signe le total résultant de l'association d'un signifiant à un signifié, nous pouvons dire plus simplement : *le signe linguistique est arbitraire.*
>
> Ainsi l'idée de "sœur"» n'est liée par aucun rapport intérieur avec la suite de sons *s-ö-r* qui lui sert de signifiant ; il pourrait être aussi bien représenté par n'importe quelle autre : à preuve les différences entre les langues et l'existence même de langues différen-

---

puissance d'articulation conférée à la langue sur deux "matières", l'une conceptuelle, l'autre de nature auditive » (2001, p. 59). Choi propose de « comprendre l'arbitraire au sens de "libre choix" non pas en termes d'acte idéal mais en tant qu'acte communicatif réel. [...] L'essentiel de l'arbitraire consiste dans la façon d'"unifier arbitrairement" les deux masses amorphes, dans cette "combinaison" arbitraire » (2002, p. 80). Il attribue ce point de vue pragmatique à Marie-Claude Capt-Artaud (1994) : « Le principal enjeu de l'arbitraire saussurien, c'est qu'il dévoile le statut linguistique du sens en découvrant le signifié. Ce sont les signifiés, distincts en tant qu'ils correspondent à des signifiants distincts, qui réalisent de ce fait un découpage arbitraire (c'est-à-dire linguistique) de la réalité (c'est-à-dire des sens) » (1994, p. 21). Choi cite une remarque d'Herman Parret (1973, p. 105-106) à l'appui de cette position : « Le secret du langage réside dans la constitution du signe ou accouplement des deux ordres amorphes de la phonie et de la pensée. »

tes : le signifié “bœuf” a pour signifiant *b–ö–f* d’un côté de la frontière, et *o–k–s* (*Ochs*) de l’autre. » (*CLG*, p. 100)

De nombreux auteurs ont noté une certaine confusion dans cette démonstration. En effet, tant qu’on considère avec Saussure que la langue n’est pas une liste de noms attribués à des objets et qu’elle est indépendante de tout ce qui est en dehors d’elle-même, il va de soi que ce passage contredit la théorie. C’est ce que Benveniste critique tout d’abord. Avant d’examiner son point de vue en détail, rappelons, en les résumant, les autres remarques faites dans « Nature du signe linguistique » (cité d’après *PLG* I) :

- L’échec de la démonstration de Saussure représente « un trait distinctif de la pensée historique et relativiste de la fin du XIXe siècle » et « cette forme de la réflexion philosophique qu’est l’intelligence comparative » (p. 50-51) ;
- Le lien unissant le signifiant au signifié n’est pas arbitraire mais nécessaire : « Le concept (“signifié”) “bœuf” est forcément identique dans ma conscience à l’ensemble phonique (“signifiant”) *böf*. Comment en serait-il autrement ? Ensemble les deux ont été imprimés dans mon esprit ; ensemble ils s’évoquent en toutes circonstances » (p. 51). Et Benveniste cite (p. 51-52) pour étayer cette opinion deux passages du *CLG* lui-même : l’un selon lequel la pensée, sans langue, n’est qu’une masse indistincte comme une nébuleuse (*CLG* p. 155) [6] et l’autre qui expose la comparaison du signe avec une feuille de papier dans laquelle on ne peut pas découper le recto sans aussi découper le verso (*CLG* p. 157) ;
- C’est le rapport entre le signe et la réalité qui est arbitraire, mais non pas le lien entre le signifiant et le signifié. L’arbitraire dans ce sens n’est que la question « phusei ou thesei » qui ne regarde pas les linguistes (p. 52-53) ;
- La relativité de la valeur du signe constitue une preuve de la nécessité de la langue comme système. Le *CLG* considère la valeur comme relative et impute ce caractère relatif de la valeur du signe à l’arbitraire. « Dès lors, dire que les valeurs sont “relatives” signifie qu’elles sont relatives *les unes aux autres*. Or n’est-ce pas là justement la preuve de leur *nécessité* ? Il s’agit ici, non plus du signe isolé, mais de la langue comme système de signes [...] Tout y est si *nécessaire* que les modifications de l’ensemble et du détail s’y conditionnent réciproquement. La relativité des valeurs est la meilleure preuve qu’elles dépendent l’une de l’autre dans la syn-

6 Selon la pagination de 1922. Benveniste se réfère à celle de 1916.

chronie d'un système toujours menacé, toujours restauré. C'est que toutes les valeurs sont d'opposition et ne se définissent que par leur différence. » (p. 54) Ce raisonnement de Benveniste ne fait que reprendre l'idée de langue selon Saussure lui-même.

Voici maintenant la discussion qui précède les points que nous venons d'énumérer, où Benveniste remarque que le *CLG* tombe dans une contradiction :

> « [Saussure] déclare en propres termes (p. 98) que "le signe linguistique unit non une chose et un nom, mais un concept et une image acoustique". Mais il assure, aussitôt après, que la nature du signe est arbitraire parce qu'il n'a avec le signifié "aucune attache naturelle dans la réalité". Il est clair que le raisonnement est faussé par le recours inconscient et subreptice à un troisième terme, qui n'était pas compris dans la définition initiale. Ce troisième terme est la chose même, la réalité. Saussure a beau dire que l'idée de "sœur" n'est pas liée au signifiant *s–ö–r* ; il n'en pense pas moins à la réalité de la notion. Quand il parle de la différence entre *b–ö–f* et *o–k–s*, il se réfère malgré lui au fait que ces deux termes s'appliquent à la même *réalité*. Voilà donc la *chose*, expressément exclue d'abord de la définition du signe, qui s'y introduit par un détour et qui installe en permanence la contradiction. [...] Or c'est seulement si l'on pense à l'animal "bœuf" dans sa particularité concrète et "substantielle" que l'on est fondé à juger "arbitraire" la relation entre *böf* d'une part, *oks* de l'autre, à une même réalité. Il y a donc contradiction entre la manière dont Saussure définit le signe linguistique et la nature fondamentale qu'il lui attribue. » (p. 50)

Il est certain, comme le remarque Benveniste, que l'arbitraire du signe, originellement définitoire du rapport entre le signifiant (l'image acoustique) et le signifié (le concept), tend à décrire le rapport entre le signe et son référent. Nous ferons cependant deux réserves :

1. Benveniste, en alléguant que le *CLG* prend faussement pour preuve de l'arbitraire l'existence de différents signifiants, /böf/ et /oks/ pour le même référent « bœuf », accuse Saussure de penser aussi dans l'exemple de « sœur » à la réalité et non pas au rapport entre le signifiant et le signifié. Cependant, l'assertion suivante de Saussure n'en est pas moins exacte : « l'idée de "sœur" n'est liée par aucun rapport intérieur avec la suite de sons *s–ö–r* qui lui sert de signifiant ; il pourrait être aussi bien représenté par n'importe quel autre ».

2. La phrase de Benveniste : « Saussure a beau dire que l'idée de "sœur" n'est pas liée au signifiant *s–ö–r* » ne reproduit pas exacte-

ment ce que Saussure a dit : « l'idée de "sœur" n'est liée par aucun rapport intérieur ». Benveniste a ôté « par aucun rapport intérieur », ce qui induit que l'idée et le signifiant ne sont pas liés. Pourtant la phrase du *CLG* ne veut pas dire que l'idée et le signifiant ne sont pas liés mais ceci : l'idée et le signifiant sont liés mais non pas par un rapport intérieur. Leur rapport lui-même ne possède pas de nécessité qui l'explique.

Autre point essentiel : la confusion est-elle de Saussure ou ne provient-elle pas plutôt de Bally et Séchehaye ? Benveniste écrivant en 1939 n'a pas pu se référer aux sources manuscrites du *CLG*, découvertes dans les années cinquante. Si la contradiction dans la démonstration de l'arbitraire provient des éditeurs, toutes les discussions à ce sujet sont vaines. Alors voyons les manuscrits. C'est dans la leçon du 2 mai 1911 que la définition de l'arbitraire a été proposée comme « premier principe » du signe. Voici les notes de Dégallier sur lesquelles les éditeurs semblent s'être principalement fondés :

> « *Le signe linguistique est arbitraire*. Le lien qui relie une image acoustique donnée avec <un> concept déterminé et lui confère valeur de signe est lien radicalement arbitraire. [...] Ainsi le concept *sœur* n'est lié par aucun rapport intérieur avec la suite de sons qui forme image acoustique correspondante. Ce concept pourrait tout aussi bien être représenté par n'importe quelle autre suite de sons : il suffit de songer aux différentes langues. » (*CLG/E* 1123-1124, III D188)

Ce passage est presque identique à celui du *CLG* sauf dans les termes d'« image acoustique » et de « concept » car la terminologie signifiant / signifié n'a été proposée que le 19 mai.

Et voici les notes de Constantin, les plus importantes pour le troisième cours mais que les éditeurs n'ont pas pu utiliser :

> « *Le signe linguistique est arbitraire*. Le lien qui relie une image acoustique donnée avec un concept déterminé et qui lui confère sa valeur de signe est un lien radicalement arbitraire. [...] Le signe est arbitraire, c'est-à-dire que le concept *sœur* par exemple n'est lié par aucun caractère, <rapport> intérieur avec la suite de sons *s* + *ö* + *r* qui forme l'image acoustique correspondante. <Ce concept pourrait tout aussi bien être représenté par n'importe quelle autre suite de sons. Il suffit de songer aux différentes langues.> En passant d'une langue à une autre, on voit que le concept *bœuf* est aussi représenté par la suite de sons *bos*. » (*CLG/E* 1123-1124, III C280)

Ces notes aussi sont presque identiques. On sait que la comparaison des cahiers des étudiants témoigne de ce qu'ils se les sont montrés pour compléter leurs notes. Constantin surtout, d'où sa similitude avec Dégallier. Ce sont les notes qui se trouvent chez Constantin mais non pas chez les autres qui sont importantes. Mais ici la différence n'est que de l'ajout de l'exemple « bœuf / bos » ; l'exemple « bœuf / Ochs » du *CLG* provient des notes de Joseph.

On peut en déduire que c'est Saussure lui-même qui a introduit la confusion dans la démonstration de l'arbitraire. Il a raison jusqu'à l'exemple de « sœur » mais il a tort dès qu'il allègue la différence entre les langues. S'il entend par là que le découpage de la « réalité » ou des « idées » change selon les langues, tout va bien. En effet, dans une leçon de juin 1911, comparant le mot français « mouton » et les mots anglais « sheep » et « mutton », il montre la différence de distribution des idées selon les langues (III, *CLG/E* 1879-1880) et dans la leçon du 4 juillet il nie que des idées pures préexisteraient à la langue :

> « Si les idées étaient prédéterminées dans l'esprit humain <avant d'être valeurs de langue>, une des choses qui arriveraient forcément, c'est que les termes d'une langue dans une autre se correspondraient exactement.
>
> français *cher*
> allemand *lieb, theuer* (aussi moral)
>
> Il n'y a pas correspondance exacte. » (*CLG/E* 1887 III C400-401)

Mais s'il affirme pour démontrer l'arbitraire que « bœuf » peut se représenter par la suite de sons *bos* en latin, alors le concept « bœuf » devient une idée pure transcendant les langues, ce qui contredit l'idée de langue selon Saussure lui-même qui n'admet pas d'objet ou d'idée préexistant à la langue, extérieur à la langue, « hors-langue » pourrait-on dire.

La démonstration du principe d'arbitraire est faussée, mais cela ne démontre ni que le principe est faux, ni que le signe n'est pas arbitraire mais nécessaire.

7.2 L'arbitraire relatif et la description du système

Dans une leçon du troisième cours, le 9 mai 1911, intitulée « L'arbitraire absolu et l'arbitraire relatif » (III, *CLG/E* 2088), Saussure a proposé la notion d'*arbitraire relatif* qu'il a opposée à l'arbitraire du signe examiné plus haut, dit *arbitraire absolu*. L'autre réaction au principe d'arbitraire que nous avons évoquée n'est autre que la position selon laquelle on interprète le saussurisme en mettant l'accent sur cet arbitraire relatif. Cette critique ne nie pas complètement l'arbitraire mais recentre la linguistique saussurienne sur l'arbitraire relatif malgré l'importance de l'arbitraire absolu (arbitraire du signe) sur quoi Saussure lui-même a insisté en en faisant son « premier principe ». Avant d'examiner le bien-fondé d'une telle lecture, nous allons chercher à mesurer à quel point Saussure a effectivement insisté sur ce principe d'arbitraire (absolu), dont voici ce qu'il dit le 2 mai :

> « Personne ne contredit cette vérité. Il est important de constater cette vérité et de lui donner la place qui lui revient, sa place hiérarchique. Cette vérité qui paraît crever les yeux est tout au sommet, et toutes les conséquences n'apparaissent pas avec une aussi grande évidence, car elles existent jusque dans une foule de détails. » (*CLG/E* 1125-1127, III D188)

Commençons par établir ce que c'est que l'arbitraire relatif opposé à l'arbitraire absolu. Saussure en donne pour exemple « vingt » et « dix-neuf », et appelle le premier « immotivé » et l'autre « pas complètement immotivé ». Selon la définition du principe d'arbitraire, le concept (signifié) du « vingt » et son image acoustique (signifiant) n'ont pas de rapport intérieur, mais ce n'est pas le cas pour « dix-neuf ». Car dans « dix-neuf », évoquant « dix » et « neuf », le rapport entre le son et le sens n'est pas complètement arbitraire, et là, une « motivation relative » entre en jeu (III, *CLG/E* 2094). De même pour « ormeau » et « poirier » (III *CLG/E* 2095). Puisque « poirier », à la différence d'« ormeau », évoque « poire », « pomme » ou « pommier » – ici fonctionne une intuition qui l'analyse en « poir- » et « -ier », le fruit et l'arbre qui le produit. Avec ce raisonnement, il s'agit, selon les termes saussuriens, de distinguer entre l'arbitraire absolu, c'est-à-dire sans motivation, et l'arbitraire relatif, à motivation relative ; d'où des oppositions telles que (III, *CLG/E* 2096) :

arbitraire absolu	arbitraire relatif
concierge	*portier*
jadis	*autrefois*
souvent	*fréquemment*
aveugle	*boiteux*
commencer	*entreprendre…*

Pour le définir à notre façon, l'arbitraire relatif est l'association que met en jeu le fait qu'il y a des éléments communs à plusieurs signes. Comme on le voit dans la colonne de droite du tableau ci-dessus, c'est par le fait que des signes partagent des unités communes que la motivation – c'est-à-dire la limitation de l'arbitraire (III, CLG/E

2108) – fonctionne. « Autrefois » se divise en sous-unités « autre- » et « -fois », « portier » en « port[e]- » et « -ier ». Ainsi le fait que chaque fragment forme déjà une unité significative minimale (morphème) et le fait que ce fragment soit utilisé dans une partie ou le total d'un autre mot est ce qui motive le lien entre signifié et signifiant. C'est parce que le mot est entouré d'autres mots qui partagent des mêmes unités ou qui sont constitués de la même façon qu'il peut être divisé, comme on l'a vu, en sous-unités significatives. On a à côté de « dix-neuf » « dix », « neuf », « dix-sept », etc., et ce terme fait partie avec eux d'un réseau, ce qui permet d'en dégager les sous-unités et de l'analyser ainsi. De même, « poirier » forme série avec « poire », « pommier » et « pomme », « cerisier » et « cerise », etc. Ainsi l'arbitraire relatif est-il un mécanisme morphologique déclenché par l'existence de sous-unités du mot, morphèmes ou éléments.

Avant d'aller plus loin, nous allons examiner la discussion de Normand (1973) qui prend, selon nous, une position analogue. Gadet elle-même dans *La Langue introuvable* (1981) la présente ainsi :

> « Cl. Normand [...] souligne que l'incompréhension de la notion de valeur provient de ce que les commentateurs se sont enfermés dans une dichotomie (arbitraire / non arbitraire) : les confusions de la rédaction du *Cours de linguistique générale* (et l'ordre parfois aléatoire restitué par les éditeurs) dissimulent l'importance du "relativement motivé" qui nous place à proprement parler sur le terrain linguistique. » (p. 56-57)

Selon Normand, l'arbitraire absolu est une notion classique en philosophie depuis au moins le *Cratyle* de Platon : en lui adjoignant un arbitraire relatif (et la motivation relative qui va avec), Saussure se déplace imperceptiblement sur l'horizon nouveau de la linguistique où la langue se définit comme un système dans lequel la valeur des signes est déterminée par leur propre coexistence. Elle conclut que si Saussure a mis au premier plan l'arbitraire du signe traditionnel malgré la nouveauté d'une théorie selon laquelle la valeur du signe est purement différentielle, c'est qu'il avait l'intention de régler leur compte aux spéculations sur l'origine du langage qui dominaient la linguistique de son temps.

Le point de vue de Normand, comme Gadet le remarque dans le même passage, présente une similitude avec celui de Benveniste. Normand reproche à Saussure de renvoyer à la conception philosophique traditionnelle tout en insistant sur un concept de rupture, à savoir l'importance de l'aspect systémique de la langue : c'est que sa lecture oppose l'arbitraire au système.

De son côté, le *Saussure* de Gadet met l'accent sur l'arbitraire relatif. C'est lui qui à son avis permet la constitution du système et elle l'oppose à l'arbitraire absolu. Nous doutons personnellement de ce dualisme qui oppose l'arbitraire absolu et l'arbitraire relatif à partir de la nécessité qui permet la constitution du système. Cela dit, la lecture de Gadet n'est cependant pas erronée. Saussure lui-même a donné des indications qui la corroborent. Nous avons vu que l'arbitraire relatif (la motivation relative) signifie que des signes partageant des éléments morphologiques communs forment un réseau tel que le lien entre signifiant et signifié s'en trouve motivé. Ce phénomène, Saussure l'a appelé « la limitation de l'arbitraire », et c'est selon lui ce qui fait de la langue un système.

Mai 1911 :

> « Tout ce qui fait d'une langue un système ou un organisme demande d'être abordé sous ce point de vue, où on ne l'aborde guère en général : comme une *limitation de l'arbitraire* par rapport à l'idée. » (*CLG/E* 2108, III C302)

Juillet 1911 :

> « Nous avons considéré le mot comme terme placé dans un système, c'est-à-dire valeur, or la solidarité des termes dans le système peut être conçue comme une limitation de l'arbitraire, soit la solidarité syntagmatique, soit la solidarité associative. » (*CLG/E* 2105, III C406)

C'est l'équation

système = rapports entre signes = motivation relative = limitation de l'arbitraire

C'est ce qui rend possible le dualisme qui met en place d'un côté cette série et de l'autre l'arbitraire du signe (l'arbitraire absolu). En d'autres termes, l'arbitraire relatif représente la nécessité qui permet le système comme rapports entre signes tandis que l'arbitraire absolu représente le *défaut* de rapport entre signes, en quelque sorte le facteur non systémique.

Comme nous l'avons vu plus haut dans les groupes « vingt » et « dix-neuf », « ormeau » et « poirier », « concierge » et « portier », etc., le premier terme relève d'un arbitraire absolu (sans motivation) tandis que le second relève d'un arbitraire relatif (relativement motivé). Coexistent des facteurs immotivés et des facteurs motivés. Ce qui rend possible une typologie des langues en fonction de la proportion des facteurs. Dans la leçon de mai 1911 que nous venons d'évoquer, Saussure a appelé « lexicologiques » les langues à dominante immotivée, et « grammaticales » les langues à dominante motivée, donnant le chinois pour exemple de langue ultra-lexicologique et le sanskrit et le grec pour exemples de langues ultra-grammaticales (*CLG/E* 2117-2118, 2121 III C305). A quoi s'ajoute une langue fictive qui apparaît dans ses notes de cours :

> « Réduction dans tout système de langue de l'arbitraire absolu à l'arbitraire relatif, ce qui constitue le « système ». S'il était possible qu'une langue consistât uniquement à dénommer les objets, les différents termes de cette langue n'auraient [aucun] rapport entre eux, resteraient aussi séparés les uns des autres que les objets eux-mêmes. » (N23.5, p. 1, *CLG/E* 2105, le terme entre crochets est de nous)

Voici l'image d'une langue complètement arbitraire, « lexicologique », dépossédée de (pauvre en) facteurs grammaticaux.

L'opposition entre l'arbitraire absolu et l'arbitraire relatif constitue deux séries :

- d'une part, « arbitraire absolu, sans motivation, signes isolés, tendance non systémique, langue lexicologique, le chinois »,
- de l'autre, « arbitraire relatif, motivation et limitation de l'arbitraire, solidarité entre les signes, nécessité constitutive du système, langues grammaticales, le sanskrit, le grec ».

7.3 De l'arbitraire relatif à l'arbitraire absolu

Si l'on cherche à présenter la théorie saussurienne comme une méthode de description du système-langue, il est naturel de mettre l'accent non pas sur l'arbitraire absolu qui concerne le signe isolé, mais sur l'arbitraire relatif qui concerne les rapports entre signes. Tel est le sens de cet énoncé de Gadet :

> « le système et le mécanisme, par exemple, sont traités plus longuement que le signe. » (p. 15)

Cependant, la façon dont Gadet passe de l'arbitraire absolu à l'arbitraire relatif ne nous semble pas absolument convaincante. Nous essayerons, en examinant ce point de façon détaillée, de redéfinir la notion d'arbitraire : (i) Relève-t-elle de la discussion philosophique traditionnelle ? (ii) Comment peut-on justifier la mise à l'écart de l'aspect de non-nature dans la notion d'arbitraire ?

L'arbitraire est-il « philosophique » ?

Voici comment Gadet introduit cette question :

> « Les problèmes d'interprétation d'"immotivé" à côté d'"arbitraire" soulignent que nous avons en fait affaire à deux sens différents d'*arbitraire* : un arbitraire 1, où le sens de conventionnel (qui s'oppose à naturel) est déterminé par rapport à la réalité extra-linguistique, et un arbitraire 2, paraphrasable par *immotivé* (qui s'oppose donc à motivé), et établi par référence aux autres signes.

On voit la différence entre les deux problématiques de l'arbitraire. L'arbitraire 1 est un problème philosophique sur lequel Saussure ne s'attarde guère car il l'estime traité par les prises de position conventionnalistes. L'arbitraire 2, quant à lui, propose les conditions de l'établissement d'un champ proprement linguistique, et toute l'entreprise saussurienne vise à construire ce terrain, à travers la définition des relations que les signes entretiennent entre eux. Il est donc entendu désormais que le champ linguistique est celui de l'arbitraire 2, et l'on quitte celui de l'arbitraire 1. » (p. 41-42)

Comme l'arbitraire absolu correspond à l'immotivé tandis que l'arbitraire relatif correspond au motivé, l'arbitraire présenté ici comme voisin de l'immotivé est l'arbitraire absolu. Par conséquent, les deux arbitraires en question ne sont pas le couple arbitraire absolu / arbitraire relatif mais l'arbitraire absolu que Gadet divise en deux, mais dont elle considère l'un plus important que l'autre. Gadet associe à l'arbitraire 1 les termes « philosophique », « conventionnel (opposé à la nature) » et « rapport avec la réalité extra-linguistique » tandis qu'elle associe à l'arbitraire 2 les termes « linguistique », « immotivé (opposé à motivé) » et « rapport avec d'autres signes ».

Gadet qualifie l'arbitraire 1 de « philosophique ». Ce « philosophique » est utilisé dans un sens négatif. Depuis les Grecs s'opposent la thèse « phusei » selon laquelle le nom reflète la nature intérieure de la chose, et la thèse « thesei » selon laquelle le lien entre le nom et la chose n'est qu'une convention. La querelle de l'universel du Moyen-Age n'en étant qu'une version de plus, on peut dire que le réalisme correspond au « phusei » alors que le nominalisme correspond au « thesei ». Ce qui découle de « philosophique », c'est que la discussion ne dépasse pas le cadre des polémiques antiques et médiévales. Le point de vue qui fait de l'arbitraire saussurien une reprise de l'opposition « phusei » *vs* « thesei » est déjà présent chez Benveniste et chez Normand.

Mais tant « phusei » que « thesei » supposent une langue-nomenclature où le mot n'est qu'un nom attribué à la chose qui préexiste au langage, alors que l'arbitraire dont il est question concerne le rapport entre les deux faces du signe, celui du concept et du son. Le concept philosophique met en question le rapport entre la langue et le hors-langue alors que le concept saussurien se situe au cœur du signe, dans une tout autre dimension. Saussure a nié l'idée de langue-nomenclature et il a défini la langue dans sa coupure avec la réalité extra-linguistique. Le concept clef selon lequel le signe est une association du concept (signifié) avec l'image acoustique (signifiant) et non pas un rapport avec la chose ne fait qu'un avec l'idée de langue.

Gadet écrit un peu plus haut :

> « La différence par rapport à la conception classique est décisive, car l'exclusion de la réalité induit la délimitation d'un domaine des signes : c'est le champ du linguistique. » (p. 35)

Ceci sans contradiction. Car elle considère l'arbitraire comme deux étapes par lesquelles la réflexion de Saussure devait passer pour arriver à ce qu'elle appelle « le linguistique » : la première étape étant celle par laquelle on sort de l'idée de langue-nomenclature pour entrer dans la *sphère des signes*, la deuxième étant celle dont on a besoin pour entrer dans la sphère des *rapports* entre les signes. Et elle attribue à la première étape l'arbitraire 1, et à la deuxième l'arbitraire 2 et l'arbitraire relatif :

> « La définition du signe et l'énoncé de son caractère arbitraire ont permis d'entrer dans le domaine des signes (par opposition au domaine des choses, hors de portée de la linguistique). L'immotivé et le relativement motivé permettent de plus d'entrer dans le domaine des rapports entre ces signes, grâce auxquels la langue est descriptible comme un système et un mécanisme, que l'on peut voir comme limitation de l'arbitraire [...] » (p. 43)

Cette compréhension de l'arbitraire, nous l'examinerons plus loin comme deuxième problème du passage de l'arbitraire à l'arbitraire relatif. Auparavant, nous allons montrer que les positions de Benveniste, de Normand et de Gadet, qui ont toutes considéré l'arbitraire saussurien comme un écho du débat philosophique traditionnel, se distinguent selon qu'il est question de placer l'arbitraire au centre du signe ou entre le signe et le référent.

Rappelons le point de vue de Benveniste selon lequel le rapport signifié - signifiant n'est pas arbitraire mais nécessaire : cet arbitraire-là est entre le signe et le référent. Ce n'est qu'une discussion du type « phusei » *vs* « thesei ». Benveniste ne reconnaît pas le concept de l'arbitraire saussurien. Ce qui n'est pas le cas de Normand ni de Gadet : elles reconnaissent que l'arbitraire saussurien ne concerne pas le problème du rapport entre le mot et le hors-langue mais celui du rapport signifié - signifiant. Pourtant, elles voient la position saussurienne en continuité avec le débat traditionnel. Pourquoi ? Parce que, selon elles, Saussure aborde l'arbitraire avec les mêmes outils de discussion que dans le débat traditionnel : la remarque sur la diversité des langues, le problème de l'onomatopée, etc. (Normand, 1973, p. 114, et Gadet, p. 37 et s.).

De son côté, Normand, tout en considérant cet arbitraire comme « philosophique », reconnaît son apport positif à l'histoire de la linguistique : une douleur nécessaire à la naissance d'une nouvelle science qui se fonde sur l'idée de langue comme système de valeurs :

> « La nouveauté saussurienne est dans la théorie de la valeur, non dans l'affirmation de l'arbitraire [...]
>
> L'utilisation que Saussure fait de l'arbitraire (essai d'ajustement à la théorie nouvelle) peut apparaître comme un compromis, mais doit être vue comme une liquidation, un "règlement de comptes" avec l'ancienne philosophie de l'origine (encore à l'œuvre de façon plus ou moins explicite dans la linguistique historique). » (p. 125-126)

C'est une mise au point terminologique qui marque le passage du paradigme ancien au nouveau grâce au développement de l'« arbitraire » en « arbitraire absolu / arbitraire relatif » ou « immotivé / motivé ».

> « L'opposition immotivé / motivé nous laisse sur le terrain philosophique, le terme "relativement motivé" nous introduit sur le terrain linguistique. [...] *le signe est arbitraire*, c'est par rapport aux choses ; quand il dit : *le signe est immotivé ou relativement motivé*, c'est par rapport aux autres signes ; il passe du terrain philosophique de l'origine au terrain linguistique du système. » (p. 121)

On voit que Gadet suit fidèlement la discussion de Normand.

Et comme on l'a dit, ce déplacement du cœur du problème théorique de l'arbitraire absolu vers l'arbitraire relatif concerne aussi le concept d'arbitraire lui-même. Le passage à l'arbitraire relatif consiste en la mise à l'écart de l'aspect « sans rapport avec la nature » du concept de l'arbitraire en le considérant comme « philosophique » dans la mesure où l'arbitraire concerne seulement le rapport avec le « hors-langue ». Mais cette opération n'apporte-t-elle pas quelque désordre dans la constitution du concept de l'arbitraire, et de là dans celle du concept d'arbitraire relatif lui-même que Normand et Gadet considèrent comme important ? Savoir si qualifier l'arbitraire de « philosophique » est correct ou non dépendra de la conclusion de l'examen qui suit.

La langue et son dehors

Le deuxième point concerne la constitution du concept d'arbitraire. Pour en discuter, on peut partir du fait que l'arbitraire pose le problème du rapport entre « la langue » et son « dehors ».

Rappelons la définition de l'arbitraire : le signifiant d'un signe et son signifié ne sont associés par aucun rapport interne justifiant leur association. Mais qu'est-ce que ce « rapport interne » ? Ce serait une certaine communauté entre le caractère naturel du contenu du mot et celui de son articulation : une concordance naturelle du phonique et du sens. Du coup, le signe, s'il désignait le même objet, pourrait être semblable d'une langue à l'autre. L'onomatopée en serait un exemple typique car elle est une imitation du son naturel. De fait, l'onomatopée qui représente le cri du coq contient plusieurs occurrences du phonème /k/ tant en japonais qu'en français ou en anglais. Cependant, toute onomatopée ne présente pas un caractère universel. Il est certain que la « limitation de l'arbitraire », c'est-à-dire la « concordance naturelle du phonique et du sens » qu'on peut observer dans les onomatopées, n'est pas complète. Si le signifiant et le signifié s'accordaient parfaitement, les onomatopées seraient identiques dans toutes les langues. Ce qui n'est pas le cas. Non seulement l'onomatopée, comme toute unité linguistique, obéit au système phonologique de chaque langue mais elle ne peut pas non plus utiliser, afin de reproduire exactement le bruit en question, des sons naturels qui n'existent pas en langue. L'onomatopée étant l'imitation linguistique du son naturel, elle est déjà coupée du « dehors ». Qui plus est, elle ne constitue qu'une part – très marginale – de la langue. Ainsi ne peut-elle pas constituer la contre-preuve de l'arbitraire.

Au fond, l'arbitraire du signe s'oppose à la nécessité naturelle. S'il existait un rapport intérieur entre signifié et signifiant, la constitution du signe dépendrait d'une nécessité naturelle supérieure aux langues, extérieure aux langues. Cet « intérieur » du rapport entre signifié et signifiant serait « extérieur » par rapport à la nécessité de la langue : le « rapport intérieur » serait une nécessité naturelle du signifié et du signifiant, ce qui en permettrait une explication objective, faite d'un point de vue qui se situerait à l'extérieur de la langue. Or la langue ne se fonde pas sur une nécessité naturelle. D'où cette conclusion que l'arbitraire concerne le rapport entre la langue et son dehors, dans un autre sens que celui de la discussion philosophique traditionnelle : plus exactement, il y a un paradoxe dans l'« inexistence du rapport entre la langue et son dehors ». L'arbitraire absolu signifie que rien ne peut expliquer, d'un point de vue extérieur, le lien entre expression et contenu.

Selon Gadet, l'arbitraire 1 représentant le point de vue « thesei » concerne une question philosophique et ne regarde pas la linguistique, ce qui justifie qu'on s'occupe uniquement de l'arbitraire 2, lié au motivé. Se déplacer de l'un à l'autre des deux sens de l'arbitraire absolu, c'est-à-dire passer du conventionnel à l'immotivé, signifie un déplacement du cœur de la discussion vers le motivé (l'arbitraire relatif) à travers l'immotivé, en profitant du fait que celui-ci forme l'autre pendant du couple conceptuel avec le motivé (arbitraire relatif). Tel est le cœur de la réflexion de Gadet. Comme un de ses objectifs est de présenter la linguistique saussurienne comme une description systémique de la langue, il est naturel qu'elle situe au centre du débat l'arbitraire relatif en tant que facteur de la constitution du système et de son fonctionnement. A quoi nous objecterons que comme l'arbitraire relatif n'est qu'un concept relatif, il ne tient pas sans celui d'arbitraire absolu qui lui sert de point de départ.

Si l'on ne considère que l'immotivé de l'arbitraire absolu en abandonnant l'idée que « conventionnel » signifie « non naturel », la raison du choix provenant uniquement du couple « motivé » *vs* « immotivé », l'équivalence de la « motivation relative » et de l'« arbitraire relatif » perd son fondement conceptuel. D'ailleurs, l'opposition « motivation » *vs* « sans motivation » se fonde, on le sait, sur la question de savoir si le lien entre le signifiant et le signifié est motivé ou non, et la motivation n'est autre que le rapport entre les signes au sein du système. Donc, le point de départ n'est que l'arbitraire 1, c'est-à-dire l'absence de nécessité dans le rapport signifié / signifiant, l'inexistence d'une relation avec une loi quelconque extérieure à la langue, à partir de quoi se définit l'opposition « motivation » *vs* « sans motivation » (arbitraire relatif / arbitraire 2), tous deux phénomènes strictement intrasystémiques. Il en découle que « s'éloigner de l'arbitraire 1 » fait perdre le fondement conceptuel dont dépend l'arbitraire relatif que Gadet place au cœur du débat.

Autant dire que l'arbitraire absolu constitue le problème du rapport (ou de la coupure) entre la langue et son dehors tandis que l'arbitraire relatif est à trouver dans le système. Le concept d'immotivé, face opposée de l'arbitraire absolu, par rapport à l'équation « arbitraire relatif = motivation », sert pour ainsi dire de pont entre l'arbitraire absolu et l'arbitraire relatif. Gadet, en faisant de la définition de l'immotivé un intermédiaire, déplace la question du rapport entre la langue et son dehors vers l'intérieur du système (schéma 1). Ainsi le problème du rapport de la langue avec le dehors est-il mis à l'écart. Mais toute existence suppose un dedans et un dehors. Sans dehors, l'existence est-elle possible ?

Le vertical et l'horizontal du signe

Considérons maintenant le problème sous l'angle de l'opposition « vertical » *vs* « horizontal ». L'arbitraire absolu constitue un rapport vertical à l'intérieur du signe tandis que l'arbitraire relatif, solidarité entre signes, constitue un rapport horizontal. Il est à noter que le second n'est pas seulement un rapport horizontal mais une motivation du rapport vertical à travers des rapports horizontaux. Autrement dit, ni l'équation « sans motivation = arbitraire 2 » qui est le concept opposé du rapport vertical entre signifié et signifiant (arbitraire 1), ni l'arbitraire relatif (motivation relative) ne peuvent se passer de l'arbitraire 1 (schémas 2 et 3). Saussure souligne que le rapport horizontal entre signes par l'arbitraire relatif ne tient pas sans le rapport vertical à l'intérieur du signe. Dans la leçon du 12 mai 1911 qui a suivi celle du 9 mai où il a proposé la distinction entre arbitraire absolu et arbitraire relatif, il a asserté non seulement que la motivation relative concerne les deux rapports vertical et horizontal, mais aussi que *le vertical a la préséance sur l'horizontal.* Le passage – absent du *CLG* – couvre les pages 206-207 du cahier de Dégallier :

> « En apparence, il semble qu'il n'y ait rien de commun entre relation interne [du signe] et relation externe [entre les signes]. Or cette relation de terme à terme [relation externe] n'existe pas un seul moment autrement qu'en vertu des deux relations internes. La relation du concept avec l'image [acoustique] peut exister sans relation avec un terme extérieur. Mais la relation entre deux termes ne peut exister sans réciproque intervention des deux relations internes :
>
> *poirier* *poire*
> *désireux* *désir*
>
> Il semble que j'ai une quantité *désir* et une autre *-eux*, et qu'il suffit d'invoquer le mot *désir* coexistant. En réalité, je n'ai évoqué là que la forme extérieure, l'image auditive. [S'il en est ainsi,] Aucun rapprochement n'est possible entre ces deux mots ; et [ce qui est évoqué par les quantités *désireux* et *désir*] en réalité ce n'est pas [le rapport entre] l'image *désir* et le concept "désir", et d'autre part [le rapport entre] l'image *désireux* et le concept "désireux". Nous ne pouvons jamais concevoir une relation d'un mot à l'autre qu'en invoquant primairement cette relation interne qui, en chacun d'eux, unit le concept avec <l'image auditive>. [7] » (III D206-207, Godel, p. 246, entre crochets par nous)

Comme nous n'avons jusqu'ici distingué que deux rapports, l'un vertical entre signifié et signifiant à l'intérieur du signe et l'autre horizontal entre les signes, le lecteur pourrait trouver étrange l'expression « deux relations internes ». En effet Saussure distingue non seulement le rapport signifié / signifiant, mais aussi un autre rapport à l'intérieur du signe.

7 Les notes donnent « le sens » que nous avons corrigé à la suite de Godel par « image auditive » parce qu'il apparaît évident au vu du contexte que Dégallier s'est trompé.

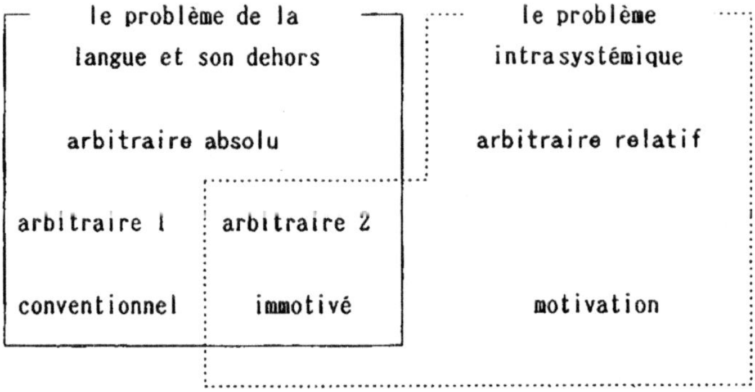

Schéma 1

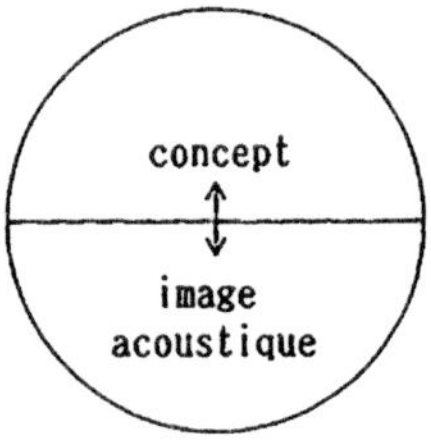

Schéma 2 (Godel, p. 84) : Arbitraire 1

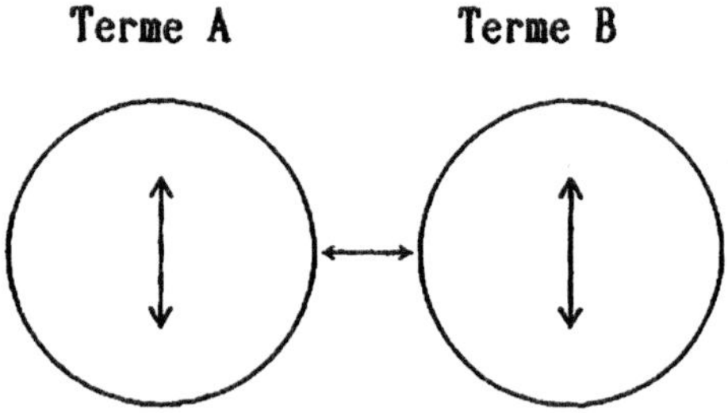

Schéma 3 (Godel, p. 84) : Arbitraires 1 et 2

Quel est-il donc ? Le rapport entre sous-unités lié à l'ordre syntagmatique. Par exemple, « désir-eux » est possible, mais « eux-désir » ne l'est pas (III, *CLG/E* 2188) : le signe se constitue par le croisement des forces des deux rapports, l'un vertical entre signifié et signifiant et l'autre horizontal entre sous-unités qui se succèdent.

On voit clairement qu'il insiste sur l'importance du rapport vertical à l'intérieur du signe : « Nous ne pouvons jamais concevoir une relation d'un mot à l'autre qu'en invoquant primairement cette relation interne qui, en chacun d'eux, unit le concept avec l'image auditive... » Ce qui étaye notre point de vue.

On a cependant affaire à un passage difficile. D'autant plus que, dans la leçon du 4 juillet sur la valeur linguistique, Saussure développera un point de vue qui semble le contrarier, selon lequel le rapport vertical signifié / signifiant est secondaire et ne constitue qu'une manifestation de la valeur systémique du signe. Cette vue de Saussure selon laquelle la détermination systémique de la valeur a la préséance sur le signe isolé rend peu convaincante l'insistance sur l'importance du rapport vertical. Est-ce parce que ce passage dépasse leur compréhension que les éditeurs ne l'ont pas retenu dans le *CLG* ? Godel lui-même exprime sa perplexité : « Entre cette conception et celle du chapitre sur la valeur, la contradiction paraît flagrante » (p. 246).

Voici le passage selon lequel le système horizontal des valeurs a la préséance sur la relation signifiant / signifié verticale du signe isolé :

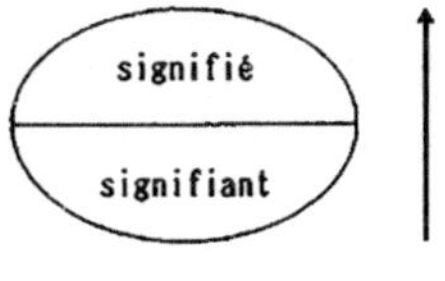

> « on voit qu'elle a sans doute sa raison d'être mais qu'elle n'est qu'un produit secondaire de la valeur. » (*CLG/E* 1846, III C399-400)

La relation verticale entre signifié et signifiant est ici qualifiée de « secondaire » par rapport à la relation horizontale, c'est-à-dire à la coexistence des termes, qui détermine la valeur :

> « la signification qui nous apparaît comme la contrepartie de l'image auditive est tout autant la contrepartie des termes coexistants dans la langue. [...] La valeur d'un mot ne résultera que de la coexistence des différents termes. La valeur est la contrepartie des termes coexistants. » (*CLG/E* 1861, 1863-1864, III C399-400)

Se contredisent l'accent mis sur le rapport vertical entre signifié et signifiant et la préséance accordée au rapport horizontal entre les signes. Les diverses critiques faites à l'arbitraire saussurien ne sont-elles pas fondées sur cette « contradiction » sous-jacente chez Saussure même ? Benveniste n'a-t-il pas bien critiqué la première position saussurienne en utilisant la seconde ? Nous l'avons vu dire que « la relativité des valeurs est la meilleure preuve qu'elles dépendent l'une de l'autre dans la synchronie d'un système toujours menacé, toujours restauré. C'est que toutes les valeurs sont d'opposition et ne se définissent que par leur différence ». Il ne fait là que répéter certaines propositions de Saussure. Nous pouvons dire aussi que Normand et Gadet tentent de résoudre la contradiction de ces deux positions saussuriennes pour la rendre cohérente. Leur solution est, on l'a vu, d'accorder plus d'importance à la seconde qu'à la première. Cependant, nous proposerons une autre solution qui tienne compte de l'importance que Saussure accorde *in fine* au principe d'arbitraire absolu :

> « Cette vérité qui paraît crever les yeux est tout au sommet, et toutes les conséquences n'apparaissent pas avec une aussi grande évidence, car elles existent jusque dans une foule de détails. » (*CLG/E* 1126-1127, III D188)

En attendant tout se passe comme si la contradiction entre les deux arbitraires découlait de la double direction que prend la réflexion de Saussure selon qu'il considère le signe ou le système.

8

L'ÉLARGISSEMENT DE L'ARBITRAIRE RELATIF

La distinction entre l'arbitraire absolu et l'arbitraire relatif est elle-même relative puisque l'arbitraire relatif est relativement arbitraire par rapport à l'arbitraire absolu. Dès lors, l'arbitraire absolu n'est-il pas à son tour relativement arbitraire par rapport à l'arbitraire relatif ? Il n'y aurait plus d'arbitraire absolu. La proposition « Il n'y a pas d'arbitraire absolu » est-elle démontrable ?

Cette proposition n'est pas extravagante mais déductible de l'axiome saussurien selon lequel le signe linguistique n'a de valeur que par rapport aux autres signes coexistants dans le système.

Qu'est-ce que cela signifie ?

Tout signe linguistique suppose un système. Si divers signes, ne restant pas isolés, constituent un tout, c'est qu'il y a quelque chose de commun que tous les signes partagent. Rappelons que l'arbitraire relatif implique une organisation de rapports associatifs du seul fait que les signes partagent un élément commun. Par conséquent, puisque le système est en lui-même une somme ou un réseau compréhensif de rapports associatifs, tous les signes qui en font partie sont motivés les uns par les autres. Le seul fait qu'il y ait un système constitue une preuve incontestable que tous les signes du système sont relativement arbitraires, c'est-à-dire qu'il n'existe pas d'arbitraire absolu.

Est-ce à dire que l'arbitraire saussurien, absolu, ne tient pas ? Non. En fait, tout signe, appartenant à un système, est absolument arbitraire sans que cela entre en contradiction avec la proposition selon laquelle tout motivé est relativement motivé et relativement arbitraire.

Expliquons-nous.

Les signes relativement arbitraires sont motivés par les rapports qu'ils ont avec des signes absolument arbitraires. La motivation de « dix-neuf » est étayée par des signes absolument arbitraires, « dix », « neuf », etc. Au fond, puisque les signes relativement motivés supposent d'autres signes absolument arbitraires et en dépendent, il est possible d'en conclure que la langue est absolument arbitraire dans son ensemble [1].

La plupart des auteurs n'ont pas bien distingué ces deux points de vue, ce qui constitue une des raisons pour lesquelles le débat sur le problème de l'arbitraire est souvent tombé dans la confusion. Essayons de formuler la distinction : tout signe linguistique, du point de vue intrasystémique, est relativement arbitraire, tandis que du point de vue du rapport de la langue avec son dehors, il est absolument arbitraire.

La première moitié de la formule qui précède est identique à la conclusion proposée par Gadet à la fin de son *Saussure*. Situant non pas l'arbitraire absolu mais l'arbitraire relatif au cœur de sa discussion, elle conclut qu'il n'y a que des arbitraires relatifs. Cette conclusion ne détruit-elle pas le fondement même de l'arbitraire relatif, tant que l'arbitraire relatif n'existe que par rapport à l'arbitraire absolu ?

Dans ce qui suit, nous allons observer l'élargissement de l'arbitraire relatif en suivant des textes de Saussure jusqu'à ce que tout mot soit relativement motivé.

8.1 Les divers aspects du rapport associatif

L'équivalence « arbitraire relatif = motivation relative » tient, comme nous l'avons vu, à ce que l'analysabilité de signes en sous-unités morphologiques permet à plusieurs signes de partager des éléments communs ou une construction analogue et par là au signifié et au signifiant de se motiver l'un l'autre. Autant dire que l'arbitraire relatif suppose des rapports associatifs que l'analysabilité morphologique rend possibles. Par exemple, sans connaître « dix-neuf », mais en connaissant « dix », « dix-sept », « neuf », « vingt-neuf », etc., on arrivera toujours à en déduire le sens de « dix-neuf ». Et il est évident que tous ces mots sont liés par des rapports associatifs. L'arbitraire relatif – en ce sens, c'est-à-dire comme mécanisme morphologique –, représente un des types de construction de rapports associatifs. Alors, pour observer l'élargissement de l'arbitraire relatif, il convient d'examiner un passage du *CLG* qui propose plusieurs types de rapports associatifs. Pourquoi ne pas choisir plutôt une des sources manuscrites ? Parce que les ajouts faits par les éditeurs du *CLG* intéressent notre investigation du concept d'arbitraire.

Voici le schéma de la « constellation » proposé dans le paragraphe 3 intitulé « Les rapports associatifs » du chapitre V de la deuxième partie du *CLG* (p. 175) :

---

1 Nous examinons cette proposition sous un autre angle chapitre 9.

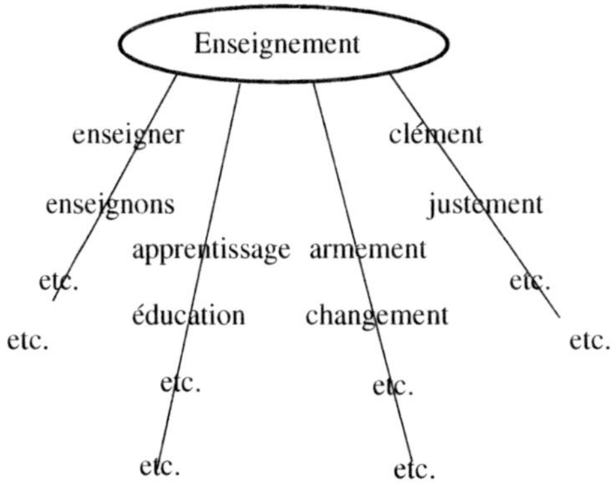

Le schéma présente quatre types de rapports associatifs que le mot « enseignement » noue avec d'autres mots. Observons dans chaque type ce qui permet de le former :

- Type 1 (première branche) : le nom « enseignement » et les différentes flexions du verbe « enseigner » : « enseigner », « enseignons », etc.
- Type 2 (deuxième branche) : contiguïté sémantique : « enseignement », « apprentissage », « éducation », etc.
- Type 3 (troisième branche) : noms dérivés de verbes de façon identique : « enseignement », « changement », « armement », etc.
- Type 4 (quatrième branche) : association au niveau acoustique : « enseignement », « justement », « clément », etc., communauté de la dernière syllabe /mã /.

L'arbitraire relatif (et la motivation relative) au sens strict que nous avons considéré plus haut de mécanisme morphologique est représenté ici par les types 1 et 3. Ce n'est pas le cas pour les types 2 et 4. Le type 1 représente un rapport entre des mots qui partagent la même racine, et le type 3 un rapport entre des noms dérivés de verbes de façon identique. Ainsi les types 1 et 3 sont des rapports associatifs qui se fondent sur une communauté de morphème. Par contre, le type 2 décrit un rapport entre des mots dont le sens est proche, et le type 4 représente un rapport de simple communauté acoustique. Si on acceptait les types 2 et 4 dans la catégorie de l'arbitraire relatif (d'une motivation relative), ce concept en serait considérablement élargi. Ceci conviendra à la définition saussurienne de l'arbitraire relatif puisque l'arbitraire relatif, par définition, est une limitation de l'arbitraire absolu et que Saussure considère toute solidarité entre termes à l'intérieur du système comme limitation de l'arbitraire :

« [...] la solidarité des termes dans le système peut être conçue comme une limitation de l'arbitraire, soit la solidarité syntagmatique, soit la solidarité associative. » (*CLG*/E 2105, III C406)

Ce passage nécessite une explication. La distinction proposée entre « solidarité syntagmatique » et « solidarité associative » fait suite à l'exemple de solidarité syntagmatique donné par Saussure : « couperet », proposé comme cas de mot relativement arbitraire par rapport à « hache » (de son côté absolument arbitraire), dans la leçon du 9 mai où il a donné la distinction entre arbitraire absolu et arbitraire relatif :

« Aussi dans *couperet* syntagme entre racine et suffixe par opposition à *hache* (solidarité, lien syntagmatique entre les deux éléments) ; *hache* est absolument arbitraire. *Couperet* est relativement motivé (association syntagmatique avec *coupe*) [...] » (*CLG/E* 2106, III C406)

Cette motivation suppose que « couperet » est analysable en « coupe- » et « -ret ». Autant dire que l'analyse du mot permet à « couperet » et à « coupe » d'entrer dans un rapport associatif. Saussure appelle ce type de rapport une « association syntagmatique » : une appellation qui suggère l'existence d'un rapport qui, par opposition, doit être nommée une « association associative ». Existe-t-il en fait une telle association ? Oui. Saussure en donne même un exemple, le couple « plu / plaire », et appelle ce type de phénomène une « limitation associatrice ». En effet, « plu » et « plaire » ne partagent aucune unité morphologique, mais il n'en reste pas moins qu'ils sont associés. Il est vrai qu'il n'est pas possible de segmenter ni « plu » ni « plaire » de façon à dégager un morphème commun qui permettrait d'associer des deux mots. Pourtant ils sont bien associés dans l'esprit du sujet parlant qui les reconnaît comme deux formes différentes d'un même verbe. On pourrait objecter que ce n'est pas forcément l'idée que le sujet parlant a des deux mots qui en rend possible l'association, mais la communauté phonique /pl / qu'on y rencontre. Mais « avoir » et « eu » sont un autre exemple du même phénomène sans rien partager phoniquement. Au fond, sans morphème commun ni la moindre communauté phonique, deux mots peuvent entrer en rapport associatif dès qu'ils ont quelque chose de commun au niveau du signifié. De fait, dans la conception saussurienne du rapport associatif, nous pouvons distinguer deux catégories : l'association syntagmatique (par communauté morphologique) et l'association associative (sans support morphologique ni communauté phonique, *i.e.* par communauté sémantique).

Revenons sur les quatre types d'association. Les types 1 et 3 sont des associations morphologiques, *i.e.* des associations syntagmatiques en termes saussuriens, tandis que le type 2. représente l'association associative que nous venons d'analyser. Mais qu'en est-il du type 4 ? Il pose deux problèmes : d'abord un problème philologique, puis un problème d'interprétation. Qu'est-ce à dire ? Avant d'entrer dans l'examen de cette question, il convient de décrire les quatre associations en termes de signifié et de signifiant :

- Dans le type 1, « enseignement, enseigner, enseignons, etc. » forment une association par le partage d'une même racine, *i.e.* un rapport de l'arbitraire relatif au sens propre : les mots sont associés aux deux niveaux du signifié et du signifiant ;
- Dans le type 2, « enseignement, apprentissage, éducation, etc. » sont associés par synonymie : une association sur le plan du signifié ;
- Dans le type 3, « enseignement, changement, armement, etc. » sont associés par le suffixe commun « -ment » qui nominalise un verbe. Il s'agit, comme dans le type 1, d'une association aux deux niveaux du signifiant et du signifié ;
- Dans le type 4, la syllabe « -ment », que partagent « enseignement », « clément », « justement », etc., ne les associe ni grammaticalement ni sémantiquement, mais les associe uniquement sur le plan de la sonorité, il s'agit d'une association au seul niveau du signifiant.

Classer, comme nous venons de le faire, les rapports associatifs du point de vue du signifiant et du signifié permet, s'agissant de la question des combinaisons, de distinguer trois types : association par signifié et signifiant, association par signifié seul, et association par signifiant seul. L'arbitraire relatif au sens propre, mécanisme morphologique, correspond à l'association par signifié et signifiant des types 1 et 3. Parmi les deux limitations de l'arbitraire que Saussure a distinguées, solidarité syntagmatique et solidarité associative, la première est, elle aussi, association par signifié et signifiant alors que la seconde est association par signifié seul : c'est le type 2. Quant à l'association par signifiant seul (type 4), elle pose des problèmes.

D'abord un problème philologique : l'exemple du type 4 n'est pas de Saussure : il s'agit d'une création des éditeurs du *CLG*. Mais si l'exemple en question, sans être de Saussure, convenait à sa conception, il ne poserait pas problème. Ce qui amène naturellement à considérer l'autre problème, qui est d'interprétation.

Commençons par rappeler la critique de Godel (1957) :

> « [Les éditeurs du *CLG*] n'en ont pas moins ajouté au schéma des rapports associatifs la série factice : *enseignement, clément, justement*, etc., qui n'a aucun titre à y figurer. » (Godel, p. 248)

Pourtant Saussure lui-même n'a pas nié toute association par signifiant seul (et Godel, comme on le verra plus bas, ne l'ignore pas). Constatons-le à la source en confrontant les exemples que Saussure a réellement proposés dans le cours aux quatre types d'exemples proposés dans le schéma du *CLG*. Parmi les exemples donnés par Saussure, ceux qui correspondent au type 1 du *CLG* sont « enseigner, enseignons, une enseigne, etc. ». Ceux qui correspondent au type 2 sont « enseignement, instruction, apprentissage, éducation, etc. ». Et pour le type 3, « enseignement, armement, rendement, etc. ». Mais il a aussi proposé des exemples qui peuvent correspondre au type 4 en remarquant que « on peut avoir simple communauté d'images auditives » : « blau (bleu), durchbläuen, etc. ». (*CLG/E* 2027, III D263-264). Ainsi Saussure lui-même a-t-il donné des exemples d'association par signifiant seul. Pour quelle raison alors Godel met-il ici en cause les éditeurs ? Voici ce qu'il écrit qui précède le passage qu'on vient de citer :

> « Dans le chapitre du troisième cours intitulé : *Les mots comme termes d'un système,* Saussure paraît admettre, à côté des associations par signifiant et signifié, et par signifié seul, des associations par "simple communauté d'images auditives" (D264). Mais dans l'unique exemple qu'il en donne (all. *durchbläuen : blau*) [...], les signifiés aussi sont en jeu [...] » (*ibid.*)

La critique de Godel se fonde sur le fait que l'association « *blau – durchbläuen* » donnée par Saussure comme exemple d'association par signifiant seul ne repose pas seulement sur la communauté du son mais aussi sur le fait que « les signifiés sont aussi en jeu » (*durchbläuen* : rouer de coups = couvrir de bleus). Il se trouve que cet exemple du troisième cours avait déjà été donné dans le premier (1907) comme exemple d'étymologie populaire. L'étymologie populaire, pour erronée qu'elle soit au plan scientifique, n'en reste pas moins une association de signes par communauté du son et du sens, assimilable à un mécanisme « morphologique ». Par conséquent, bien que l'exemple d'association « *blau – durchbläuen* » soit un rapport de communauté de son seul pour le linguiste, pour le sujet parlant profane, il constitue une association aux deux niveaux du signifié et du signifiant. La conscience épi ou métalinguistique du sujet parlant *ne sépare pas* le son et le sens. Si le son est identique, il a l'intuition que le sens est identique. L'inséparabilité du signifiant et du signifié est un des postulats les plus importants de l'idée de langue chez Saussure. Conclusion : Saussure n'a donné aucun exemple d'association par la communauté de son seule – ni ne pouvait en donner, s'agissant pour lui d'une chimère.

Les éditeurs eux-mêmes n'ont pas donné sans hésitation la série « enseignement, clément, justement » qui pose problème, d'où leur note de bas de page :

> « Ce dernier cas est rare et peut passer pour anormal, car l'esprit écarte naturellement les associations propres à troubler l'intelligence du discours ; mais son existence est prouvée par une catégorie inférieure de jeux de mots reposant sur les confusions absurdes qui peuvent résulter de l'homonymie pure et simple, comme lorsqu'on dit : "Les musiciens produisent les sons et les grainetiers les vendent." Ce cas doit être distingué de celui où une association, tout en étant fortuite, peut s'appuyer sur un rapprochement d'idées (cf. franç. *ergot* : *ergoter*, et all. *blau : durchbläuen*, "rouer de coups") ; il s'agit d'une interprétation nouvelle d'un des termes du couple ; ce sont des cas d'étymologie populaire ; le fait est intéressant pour l'évolution sémantique, mais au point de vue synchronique il tombe tout simplement dans la catégorie : *enseigner : enseignement*, mentionnée plus haut. » (*CLG*, p. 174)

Au fond, ici aussi ce sont les flottements de Saussure lui-même qui sont en cause. Certes, il n'a pas donné d'exemple d'association par signifiant seul mais il en reconnaissait la possibilité et a même asserté ceci :

> « Donc, [l'association consiste en] tantôt communauté double du sens et de la forme, tantôt uniquement forme, ou sens, etc. *On peut même avoir association avec tous les substantifs.* Un mot quelconque évoque inévitablement par association tout ce qui peut lui ressembler. » (*CLG/E* 2028-2029, III D263-264, complété et souligné par nous.)

Contrastant avec l'hésitation de Saussure que nous percevons dans le fait que lui-même n'a pas donné d'exemple d'association par signifiant seul, on le voit qui se lance brutalement dans l'autre sens : par le seul fait de faire partie d'une même catégorie grammaticale, les mots peuvent tous entrer en association. Est-ce encore une contradiction saussurienne ? Pourtant, cette proposition apparemment extrême selon laquelle une même catégorie grammaticale peut constituer une association ne contredit pas l'hésitation à reconnaître l'association par signifiant seul. Car le problème de l'association par communauté de catégorie grammaticale, si celle-ci, comme étant portée par le signifiant, appartient au signifié, est autre chose que le problème de l'association par signifiant. Bref, Saussure n'hésite pas à reconnaître l'association par signifié seul. Alors, pourquoi ne reconnaît-il pas facilement l'association par signifiant ? Répondre à cette question nous aidera à démêler notre problème.

Récapitulons. Nous avons distingué trois types d'associations dans la réflexion de Saussure sur les rapports associatifs :

- l'association par signifié et signifiant que Saussure a appelée « association syntagmatique » ou « limitation syntagmatique de l'arbitraire » ;
- l'association par signifié seul que Saussure a appelée « limitation associative » (association associative) ;
- l'association par signifiant seul, que Saussure ne catégorise pas.

Cette dernière association, Saussure l'a reconnue possible sans en donner d'exemples. Son attitude ici n'est pas la même qu'avec les deux autres. D'où l'idée pour résoudre cette contradiction d'examiner la différence entre cette association et les deux autres.

On remarque d'abord que l'association par signifiant seul ne correspond à aucun des deux types de limitation de l'arbitraire, à savoir ni à la limitation syntagmatique (association par signifiant et signifié), ni à la limitation associative (associative par signifié). Nous avons déjà là une réponse : l'association par signifiant seul, pour Saussure, n'est pas un facteur qui sert à limiter l'arbitraire ni à constituer par là le système. Par définition, elle manque de signifié. Une telle association ne concerne donc pas le lien qui relie tel signifiant à tel signifié. Par la définition de l'arbitraire qui consiste dans l'absence de nécessité du lien signifié-signifiant, l'association par signifiant seul n'a pas d'effet pour limiter l'arbitraire. Alors, une association qui ne limite pas l'arbitraire mérite-t-elle chez Saussure d'être appelée « association » ? Justement, c'est un « jeu de mot reposant sur les confusions absurdes qui peuvent résulter de l'homonymie pure et simple » (*CLG*, p. 174) que les éditeurs ont donné comme exemple d'association par signifiant dans la note citée plus haut. Un « jeu de mot » est-il un facteur limitatif de l'arbitraire et constitutif du système ? Le phénomène du « jeu de mot » ne représente-t-il pas au contraire l'absence de nécessité de la combinaison d'un tel signifiant avec un tel signifié ? Il est justement la révélation fulgurante de l'arbitraire absolu du rapport entre signifié et signifiant. Et le rire qu'il provoque n'est-il pas la réaction typique exprimée quand est exposée au grand jour l'absurdité profonde d'ordinaire inaperçue ? En tout cas, « l'association » par signifiant seul est un phénomène qui va dans le sens contraire de la limitation de l'arbitraire.

Considérer ainsi les rapports horizontaux entre les signes comme limitation de l'arbitraire qui concerne le rapport vertical entre signifiant et signifié à l'intérieur du signe peut aider à comprendre le texte énigmatique de Saussure, cité dans le chapitre précédent, qui asserte que le rapport vertical (« relation interne ») fait préséance sur le rapport horizontal. Saussure y a dit : « nous ne pouvons jamais concevoir une relation d'un mot à l'autre qu'en invoquant primairement cette relation interne qui, en chacun d'eux, unit le concept avec l'image auditive. » Rappelons que ce passage discutait de l'arbitraire relatif (motivation relative). Maintenant que nous avons vu que l'arbitraire relatif au sens strict est un mécanisme morphologique, par conséquent une association aux deux niveaux du signifiant et du signifié, la réponse ne sera pas difficile. Tant que le morphème est une unité sémantique et fonctionnelle (unité qui par définition consiste dans la combinaison d'un signifié et d'un signifiant), et que Saussure discute d'un mécanisme qui en dépend, il était naturel qu'il préfère le rapport vertical qui suppose les deux faces du signe, le signifié et le signifiant. Saussure fait de l'invocation du rapport vertical la condition nécessaire pour concevoir le rapport horizontal : « nous ne pouvons jamais concevoir une relation d'un mot à l'autre qu'en invoquant primairement cette relation interne qui, en chacun d'eux, unit le concept avec l'image auditive ». Que signifie ici « ne pas invoquer primairement la relation interne (rapport vertical) » ? Cela signifie /n'évoquer que le signifiant/ (« en réalité, je n'ai évoqué là que la forme extérieure, l'image auditive »). Bref, il s'agit justement du rapport par signifiant seul que du point de vue de l'arbitraire relatif (limitation de l'arbitraire), Saussure semble ne pas reconnaître.

Mais proposer des exemples comme « poirier » et « poire », « désireux » et « désir », suffit apparemment pour en dégager l'arbitraire relatif. Pourquoi Saussure dit-il que cela ne suffit pas ? C'est que la communauté de son seule ne décide pas forcément celle du sens. D'où l'existence des calembours et des rébus. En effet, l'arbitraire relatif ne se constitue pas seulement par l'identité de son. Il arrive que des morphèmes du même son aient des sens différents. Saussure dans le premier cours en donne des exemples :

> « si l'on donne : *inspiration, ingurgiter* ou d'autres, ce préfixe *in-* <au point de vue de la forme> est incontestablement <le même que> celui de *inconnu*. Est-ce une raison d'identifier *in- (spiration)* avec *in- (connu)* ? Non, pour les sujets parlants, il y a toujours
>
> *in- / valeur*
>
> (c'est-à-dire *in-* plus valeur, sens) et
>
> *in- / valeur.* »
>
> (*CLG/E* 2758, IR 2.39-40)

On sait qu'il existe deux préfixes « in- », un négatif (signifiant la privation) et un locatif (signifiant « dans »). Ils ne sont pas les mêmes pour la conscience linguistique. Ainsi, quand on considère l'arbitraire relatif comme mécanisme morphologique, il n'est pas possible de l'envisager comme un rapport entre expressions privées de contenu. De plus, l'arbitraire relatif n'est par définition qu'une limitation de l'arbitraire absolu, qui motive le lien entre le son et le sens. C'est pour ces raisons-là que Saussure, dans le passage en question, met à l'écart l'association par signifiant seul et insiste sur le rapport signifié / signifiant du signe. Voici une des deux réponses que nous donnons à la question soulevée par ledit passage.

L'autre réponse consiste à expliquer la contradiction entre deux positions saussuriennes, celle par laquelle il pose la préséance du rapport horizontal entre signes dans la discussion sur la valeur et l'autre par laquelle, comme on vient de voir, il préfère le rapport vertical.

Nous y reviendrons.

8.2 Les degrés de la limitation de l'arbitraire

Comme nous venons de le voir, l'association par signifiant seul, ne concernant pas le sens à la différence de l'association par signifié et signifiant, n'a pas d'effet limitatif sur l'arbitraire. Qu'en est-il donc pour l'association par signifié seul que Saussure appelle la limitation associative ? Celle-ci non plus, à la différence de l'association par mécanisme morphologique, étant association par l'une des deux faces du signe, n'est-elle pas efficace pour limiter l'arbitraire ? Pour répondre, il faut examiner la discussion que Saussure a développée dans le chapitre IV, « Les entités abstraites de la langue », de la deuxième partie du troisième cours (leçon du 9 mai 1911).

Les entités abstraites sont des unités existant sans appui concret, c'est-à-dire sans appui de signifiant. Le premier exemple que Saussure en donne est le phénomène de l'« ordre des unités » : « Je dois » et « Dois-je ? », tout en étant composés d'éléments identiques, produisent des sens différents, affirmatif et interrogatif. Cette différence provient uniquement de l'ordre des unités (III, *CLG/E* 2191). Pourtant, ici, la différence est encore « visible ». Mais l'exemple suivant n'a aucun appui matériel. A l'inverse de l'exemple précédent, il présente « la même chose » exprimée par des unités visiblement toutes différentes :

> « En latin "domin*i*, reg*is*, reg*um*" il n'y a rien dans le ***i***, le ***is***, le ***um*** qui coïncide et dont on puisse dire que c'est la même unité et sous-unité. Et cependant il y a ici, avec ce support matériel divers, quelque chose qui est la conscience d'une certaine valeur, qui est la même <et dicte un emploi identique. Ici nous quittons tout à fait contact avec support matériel.> Il y a une abstraction positive opérée sans doute par tous les sujets parlants. Peut-on méconnaître la puissance présente au sujet parlant de la valeur de génitif ? » (*CLG/E* 2177-2178, I R2.39-40)

Nous allons utiliser cet exemple pour répondre à la question de savoir si l'association par signifié seul a un effet de limitation de l'arbitraire. C'est que cet exemple représente un cas typique d'association par signifié seul, et que la distinction abstrait / concret développée autour de cet exemple concerne les degrés de l'arbitraire relatif (limitation de l'arbitraire).

Nous avons trois exemples de génitif latin. Bien que les terminaisons de domin*i*, reg*is*, et reg*um*, soient toutes différentes, elles portent la même valeur de génitif. [2] Toutes les valeurs identiques n'ont donc pas la même forme. Certains signifiés dans un certain sens n'ont pas d'appui sur le signifiant. Nous pouvons dire qu'il s'agit d'un exemple de signes formant une association par la même valeur sans communauté de signifiant. Cet exemple correspond au type 2 des associations que nous avons examinés dans la section précédente.

Saussure explique ce phénomène par « la conscience qui dicte un emploi identique » et l'« abstraction positive se rencontrant chez tous les sujets parlants ». Cette explication est quelque peu douteuse quand on prend en compte le principe saussurien qui souligne l'inséparabilité entre le sens et le son, le contenu et la forme. Saussure lui-même est conscient de la difficulté :

> « C'est un domaine des plus difficiles à explorer. Nous ne voyons ici que des rayons et non la clarté totale. » (*CLG/E* 2165, III C295)

Alors, quelle conclusion Saussure donne-t-il à ce court chapitre ?

> « [1°] D'abord, il y a des choses abstraites qui ne sont pas du tout linguistiques. Aussi nous avons dit que si nous essayons de prendre les significations en elles-mêmes en les détachant radicalement du support sonore, du support matériel, on n'est plus dans la linguistique, mais dans la psychologie. Il y a des abstractions, mais comme nous ne sommes pas dans la linguistique, nous ne pouvons entendre par cela les entités abstraites de la langue. De même le son pris en lui-même n'est pas [l'objet de la] linguistique.
>
> 2° Il y a un sens [de l'abstrait] où l'on pourrait dire au contraire que rien ne peut être abstrait dans la langue [= la conscience du sujet parlant] ; on pourrait justifier cette terminologie en disant : dans la langue est concret tout ce qui est présent à la conscience des sujets parlants, en considérant comme abstraite telle ou telle distinction n'appartenant qu'aux grammairiens, mais non ratifiée

---

2 Cette forme *domini* représente aussi le nominatif et le vocatif pluriels, ce qui, de ce fait, donne un exemple où le même signifiant dispose de valeurs différentes.

par la conscience des sujets parlants. [Mais] ce n'est pas dans ce sens que nous avons pris concret et abstrait.

[3°] Nous avons réservé le terme de concret : le cas où l'idée a directement son appui dans une unité sonore. [Tandis que] *abstrait* ayant indirectement son appui par une opération des sujets parlants. » (*CLG/E* 2195, III C298-299)

Le passage est si difficile que nous l'avons glosé en quelques endroits entre crochets. Le cahier de Dégallier ne note pas la dernière phrase, ce qui confirme la difficulté (III D199). C'est que dans la deuxième observation, Saussure semble nier le principe selon lequel c'est la différence sentie par la conscience du sujet parlant qui est concrète. Mais en y regardant de plus près, on voit que son intention n'est pas d'annuler ce principe familier, bien au contraire. Expliquons-nous.

Dans la première observation, Saussure qualifie d'*abstrait* le fait de traiter le son et le sens du mot en les séparant. C'est la psychologie qui s'occupe du sens abstraction faite du son, ce qui ne constitue pas l'objet de la linguistique. Ici, *abstrait* marque la distinction entre la linguistique et les autres sciences comme la psychologie ou la phonologie physiologique (qu'on appelle phonétique aujourd'hui). Appelons cet *abstrait*-là « abstrait 1 ».

La deuxième observation concerne la différence entre le sujet parlant et le grammairien. Il s'agit de la dichotomie où ce qui est présent à la conscience du sujet correspond au concret tandis que ce qui ne l'est pas et ce qui appartient uniquement à la connaissance du grammairien est *abstrait*. Cette distinction concret / abstrait est d'ordre épistémologique, elle porte sur la différence entre langue-objet et métalangue. Elle correspond aussi – en prenant en compte la différence observée plus haut à propos d'étymologie populaire entre le sujet parlant ordinaire, qui manque de connaissances scientifiques sur la langue et le linguiste qui en possède – à la distinction entre la synchronie et la diachronie. Il s'agit du point de vue saussurien qui constitue le principe fondamental selon lequel la description de la langue doit se fonder sur la conscience synchronique du sujet parlant. Appelons l'*abstrait* du grammairien « abstrait 2 ».

Mais Saussure ajoute : « ce n'est pas dans ce sens que nous avons pris *concret* et *abstrait* ». Cette phrase brouille toute l'intention du passage. Il convient de ne pas entendre par là qu'il veut annuler la dichotomie habituelle entre concret et abstrait qui correspond à celle entre sujet parlant ordinaire et grammairien. Cette phrase veut seulement dire que l'« abstrait » des « entités abstraites » de ce chapitre ne correspond pas à sa terminologie habituelle. Qu'est-ce à dire ?

L'ordre des mots analysé dans « Je dois » et « Dois-je ? » et le génitif latin (*domini, regis, regum*), bien qu'ils soient abstraits, n'en restent pas moins des « entités » qui existent réellement dans la conscience du sujet. De telles entités sont bien « concrètes » par rapport à la distinction entre concret et abstrait (2e observation). Par conséquent, la phrase en question entend : « ce n'est pas dans ce sens [habituel qui correspond à la différence sujet parlant / grammairien] que nous avons pris concret et abstrait [dans ce chapitre] ». Or, nous avons déjà distingué deux « abstraits », et l'« abstrait » des « entités abstraites » correspond à un troisième qui, existant réellement dans la conscience du sujet parlant, représente plutôt le « concret » dans la distinction habituelle. Nous l'appellerons « abstrait 3 ».

Autant dire que se distinguent deux degrés dans le « concret ». « Concret 1 » représente le fait que la différence du sens correspond exactement à celle du son (le fait que la différence du signifié correspond exactement à une différence du signifiant) tandis que « concret 2 » représente la présence à la conscience du sujet parlant d'une entité qui manque de support matériel (support concret), autrement dit, il s'agit des « entités abstraites » en question dans ce chapitre, et aussi de l'« abstrait 3 ».

Le tout permet de comprendre la troisième observation du passage en question. En effet, Saussure attribue là le « concret » au « cas où l'idée a directement son appui dans une unité sonore », et l'« abstrait » au cas où l'idée a « indirectement son appui par une opération des sujets parlants » : le premier correspond à « concret 1 », le second à « concret 2 = abstrait 3 ». Il est naturel que ce passage soit difficile car Saussure y a présenté simultanément trois types d'abstrait sans faire de distinction.

* * *

Le problème des entités abstraites que nous venons d'analyser en le prenant pour exemple d'association par signifié seul, nous allons lui appliquer la façon dont nous avons classé les divers types d'association, autrement dit démêler le problème de la distinction abstrait / concret en termes de signifiant et de signifié. L'abstrait de la distinction habituelle (« abstrait 1 ») ne faisant pas l'objet de la linguistique, il est inutile de l'examiner ici ; nous commencerons donc par le « concret 1 » et le « concret 2 = abstrait 3 ». Le premier représente « le cas où l'idée a directement son appui dans une unité sonore » ; le fait que la différence du signifié correspond exactement à une différence du signifiant constitue une association par signifié et signifiant (les types d'association 1 et 3) tandis que le second cas, où l'idée a « indirectement son appui par une opération des sujets parlants », constitue une association par signifié seul (le type 2). La différence du « direct » du « concret 1 » et de l'« indirect » du « concret 2 » – ces deux « concrets » correspondant aux deux associations – signifie qu'il existe deux degrés dans l'arbitraire relatif (motivation relative). L'arbitraire relatif au sens élargi contenant non seulement l'association syntagmatique (mécanisme morphologique) mais aussi l'association associative (par signifié seul), nous venons d'observer deux niveaux de l'arbitraire relatif (limitation de l'arbitraire). En schéma :

			linguistique	autres sciences **abstrait 1**
		concret p.d.v. du sujet parlant (langue)	**abstrait 2** p.d.v. du grammairien (métalangue)	phonétique psychologie …
arbitraire relatif au sens élargi	association par Sa / Sé (arbitraire relatif *stricto sensu*)	**concret 1** solidarité syntagmatique étymologie populaire	analyse grammaticale	
	association par Sé (arbitraire absolu)	**concret 2** = **abstrait 3** solidarité associative		
?	association par Sa		étymologie populaire	

Maintenant que nous avons introduit le point de vue de la différence de degré dans le concept de l'arbitraire relatif, revenons sur le point de départ de cette discussion. La question de laquelle nous sommes parti était de savoir si l'association par signifié seul a pour effet de limiter l'arbitraire. La réponse dépendra du degré de la motivation du rapport signifié / signifiant à l'intérieur des signes qui constituent cette association. Le degré de motivation de cette dernière, comme on l'a vu inférieur à celui de l'association par signifiant et signifié, n'est évidemment pas le degré zéro. Alors que l'association morphologique (par signifiant et signifié) est déclenchée « directement » par la communauté d'un morphème identique, l'association (motivation) par signifié seul est, on l'a vu, plus « indirecte ».

Considérons ce que signifie le fait que la motivation de l'association par signifié seul soit indirecte mais pas nulle. Les entités abstraites, unités existant sans support concret, semblent apparemment, nous l'avons évoqué, contredire le principe saussurien. Pourtant, Saussure n'abandonne pas le principe selon lequel l'idée n'existe pas sans signifiant ni le son linguistique sans signifié. Ces entités abstraites, associations par signifié seul, représentent un cas extrême où ce principe est en vigueur. Qu'est-ce que cela signifie ? Ecoutons Saussure :

> « Il n'y a aucun cas où une chose est exprimée par zéro. <Il y a toujours le signe concret à la base même quand signe arrive à être zéro.> *L'homme* (*que*) *j'ai vu* : en anglais on n'exprime pas *que* : *The man - I have seen.* <Il y a là une unité rendue par zéro. On prendra l'unité> (*the man I have seen*) et on en viendra toujours au support concret. » (*CLG/E* 2185, 2195, III C298)

Il s'agit d'une critique du concept de signe zéro selon lequel un signifiant zéro peut porter un signifié déterminé : c'est une critique venue du principe saussurien qui nie que du sens puisse se constituer sans le support d'un signifiant, conception nomenclaturiste qui suppose l'existence du sens à l'extérieur du signe. D'après cette conception, il n'y a pas besoin d'envisager le signe dans des relations systémiques. Autant dire qu'elle considère que chaque signe isolé porte un sens sans être nécessairement en rapport avec les autres signes. Traitant le sens comme existant indépendamment de la langue, elle suppose la possibilité d'un sens sans signifiant.

Considérer que « que » français est exprimé en anglais par un signe zéro suppose que le sens d'une phrase est la somme des sens des mots qui la composent. Si cette vue avait raison « Je dois » et « Dois-je ? » ont le même sens. Comme on l'a vu, la différence de sens de ces deux phrases provient de la différence de l'ordre des mots, une entité abstraite de la langue. Quand plusieurs mots sont disposés dans un certain ordre, c'est l'ensemble qui constitue une unité concrète. Mais l'ordre des mots, bien entendu, se réalise avec le support de plusieurs unités concrètes. L'unité concrète de la langue consiste dans une combinaison inséparable d'une idée qui, sans son, ne trouve pas son appui, avec un fragment sonore qui ne se détermine pas sans idée. Voilà la base de tout. Enfin, on ne peut pas supprimer le signifiant [3] :

---

3 Saussure, dans la leçon du 14 janvier 1909 du deuxième cours, donne le même exemple « the man I have seen » pour donner une pareille explication. Là, il a aussi donné l'exemple « things you would rather have left unsaid ». Cf. IIR97, *CLG/E* 2193.

> « L'étude des entités concrètes devra toujours précéder. Tout reposera finalement sur ces unités-là comme base directe ou indirecte. » (*CLG/E* 2184, III C297)

Il est évident qu'aucun des deux types d'arbitraire relatif (limitation de l'arbitraire), association par signifié et signifiant et association par signifié seul, malgré la différence entre direct et indirect, ne se constituent sans appui du signifiant. Si la seconde est indirecte, c'est qu'il faut passer deux étapes pour que la force de la solidarité horizontale entre signes se communique au rapport vertical entre signifiant et signifié à l'intérieur du signe :

1. Que plusieurs signes se relient par une communauté au niveau du signifié, soit par la contiguïté sémantique : « enseignement », « apprentissage », etc., soit par l'identité de fonction grammaticale : les trois déclinaisons du génitif latin ;
2. Que chacun de ces signifiés soit doté d'un signifiant. Il s'agit d'une motivation pour ainsi dire indirecte du lien qui constitue un signe par l'association associative, motivation qui, finalement, n'est autre que la force servant à la constitution et à la conservation du système (limitation de l'arbitraire).

Maintenant, mettons en rapport le couple de concepts arbitraire absolu / arbitraire relatif et les deux types de la limitation de l'arbitraire. Citons de nouveau les exemples : « vingt » est absolument arbitraire tandis que « dix-neuf » est relativement arbitraire. En terme de la classification des types d'association, le signe relativement arbitraire « dix-neuf » constitue une association avec les signes « dix », « neuf », « dix-sept », « vingt-neuf » dont il partage des unités morphologiques (arbitraire relatif au sens strict). Il s'agit du type 1 d'association. Or, considérons des signes absolument arbitraires, c'est-à-dire des signes qui ne partagent pas de morphème commun : « dix », « neuf », « vingt », etc. Pour nous qui avons analysé divers types d'association, il est évident qu'ils forment une association par la contiguïté du sens. Il s'agit d'une association par signifié seul, autrement dit, du deuxième type de limitation de l'arbitraire. Comme ces signes absolument arbitraires, par leur association associative, subissent une limitation de l'arbitraire, nous pouvons dire qu'ils sont relativement arbitraires. Tant que l'association associative aussi est définie comme une limitation de l'arbitraire, l'arbitraire relatif recouvre ainsi tous les signes absolument arbitraires.

Présentons d'autres exemples. Nous avons plus haut cité le passage où Saussure a montré que la distribution des valeurs change d'une langue à l'autre en prenant pour exemple le français « mouton » et les mots anglais « sheep » et « mutton » :

« C'est la présence dans la langue d'un second terme qui limite la valeur qu'on peut mettre dans *sheep* : *mutton / sheep / mouton*. Exemple limitatif. [...] Il s'agit d'un fait semblable dans cet exemple : *décrépit*. D'où cela vient que l'on attache à *un vieillard décrépit* un sens ressemblant à *un mur décrépi* ? C'est le mot d'à côté qui a influé. <Ce qui se passe dans *décrépit* (*un vieillard*) vient de la coexistence du terme voisin *décrépi* (*un mur*).> Exemple contagieux. » (*CLG/E* 1880, 1882, III C396)

La valeur d'un mot se détermine par les rapports qu'il a avec les autres mots. Or, ce qui nous intéresse là est que les deux types de détermination de la valeur proposés ici correspondent aux deux types de limitation de l'arbitraire que nous avons examinés plus haut. L'exemple de « mutton / sheep / mouton » donné comme « exemple limitatif » correspond à l'association par signifié seul (association associative) tandis que l'« exemple contagieux » (« décrépit / décrépi », les deux mots étant associés par signifié et signifiant) correspond à l'arbitraire relatif au sens strict (association syntagmatique).

Examinons d'abord le second exemple. Le rapport « décrépit / décrépi » constitue un cas voisin de l'étymologie populaire, phénomène où la communauté de son déclenche l'intuition de la contiguïté de sens et crée une association [4]. Nous pouvons dire que celle-ci, bien qu'elle provienne d'un « malentendu », n'en reste pas moins une association par signifiant *et* signifié, par conséquent, constitue l'arbitraire relatif au sens strict. Quant à l'« exemple limitatif », la valeur de chaque mot du couple « mutton / sheep » se détermine négativement par leur coexistence. C'est ainsi qu'ils ont une valeur différente de celle de « mouton », celui-ci signifiant à la fois l'animal et la viande. En d'autres termes, « mutton » et « sheep », sans communauté au niveau du signifiant, mais contigus au niveau du signifié, constituent une association. Il en est de même pour « craindre » et « redouter » et pour « chien » et « loup », exemples proposés le 16 novembre 1908 pour expliquer la détermination systémique de la valeur (*CLG/E* 302-303 II R18-19). Ainsi, des mots absolument arbitraires forment des « associations associatives ». Par conséquent, la systémicité même qui constitue le principe de la notion de langue selon Saussure relativise l'arbitraire absolu. Tant que la valeur des termes de la langue se détermine par leur coexistence dans le système, il se trouve d'innombrables « exemples limitatifs » – *i.e.* d'associations par signifié seul – qui relativisent l'arbitraire absolu.

4 On peut penser que de nombreux sujets parlants, locuteurs natifs, ne font pas la distinction entre les deux termes, comme souvent en cas de paronymie, d'homonymie ou même de simple métaphore.

Nous pouvons dire que le seul fait que l'arbitraire relatif peut s'élargir de l'arbitraire relatif proprement dit (association syntagmatique, par signifiant et signifié) à l'arbitraire relatif au sens large (association associative, par signifié seul) enlève toute place à l'arbitraire absolu. Nous arrivons enfin à démontrer la proposition selon laquelle tout signe linguistique, du point de vue intrasystémique, est relativement arbitraire, proposition déjà déduite de l'axiome selon lequel l'existence de tout signe suppose celle du système. Dans ce qui suit nous continuerons la démonstration de cette proposition par d'autres approches.

Nous avons examiné, en discutant du problème du concret et de l'abstrait, la question de savoir si l'association par signifié seul a pour effet de limiter l'arbitraire. L'« entité abstraite » de Saussure, si l'on distingue dans le « concret » comme correspondance entre signifié et signifiant du signe linguistique deux degrés, plus haut et plus bas, correspond au plus bas de cette échelle. Si « le plus concret » se définit par la correspondance complète entre signifiant et signifié telle que chaque différence de signifiant correspond à un signifié différent, il s'agit de l'arbitraire relatif proprement dit (association par signifiant et signifié = limitation syntagmatique de l'arbitraire), tandis que le moins concret correspond à l'association par signifié seul (limitation associative de l'arbitraire). L'association par signifié, rappelons-le, est une limitation de l'arbitraire en deux temps : l'effet associatif s'organise d'abord par la communauté au niveau du signifié, puis atteint indirectement le niveau du signifiant. Autrement dit, la communauté du signifiant n'existant pas, chaque signe en lui-même est absolument arbitraire. Pourtant, l'arbitraire absolu étant, comme on l'a vu, indirectement limité, même les signes absolument arbitraires se trouvent finalement relativisés. Puisque la valeur des termes se détermine par leur coexistence dans le système et que les signes qui n'ont pas de communauté de signifiant s'associent par contiguïté du signifié et délimitent les uns les autres négativement leur valeur, ce phénomène recouvre tous les signes y compris les signes absolument arbitraires. Ainsi, le concept même de l'arbitraire absolu se relativise intrasystémiquement.

8.3 « Il n'y a pas d'arbitraire » ?

Le *Saussure* de Gadet arrive à une conclusion analogue à la nôtre. On lit dans le paragraphe intitulé « La motivation relative » du chapitre où l'auteure examine le mécanisme systémique de la langue :

> « puisque *tous les signes* sont au centre d'une constellation associative, puisque *tous les termes* sont un carrefour de rapports, ne fau-

drait-il pas envisager que même les signes inanalysables sont relativement motivés ? » (p. 103)

Les signes inanalysables en fragments morphologiques ne sont autres que les signes absolument arbitraires qui, selon Gadet, sont relativement motivés. Elle localise la raison pour laquelle la motivation arrive jusque-là dans le fait que chaque mot de la langue constitue un nœud où se croisent en tous sens divers rapports associatifs. De plus, elle écrit en conclusion :

> « Le rôle de la motivation relative est effectivement capital : liée au syntagmatique quand la délimitation linéaire est possible (*poire – poirier*), relayée par l'associatif dès qu'elle ne l'est plus (*plaire – plu*), elle soulève la question suivante : étant donné que tout signe est en relation associative avec une infinité d'autres signes dans une constellation, y a-t-il des signes non motivés ? Si la réponse grammaticale est oui, la réponse symbolique est probablement non, et il s'impose de distinguer soigneusement motivation grammaticale et motivation symbolique. » (p. 123)

La « délimitation linéaire » signifie l'analyse de mot en sous-unités, en conséquence l'association par signifiant et signifié, tandis que la « délimitation relayée par l'associatif » représente l'association par signifié seul, *i.e.* la limitation associative.

Cette distinction entre « grammatical » et « symbolique » nécessite une explication. Rappelons la typologie des langues évoquée plus haut. Saussure a appelé « grammaticales » les langues dont le degré de motivation est élevé et « lexicologiques » les langues dont le degré d'arbitraire est élevé. Par conséquent « grammatical » se dit d'une langue riche en motivations et en facteurs constitutifs du système. Chez Saussure, « grammatical » et « systémique » sont souvent synonymes. Dans la leçon du deuxième cours (janvier 1909), sur la synchronie, il s'est prononcé comme suit :

> « Tout ce qui est dans le synchronique d'une langue, y compris l'analogie (= conséquence de notre activité) se résume très bien dans le terme de *grammaire*, dans sa conception très voisine de l'ordinaire. On voit intituler un traité du jeu d'échecs : grammaire ; <de même, la grammaire de la Bourse>. Implique un objet complexe et systématique ; <s'applique à un système qui met en jeu des valeurs>. [...] Grammatical = significatif = ressortissant à un système de signe = synchronique *ipso facto*. » (*CLG/E* 2127, 2128 II R106-107)

On peut entendre par « grammatical » chez Gadet un sens identique. Il s'agit du facteur structural qui constitue la langue comme système. Plus concrètement, il s'agit de la solidarité syntagmatique (association par signifiant et signifié) et de la solidarité associative (association par signifié seul) : les deux facteurs qualifiés par Saussure de constitutifs du système. Mais alors pourquoi distinguer « symbolique » de « grammatical » ?

> Il est d'autres points du *CLG*, rares il est vrai, qui concernent des phénomènes échappant à la grammaire, qui montrent qu'au-delà de la motivation grammaticale (la motivation relative) peut être envisagée une autre motivation, que nous appellerons symbolique. [5] (p. 117-118)

Que signifie concrètement « la motivation symbolique » ? Il s'agit de l'association par signifiant seul, du type 4 de la constellation associative figurée *supra*. Rappelons que nous avons classé les rapports associatifs en trois catégories :

- association par signifié et signifiant,
- association par signifié seul,
- association par signifiant seul.

Les deux premières sont celles que Saussure reconnaît comme limitatives de l'arbitraire et constitutives du système, bref « grammaticales », tandis que la troisième est celle que Saussure a hésité à reconnaître, association sans effet limitatif de l'arbitraire, qui correspond au « symbolique » de Gadet.

Là est la différence entre l'élargissement de l'arbitraire relatif chez Gadet et le nôtre. Puisque l'arbitraire relatif au sens strict correspond à

---

5 Le « symbolique » de Gadet réfère au chapitre « Le Symbolique chez Saussure » dans *La Théorie du symbole* de Todorov (1977). Il s'agit de la glossolalie de la jeune femme appelée Mlle Smith dont on a beaucoup parlé à Genève à la fin du XIXe siècle. On avait demandé à Saussure d'examiner « le sanskrit » qu'elle parlait en état de transe, et dans lequel le linguiste a reconnu effectivement l'absence du son « f », un des traits du sanskrit qu'elle n'avait jamais appris. Saussure n'a pu juger ce phénomène comme contingent ni lui donner une explication rationnelle. Mais Victor Henry explique que l'intention subconsciente qu'avait Mlle Smith de ne pas parler français l'empêchait de prononcer « f », symbole pour elle du « français » qui commence par « f ». Todorov, qui appuie cette interprétation, suppose que chez Saussure la censure du symbolique comme mécanisme à l'œuvre en dehors de la conscience est toujours en jeu, comme dans son travail sur les anagrammes où il est coincé par l'antinomie entre le contingent et le non-contingent (cf. Flournoy, 1900 et Henry, 1901). Gadet présente ce point de vue de Todorov sur Saussure et recourt au terme « symbolique » pour désigner dans cette affaire l'attitude de Saussure qui, en linguistique générale, hésite à sortir du « grammatical ».

l'association par signifiant et signifié, son élargissement a naturellement deux directions : (I) vers l'association par signifié seul, et (II) vers l'association par signifiant seul. Nous avons situé, on le sait, la première direction d'élargissement au centre de la discussion du point de vue selon lequel l'arbitraire relatif signifie la limitation de l'arbitraire, tandis que le « symbolique » correspond plutôt à l'élargissement vers l'association par signifiant seul.

De ce point de vue, le passage de Gadet cité précédemment manque de cohérence. Car c'est en prenant en compte la solidarité syntagmatique (arbitraire relatif au sens strict, association par signifiant et signifié) et la solidarité associative (l'arbitraire relatif au sens large, association par signifié seul) qu'elle peut ainsi poser la question : « étant donné que tout signe est en relation associative avec une infinité d'autres signes dans une constellation, y a-t-il des signes non motivés ? ». Bref, dans la discussion ici menée sur l'élargissement de la motivation relative, la troisième association par signifiant seul que Gadet appelle « symbolique » n'est pas présente. Pourtant, dans l'une des deux réponses données à la question ci-dessus évoquée, l'association par signifiant seul est inopinément amenée : « Si la réponse grammaticale est oui, *la réponse symbolique* est probablement non » (souligné par nous). Et dans le texte qui suit, l'élargissement de l'arbitraire relatif est mené uniquement dans la direction de cette association par signifiant seul :

> « Il y a donc un point concernant la langue où le savoir proposé par la grammaire cesse, où les associations possibles ne sont plus de son ordre. On pourrait le représenter au moyen d'une progression : *enseignement / armement* (paradigme grammatical), *enseignement / justement* (mots comportant deux suffixes de même forme, mais différents sur des radicaux différents), *enseignement / clément* (suffixe seulement dans l'un des cas, mais forme phonique et graphique semblable), *enseignement / maman* (point commun dans le signifiant oral seulement). La grammaire n'a pleinement son rôle que dans le premier cas, n'ayant à dire qu'une irresponsabilité de plus en plus grande dans les cas suivants. » (p. 123)

Sont énumérées plusieurs associations de mots qui partagent une syllabe finale, prononcée /mã /. Le degré du « grammatical » y diminue graduellement depuis la première association (arbitraire relatif au sens strict = solidarité syntagmatique) jusqu'à la dernière où les mots n'ont aucune communauté, sauf celle du son. La dernière association proposée représente selon Gadet le point où, à l'extrémité de l'élargissement de l'arbitraire relatif, le « grammatical » cesse et où commence le « symbolique ». Ainsi s'achève la discussion de l'élargissement de l'arbitraire relatif selon Gadet.

9

VERS L'ARBITRAIRE PRIMAIRE

Déplacer le centre du concept d'arbitraire de l'arbitraire absolu à l'arbitraire relatif n'en détruit-il pas la base même ? Puisque le relatif suppose l'absolu, mettre à l'écart l'arbitraire absolu, en le définissant comme facteur non systémique, ne fait-il pas perdre à l'arbitraire relatif son propre fondement conceptuel ? Nous avons vu que l'arbitraire *stricto sensu* (absolu) tient au problème du rapport de « la langue avec son dehors » dans le sens où la langue selon Saussure ne se fonde pas sur une nécessité naturelle extra-linguistique. Plus exactement, il tient au problème de l'*absence* de rapport de la langue avec l'extérieur. Or, toute existence suppose son extérieur, et il en va de même pour la langue. Alors puisque le problème de l'arbitraire absolu n'est qu'un reflet du problème du rapport de la langue avec son dehors – et finalement du problème de l'être de la langue –, si l'on situe l'arbitraire relatif au cœur de la description de la langue en mettant à l'écart le problème de l'arbitraire absolu, qu'advient-il de l'être même de la langue ?

Nous avons répondu partiellement à cette question en montrant dans le chapitre précédent que tout signe linguistique, considéré intrasystémiquement, est relativement arbitraire. En effet, si tout est relativement arbitraire, il n'y a plus d'arbitraire absolu. Etant donné que l'arbitraire relatif comme limitation de l'arbitraire n'est qu'un mécanisme intrasystémique, la discussion à ce propos ne touche pas au problème de l'arbitraire *stricto sensu* (absolu) qui constitue le problème de « la langue et son dehors » et pose la question de l'être de la langue. Au fond, il est nécessaire de distinguer entre le point de vue intrasystémique et celui du rapport du système avec son extérieur.

Expliquons-nous.

Un des principaux arguments contre l'arbitraire saussurien consiste (comme fait Benveniste) à lui opposer la nécessité systémique : puisque la valeur des mots est déterminée par les mots coexistant dans le système, le signe linguistique est systémiquement *nécessaire*. Il s'agit là du fameux concept du « système de valeurs ». Cet argument provient de l'idée de la langue selon Saussure lui-même. Ce type de critiques contre Saussure ne fait que reprendre des catégories saussuriennes.

L'essentiel du débat ne provient-il pas de la dichotomie opposant à l'arbitraire du signe la nécessité du système ? N'est-ce pas cette dichotomie qui brouille la réflexion sur le rapport entre la nécessité intrasystémique et le rapport de la langue avec son extérieur ? Puisque c'est de l'arbitraire (absolu) – tel que la combinaison signifié / signifiant ne se fonde sur aucune nécessité naturelle (la coupure est absolue entre la langue et son extérieur) – que nous nous occupons, si l'on veut opposer à l'arbitraire une nécessité, ce doit être une nécessité naturelle mais non pas une nécessité systémique telle que l'arbitraire relatif comme mécanisme du système de la langue. De ce point de vue, il serait plus juste d'opposer à l'arbitraire l'onomatopée. Car l'objection par l'onomatopée, en prenant celle-ci pour une imitation de bruit naturel, se fonde sur une « nécessité naturelle » incorporée dans le rapport signifiant / signifié.

Il faut donc continuer d'examiner le problème de l'élargissement de l'arbitraire relatif dans la direction de l'association par signifié seul. Qu'est-ce que cela signifie ? L'arbitraire relatif proprement dit (motivation relative) consiste, on le sait, en l'association par signifiant et signifié. Par conséquent son élargissement possède deux directions, vers l'association par signifiant seul et vers l'association par signifié seul. Saussure tout en considérant l'arbitraire relatif au sens strict comme limitation syntagmatique de l'arbitraire (absolu) et l'association par signifié seul comme limitation associative, ne reconnaît pas l'effet de limitation à l'association par signifiant seul. C'est en admettant cette association par signifiant seul comme ayant l'effet de limitation de l'arbitraire que Gadet affirme qu'il n'y a pas de signes non motivés. Pourtant, rappelons-le, nous avons constaté que ces deux modes d'association, à savoir l'un par signifiant et signifié et l'autre par signifié seul, suffisent pour motiver tous les signes.

Du point de vue de l'arbitraire, il n'y a que deux catégories de mots : tout signe est absolument arbitraire ou relativement arbitraire. Comme l'association par signifiant et signifié correspond aux signes relativement arbitraires tandis que l'association par signifié correspond aux signes absolument arbitraires, ces deux associations seules recouvrent tous les signes du système (section 8.2). Or, si l'association comme nécessité systémique limitant l'arbitraire atteint jusqu'aux signes absolument arbitraires, il n'est plus possible d'opposer à l'arbitraire proprement dit, en prenant celui-ci pour facteur non systémique, la nécessite systémique. Qu'en est-il donc dans ce cas du rapport entre l'arbitraire absolu et le système ? Cette question exige que nous examinions une nouvelle fois l'association de mots absolument arbitraires (association par signifié seul) par rapport au « système de valeurs ».

Considérons le problème du point de vue du problème du « vertical » et de « l'horizontal » du signe examiné plus haut (section 7.3). Dans la discussion du déplacement de l'enjeu théorique de l'arbitraire absolu à l'arbitraire relatif, qui consiste à mettre l'accent sur l'horizontal aux dépens du vertical, nous avons présenté un passage de Saussure qui insiste sur la priorité du rapport vertical. Ce qui pose problème est que Saussure lui-même est équivoque. Il est vrai que par rapport à l'idée selon laquelle la valeur du signe est déterminée par sa coexistence avec les autres signes dans le système, privilégier le rapport vertical du signe semble contradictoire. Mais s'agit-il vraiment d'une contradiction ?

Nous avons déjà donné une réponse (section 8.1) en expliquant pourquoi Saussure a préféré cette solution : l'arbitraire relatif, d'ordre morphologique, implique des rapports entre unités significatives à la combinaison signifiant / signifié. Mais nous n'avons pas encore répondu à l'autre moitié du problème : Quel est le lien entre le rapport vertical et le rapport horizontal entre les signes, dont dépend la détermination des valeurs des dits signes ? Cette question aussi nécessite un examen du concept du système de valeurs.

Toutes ces questions amènent à réfléchir sur le concept saussurien de « système de valeurs ». Nous allons examiner ledit concept en lisant le texte du dernier paragraphe du troisième cours afin d'éclairer le rapport entre arbitraire et système, puis nous considérerons les conséquences théoriques de nos observations.

9.1 Vers le champ du devenir

Le système de valeurs

Vers la fin du troisième cours, en juin 1911, Saussure commence le chapitre « Linguistique statique » (cinquième chapitre de la deuxième partie) et c'est le 30 juin (la date est dans les notes de Dégallier) qu'il aborde « la valeur des termes et le sens des mots » en commençant par expliquer la difficulté de distinguer entre valeur et sens [1] :

> « C'est peut-être une des opérations les plus délicates à faire en linguistique, de voir comment le sens dépend et cependant reste distinct de la valeur. Là éclate différence entre vue du linguiste et

---

1 Saussure utilise les termes « sens » et « signification » sans bien les distinguer.

vue bornée considérant la langue comme une nomenclature. » (*CLG/E* 1856-1857, II R106-107)

Ce passage pose :

1. une distinction entre valeur et sens,
2. une dépendance du sens par rapport à la valeur,
3. une opposition entre le point de vue du linguiste (position saussurienne) et celui du « nomenclaturiste ».

Quelle est l'intention de Saussure lorsqu'il articule la distinction entre valeur et sens avec l'opposition des vues du linguiste et du nomenclaturiste ? Il s'agit d'attribuer à l'idée de langue comme nomenclature, qu'il récuse, la position qui, pour considérer le problème du sens, ne prend en compte que des mots isolés.

L'opposition vertical / horizontal éclaire la lecture de ce passage par cet autre :

« Prenons d'abord la signification comme nous la représentons et l'avons nous-même marquée :

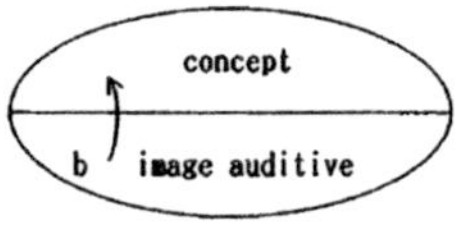

La flèche marque signification comme contrepartie de l'image auditive. Dans cette vue, la signification est la contrepartie de l'image auditive et rien d'autre. Le mot apparaît ou est pris comme un ensemble isolé et absolu ; intérieurement, il contient l'image auditive ayant pour contrepartie un concept. Voici le paradoxe, en langage baconien "la caverne" contenant un piège : c'est que la signification qui nous apparaît comme la contrepartie de l'image auditive est tout autant la contrepartie des termes coexistants dans la langue. Nous venons de voir que la langue représente un système où tous les termes apparaissent comme liés par des rapports :

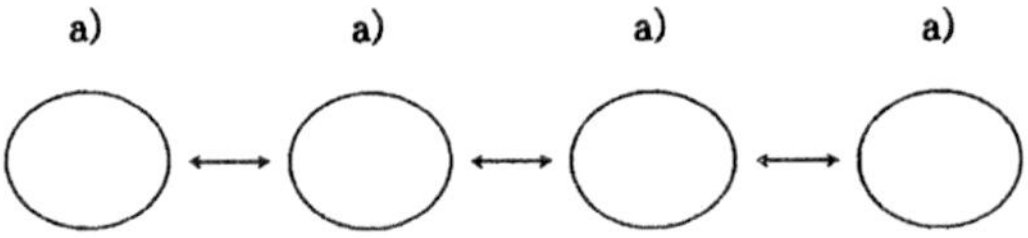

Au premier abord, pas de rapports entre flèches a) et flèche b). La valeur d'un mot ne résultera que de la coexistence des différents termes. La valeur est la contrepartie des termes coexistants. » (*CLG/E* 1858-1861, 1863-1864, III C392-393)

Ainsi Saussure fait-il correspondre la valeur à la prise en compte du rapport horizontal des signes entre eux et la signification au rapport vertical entre concept et son à l'intérieur du mot. Le linguiste modère cette dernière position – qui risque de ne faire considérer la langue que comme simple somme de mots isolés les uns des autres – en insistant sur le rapport horizontal entre les termes coexistant dans le système.

Cette priorité de l'horizontal sur le vertical va-t-elle dans le même sens que les critiques de type benvenistien contre l'arbitraire, qui opposent la nécessité systémique du rapport horizontal des termes à l'arbitraire absolu simplement considéré comme problème du rapport vertical à l'intérieur du signe ? La réponse est plutôt non : les rapports horizontal et vertical sont également nécessaires à la constitution de la valeur :

> « La valeur est déterminée 1° par une chose dissemblable qu'on peut échanger, qu'on peut marquer aussi ↑ et 2° par des choses similaires qu'on peut comparer
>
> ← ← ← ↑ → → →
>
> Il faut ces deux éléments pour la valeur. » (*CLG/E* 1868-1870 III C393)

Saussure propose alors de comparer la valeur du signe linguistique à celle d'une pièce de vingt francs.

Référons-nous au cahier de Dégallier :

> « 1° je peux l'échanger contre tant de livres de pain ;
>
> 2° je la compare avec pièce d'un franc du même système, ou avec £, valeur similaire. » (*CLG/E* 1871, III D272)

La première condition (échangeabilité contre une chose dissemblable) correspond au rapport vertical entre signifiant et signifié tandis que la seconde (comparaison de valeurs similaires) correspond au rapport horizontal entre les mots.

Si Saussure insiste ainsi sur la détermination systémique de la valeur, ce n'est évidemment pas qu'il ait l'intention de favoriser l'horizontal aux dépens du vertical : la valeur est unique parce qu'elle s'exerce également sur les deux axes. Il insiste simplement sur l'importance de l'horizontal – axe ignoré des nomenclaturistes – qui intervient dans la détermination de la valeur et sur le danger du paradoxe correspondant (« la caverne contient un piège ») [2].

---

2 En passant, à propos du problème des deux arbitraires, étant donné que le vertical et l'horizontal correspondent respectivement à l'arbitraire absolu et à l'arbitraire relatif, nous pouvons dire que Saussure garde aussi pour ce problème une position neutre et ne « dégrade » aucun des deux en faveur de l'autre.

Sémioticien binaire, Saussure souligne régulièrement le rapport horizontal entre les termes :

> « C'est ainsi que le système d'où procède le terme est une des sources de la valeur. C'est la somme des termes comparables par opposition à l'idée échangée. La valeur d'un mot ne sera jamais déterminée que par le concours des termes coexistants qui le limitent ; <ou pour mieux appuyer sur le paradoxe relevé :> ce qui est dans le mot n'est jamais déterminé que par le concours de ce qui existe autour de lui (ce qui est dans le mot, c'est la valeur) – autour de lui syntagmatiquement ou autour de lui associativement. Il faut aborder <le mot> de dehors en partant du système et des termes coexistants. » (*CLG/E* 1876, 1874-1875 III C394-395)

Le terme naît du système. Celui-ci est la somme des termes comparables. Bref, la valeur du terme se détermine par la comparaison avec les termes qui se trouvent « autour de lui ». Par quel mécanisme ? Par les « rapports syntagmatiques » et par les « rapports associatifs ». Nous avons déjà examiné ce mécanisme. Nous avons aussi appelé ces rapports « association syntagmatique » et « association associative », *i.e.* association par signifiant / signifié et association par signifié seul. Ces deux modes de limitation de l'arbitraire sont aussi deux modes de détermination de la valeur. « Poirier » ayant autour de lui « poire » et « pommier » est relativement arbitraire tandis que « chêne » l'est absolument. Il s'agit de la détermination de la valeur par la comparaison avec d'autres mots. La comparaison consiste par définition à dégager des différences et des ressemblances à travers plusieurs choses. L'action de l'esprit qui constitue une association ne consiste en rien d'autre que cette opération. Dans ce sens, l'association est possible même entre mots absolument arbitraires. Car ces derniers, tout en étant privés de communauté au niveau du signifiant, peuvent quand même se comparer au niveau du signifié : il s'agit alors de l'association par signifié seul. Cela implique, on l'a vu, que le concept d'« absolument arbitraire » perd sa base. Reste à résoudre cette aporie en articulation avec le problème de la notion de valeur.

Le dehors de la langue

Examinons la dernière leçon du troisième cours, donnée le 4 juillet :

> « Psychologiquement, que sont nos idées, abstraction faite de la langue ? Elles n'existent probablement pas. Ou sous une forme qu'on peut appeler amorphe. Nous [n']aurions <d'après philosophes et linguistes> probablement <pas> le moyen de distinguer <clairement> deux idées sans le secours de la langue (langue inté-

rieure naturellement). Par conséquent, prise en elle-même, la masse purement conceptuelle de nos idées, la masse dégagée de la langue représente une espèce de nébuleuse informe où l'on ne saurait rien distinguer dès l'origine. Aussi donc réciproquement pour la langue, les différentes idées ne représentent rien de préexistant. Il n'y a pas :

a) des idées qui seraient toutes établies et toutes distinctes les unes en face des autres,

b) des signes pour ces idées.

Mais il n'y a rien du tout de distinct dans la pensée avant le signe linguistique. Ceci est le principal. » (*CLG/E* 1821-1824, III C397-398)

Sans langue, les idées n'existent pas, sinon sous forme de nébuleuse indistincte. Car les mots de la langue ne sont pas des désignations attribuées à des idées préexistantes. D'où vient que les valeurs des termes se délimitent par leur propre coexistence.

Dans le deuxième cours, pour expliquer cette détermination systémique de la valeur, Saussure a proposé les exemples suivants : « *craindre* s'enrichira de tout le contenu de *redouter* tant que *redouter* n'existera pas » (*CLG/E* 303, II R19) ; « *chien* désignera le loup tant que le mot *loup* n'existera pas » (*CLG/E* 303, II G1.3b). Supprimer le seul mot *redouter* suffira non seulement pour enrichir le contenu de *craindre*, mais aussi pour ébranler la constellation des idées de toute la langue et déplacer plus ou moins tous les autres signes. En système, chaque signe constitue un nœud de diverses branches d'association, se trouve au centre d'un réseau et est associé à tous les autres signes par l'intermédiaire d'autres réseaux d'association qui prennent le relais. La langue n'est qu'un réseau de réseaux (« un système de systèmes »).

Inversement, « si vous augmentez d'un signe la langue, vous diminuez d'autant la signification des autres » (*CLG/E* 1191, II R21). Un mot retiré ou ajouté, et tout le système se déplace. Ceci provient du fait qu'en dehors de la langue il n'existe aucune idée déterminée ni de signification distincte. Alors, si on enlève à la langue, non pas un seul mot, mais tous les mots... Supposons que nous soyons à l'intérieur de la langue comme si nous habitions dans une maison. Nous regardons l'extérieur par la fenêtre. Mais ce que nous y voyons n'est peut-être qu'un paysage peint. Une fois que la maison de la langue nous est enlevée, nous nous trouverons non pas sur le champ que nous regardions tout à l'heure, mais d'emblée dans une nébuleuse infiniment amorphe. Voilà ce que suppose la réflexion de Saussure sur la valeur et le système.

C'est là la coupure d'avec le dehors la plus complète. Car l'extérieur que l'on croit voir n'existe pas. Il n'est qu'un effet de la langue. Les objets n'existent pas tels quels avant la langue. On ne les perçoit qu'à travers les idées qui, à leur tour, sont dictées par la langue.

Nous avons dit que l'arbitraire représente le problème du rapport de la langue avec son dehors ; que la langue ne se fonde sur rien d'extérieur et que les mots ne représentent pas la réalité extralinguistique : l'arbitraire n'est autre que le résumé de tous ces faits. Voici le vif de la réflexion saussurienne qui nie l'idée de nomenclature et pose la langue dans la perspective de sa coupure d'avec le dehors. Si la langue ne désigne pas l'extra-linguistique, c'est qu'il n'existe pas à l'extérieur de la langue de sens à désigner. Le dehors de la langue ne signifie autre chose que l'absence du dehors.

Ce que nous venons de voir ne représente que la moitié du problème, la coupure de la langue d'avec son extérieur. L'autre moitié concerne le rapport entre le système de la langue et ses unités phoniques :

> « D'un autre côté, il vaut aussi la peine de se demander si en face de ce royaume des idées tout à fait confus le royaume du son offrirait d'avance des idées bien distinctes, <unités,> (pris en lui-même en dehors de l'idée). Il n'y a pas non plus dans le son des unités bien distinctes, circonscrites d'avance. » (*CLG/E* 1825, III C398)

Si avant la langue, on le sait, il n'existe pas d'idées articulées, de même n'existe-t-il pas non plus de sons articulés. Car les sons linguistiques que nous entendons, comme on l'a vu dans la discussion sur l'onomatopée, consistent en une coupure d'avec la nature : ils sont des sons institutionnalisés et non des bruits. C'est pour cela que les onomatopées ne peuvent pas être les reproductions fidèles de bruits naturels. S'il existait une correspondance directe entre sons linguistiques et bruits naturels, nous n'aurions pas besoin d'apprentissage pour comprendre les langues : notre oreille saurait saisir dès l'abord les unités exactes dans le son des langues inconnues. Certaines unités acoustiques sont perçues par les sujets parlants d'une langue et non chez les sujets parlants d'une autre.

Avant la langue, non seulement les idées, mais aussi les sons linguistiques sont privés de contours déterminés et restent indistincts. C'est en écoutant une langue inconnue que l'on se rend compte de cette vérité. La rencontre avec un idiome étranger offre une idée des idées confuses et des sons indistincts. C'est pour ainsi dire une révélation du « dehors de la langue ». Plongé dans un environnement où domine une langue que l'on ne comprend ni ne parle, on a l'impression de subir une aphasie et de vivre des troubles aux deux niveaux de l'ouïe et de la connaissance.

C'est ce que signifient les réflexions de Saussure sur le dehors de la langue : « abstraction faite de la langue », « sans le secours de la langue », « la masse dégagée de la langue », « avant le signe linguistique », « il n'y a pas non plus des unités bien distinctes, circonscrites d'avance », etc. Alors quel est l'« ici de la langue » par rapport au « dehors de la langue » ? Quel est le « présent de la langue » par rapport à l'« avant la langue » ?

Pour ce qui est de l'« après-coup de la langue », nous le connaissons déjà : il s'agit du signe représenté par la figure tracée d'un contour en ovale, que Saussure qualifie de secondaire. Bref, c'est « après-coup » par rapport à « primaire », à « un fait », à « un présent ». Il va de soi qu'il ne s'agit pas d'une distinction avant / après diachronique. Si nous pouvions localiser quelque part cet « avant-langue » ici en question, ce serait à peine dans la phase qui précède l'apprentissage de la langue dans le développement personnel. Ce qui pose problème, ce sont l'« avant », le « présent », et l'« après-coup » dans le sens du devenir structurel. Qu'est-ce donc que le « présent » de l'événement qu'est la langue ?

Le champ du devenir : le fait linguistique

Saussure, après avoir présenté l'« avant-langue » comme le son continu et la masse amorphe conceptuelle, passe à la discussion sur le « fait linguistique » :

« C'est entre deux que le fait linguistique se passe.
Fait linguistique :

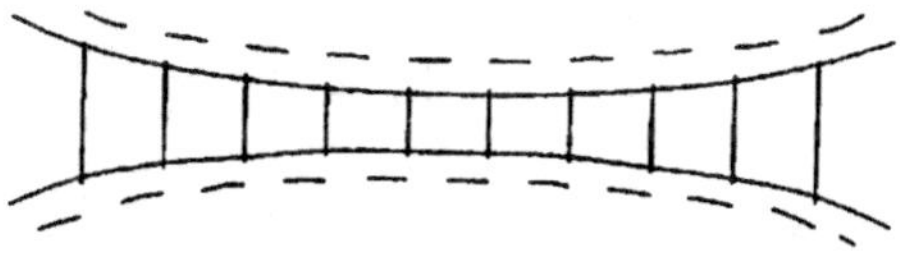

Ce fait <linguistique> donnera naissance à des valeurs qui elles <pour la première fois> seront déterminées, [...] Non seulement ces deux domaines entre lesquels se passe le fait linguistique sont amorphes, <mais le choix du lien entre les deux,> le mariage <entre les deux> qui créera la valeur est parfaitement arbitraire. <Si ce n'était pas arbitraire, il y aurait à restreindre cette idée de la valeur, il y aurait un élément absolu.> Sans cela, les valeurs seraient dans une certaine mesure absolues. Mais puisque ce contrat est parfaitement arbitraire, les valeurs seront parfaitement relatives. [...] Mais le signifiant et le signifié contactent un lien en vertu des valeurs déterminées qui sont nées de la combinaison de tant et tant

> de signes acoustiques avec tant et tant de <coupures> qu'on peut faire dans la masse. Que faudrait-il pour <que> ce rapport <entre> le signifiant et le signifié fût <donné en soi> ? [...] <Il faudrait avant tout que le signifié fût par avance une chose déterminée et elle ne l'est pas. C'est pourquoi> ce rapport [entre le signifiant et le signifié] n'est qu'une autre expression des valeurs prises dans leur opposition, <dans leur système. Cela est vrai dans n'importe quel ordre de langue.> » (*CLG/E* 1827, 1839-1841, 1846, III C398-400)

Le « présent de la langue » représente ce fait linguistique.

Nous avons considéré les deux dehors de la langue comme le royaume des idées confuses et du son amorphe. C'est entre ces deux dehors que se produit le fait linguistique. Cet événement génère des valeurs qui sont « pour la première fois » déterminées. Dans cette « première fois » se trouve le « présent » de l'événement. Il s'agit du champ du devenir des valeurs. Il s'agit aussi du champ où advient l'arbitraire. « Non seulement ces deux domaines entre lesquels se passe le fait linguistique sont amorphes, <mais le choix du lien entre les deux,> le mariage <entre les deux> qui créera la valeur est parfaitement arbitraire ». Il s'agit de la forme primaire de l'arbitraire. Faisons particulièrement attention. Que signifie ici ce que l'on appelle *l'arbitraire* ?

Le principe de l'arbitraire du signe a été formulé comme suit :

> « le lien qui relie une image acoustique donnée avec un concept déterminé et lui confère valeur de signe est lien radicalement arbitraire » (cours du 2 mai 1911, III D188, *CGL/E* 1123)

> « dans la langue, le lien unissant le signifiant au signifié est un lien radicalement arbitraire » (cours du 19 mai 1911, III C309, *CGL/E* 1122)

A la différence de ces définitions, l'arbitraire que nous considérons ici dans le champ du devenir des valeurs n'est pas celui du lien entre le signifiant et le signifié, ni celui de la combinaison de telle ou telle image acoustique avec telle ou telle idée. Au sujet de ce nouvel arbitraire, les notes de Constantin n'ont laissé que les mentions suivantes : « le choix du lien entre les deux », et « le mariage entre les deux » (il en va de même pour Dégallier). Qu'est-ce que « les deux » ? Il s'agit évidemment de « ces deux domaines entre lesquels se passe le fait linguistique ». Ce sont « le choix du lien » et « le mariage » reliant les deux « dehors » de la langue qui sont arbitraires. Là, ni le signifiant ni le signifié n'ont le droit d'apparaître. Pourquoi ? Parce que l'unité entourée du contour ovale comme l'association du signifié et du signifiant n'est que « secondaire ». C'est pour cela qu'après avoir proposé cette figure du signe Saussure s'est demandé : « Que faudrait-il pour <que> ce rapport <entre> le signifiant et le signifié fût <donné en soi ?> ». Autrement dit, le rapport entre le signifiant et le signifié n'est pas donné en soi, pas primaire. Nouvel aspect remarquable de l'arbitraire : l'« arbitraire entre le signifiant et le signifié » que nous connaissons d'après la définition du principe du signe n'est pas « primaire ».

Les remarques à faire pour dégager ce nouvel arbitraire ne se limitent pas au fait que l'arbitraire au sens habituel n'est pas primaire, mais comprennent aussi le point suivant : cet « arbitraire primaire » concerne à la fois le rapport vertical et le rapport horizontal. Rappelons-le : la détermination de la valeur nécessite deux éléments, *i.e.* le rapport vertical de l'échangeabilité et le rapport horizontal de la comparaison. Alors, « le mariage <entre les deux> qui créera la valeur » signifie par conséquent une activité qui produit les deux rapports (vertical et horizontal). Puisque la valeur est arbitraire, cet « arbitraire primaire » ne concerne pas seulement le rapport vertical comme l'« arbitraire entre le signifiant et le signifié », mais aussi d'emblée les deux rapports.

Ensuite, le texte cité considère le rapport entre les concepts de valeur, d'arbitraire, d'absolu, de relatif, etc. « Si [le choix du lien entre les deux domaines] n'était pas arbitraire, il y aurait à restreindre cette idée de la valeur, il y aurait un élément absolu. Sans cela, les valeurs seraient dans une certaine mesure absolues. Mais puisque ce contrat est parfaitement arbitraire, les valeurs seront parfaitement relatives ».

Soient les propositions suivantes :

1. Le choix du lien entre les deux domaines (ou « contrat ») est arbitraire,
2. Il n'y a pas d'élément absolu,
3. La valeur n'est pas absolue mais relative.

Examinons le rapport entre elles.

L'élément absolu représente quelque chose qui existe distinctement avant la langue et qui établit un fondement certain à la valeur qui, par cela, devient elle-même absolue. Toutefois, la valeur ne reflète pas d'élément absolu extra-linguistique (d'ailleurs, le « dehors de la langue » représente deux domaines amorphes où il n'existe pas d'élément absolu). Par conséquent, la valeur est relative. Ce qui pose problème c'est le fait que cette absence d'absolu soit liée à l'arbitraire : « Si ce n'était pas arbitraire, [...] il y aurait un élément absolu ». Autrement dit, s'il y avait des éléments absolus, le choix du lien entre les deux domaines ne serait plus arbitraire. Pourquoi ? S'il existait déjà des éléments absolus d'une forme déterminée, et que le choix du lien y corresponde, ce dernier ne serait plus arbitraire. Autant dire qu'il refléterait le rapport horizontal entre les objets déterminés avant la langue. Mais il n'y pas d'élément absolu en dehors de la langue, et le lien qui relie les deux « dehors » est arbitraire. Si l'on définit au niveau de la valeur ce rapport arbitraire entre les « dehors », il est qualifié de relatif : « Les valeurs seront parfaitement relatives ». Les trois propositions ci-dessus évoquées ne sont que des expressions diverses d'une même notion, solidaires les unes des autres. En termes de causes et d'effets, de la proposition selon laquelle il n'y a pas de base absolue en dehors de la langue proviennent les deux autres : l'une, « le lien vertical qui associe les deux domaines est arbitraire » et l'autre, « les valeurs sont relatives ». Au niveau de la démonstration, Saussure situe l'arbitraire de la combinaison verticale au point de départ pour prouver la relativité des valeurs et l'absence d'élément absolu.

A propos des qualités d'« arbitraire » et de « relatif », la première évoque en principe le rapport vertical tandis que l'autre exprime la différence entre les diverses valeurs. Car dans ce passage, Saussure n'utilise pas l'adjectif « arbitraire » pour la valeur. Pourtant, ce n'est pas un problème si simple à trancher. Parce que nous avons ailleurs, par exemple, dans « La linguistique statique et la linguistique historique » (deuxième partie du troisième cours), des occurrences où *valeur* et *arbitraire* sont combinés : « valeur arbitraire » (*CGL/E* 1324, C329), « valeur arbitrairement fixable » (*CGL/E* 1324, D 229 N 23.6, p. 7). La deuxième raison en est que la valeur suppose les deux rapports, vertical et horizontal, et que par conséquent l'arbitraire ici est double.

Ce *double arbitraire* signifie, comme on l'a constaté plus haut, que le lien primaire concerne d'emblée les rapports vertical et horizontal. Dans la figure en forme d'échelle dessinée par Saussure, les traits verticaux expriment à la fois les rapports vertical et horizontal. Dans le sens vertical, il s'agit de l'arbitraire de la combinaison, tandis que dans le sens de la progression horizontale, il s'agit de l'arbitraire des découpages. « Le choix du lien » ou « le contrat » signifient la détermination simultanée de ces rapports arbitraires vertical et horizontal, bref, la détermination de la valeur. Le début du passage, « Ce fait <linguistique> donnera naissance à des valeurs qui elles <pour la première fois> seront déterminées » le représente. Ainsi, dans le champ du devenir où viennent au contact le dedans et le dehors de la langue est engendrée la valeur, croisement des deux rapports arbitraires vertical et horizontal. Ici, nous n'avons plus l'opposition exclusive entre le vertical et l'horizontal que supposent souvent les critiques adressées à l'arbitraire. Car nouer le lien vertical opère immédiatement des découpages dans le sens horizontal. Dans le sens vertical nous avons l'arbitraire qui implique l'absence d'absolu en dehors de la langue et la coupure de la langue d'avec son dehors, et dans le sens horizontal nous avons la nécessité systémique de la détermination réciproque des valeurs découpées.

On voit là que le fait que l'arbitraire et la nécessité ne constituent pas une contradiction forme une contre-preuve de la critique benvenistienne qui insiste sur la nécessité aux dépens de l'arbitraire. En d'autres termes, les critiques de ce type ne tiennent pas compte du champ où le dedans et le dehors du système se rencontrent sous la forme paradoxale d'une coupure et où les rapports vertical et horizontal des signes sont engendrés simultanément. D'où l'intérêt d'une distinction entre le primaire et le secondaire. A la fin du passage cité, Saussure affirme que le rapport entre signifiant et signifié résulte de la détermination de la valeur par des différences : « C'est pourquoi ce rapport n'est qu'une autre expression des valeurs prises dans leur opposition, dans leur système ».

9.2 Le retour à l'arbitraire

A la fin de « La valeur des termes et le sens des mots » se trouve un passage intéressant sur la distinction entre primaire et secondaire dans le système de la langue :

> « <Dans un chapitre suivant, si nous avons le temps :> On peut exprimer autrement encore ce que nous avons dit en groupant autour du terme valeur, en posant ce principe : il n'y a dans la langue (c'est-à-dire dans un état de langue) que des différences. Différence implique pour notre esprit deux termes positifs entre lesquels s'établit la différence. <Mais le paradoxe est que :> Dans la langue, il n'y a que des différences sans termes positifs. Là est la vérité paradoxale. […] <Quand on arrivera aux termes eux-mêmes, résultat de rapports entre signifiant et signifié>, on pourra parler d'oppositions. Il n'y a pas à proprement parler des signes mais des différences entre les signes. Il n'y a que des différences ; pas le moindre terme positif.> […] Donc on peut envisager tout le système de la langue comme des différences de sons se combinant avec des différences d'idées. Il n'y a point d'idées positives données, et il n'y a point de signes acoustiques déterminés hors de l'idée. Grâce à ce que les différences se conditionnent les unes les autres, nous aurons quelque chose pouvant ressembler à des termes positifs par la mise en regard de telle différence de l'idée avec telle différence du signe. On pourra alors parler de l'opposition des termes et donc ne pas maintenir qu'il n'y a que des différences <à cause de cet élément positif de la combinaison>. » (*CLG/E* 1938-1940, 1959, 1911, 1903, 1941, 1945, 1948, III C403-405)

Nous résumons ce passage comme suit : Dans la langue à strictement parler il n'y a pas de signes positifs. Tout le système de la langue consiste en des différences d'idées combinées à autant de différences de sons, et nous n'avons quelque chose qui ressemble à du positif que parce que « les différences se conditionnent les unes les autres » : « on pourra alors parler de l'opposition des termes et donc ne pas maintenir qu'il n'y a que des différences à cause de cet élément positif de la combinaison » entre le signifiant et le signifié.

Ce qui nous intéresse et nous pose problème à la fois, c'est la distinction entre « différence » et « opposition ». Cette distinction correspond, à notre sens, à celle entre le primaire et le secondaire. Le signe comme terme positif est secondaire. « A proprement parler », c'est-à-dire du point de vue du primaire, il n'y pas de signe mais seulement des différences. Cependant, grâce au fait que des différences se conditionnent au niveau du signifiant et du signifié, et que ces deux niveaux se combinent, « nous aurons quelque chose pouvant ressembler à des termes positifs ». Ainsi, la différence correspond au primaire tandis que l'opposition correspond au secondaire et cette distinction coïncide avec les couples « valeur = primaire » et « signification = secondaire », « le rapport entre les termes = primaire » et « les mots isolés = secondaire ». La différence représente le rapport entre les termes au niveau du devenir de la valeur tandis que l'opposition représente le rapport entre les signes comme unités avec contours après l'établissement de la combinaison du signifié et du signifiant. Donnons un exemple. Quel est le signe en opposition avec le signe « blanc » ? C'est le signe « noir ». Dans ce cas, quel est le signe en différence avec « blanc » ? C'est « non-blanc », c'est-à-dire tous les signes qui ne sont pas « blanc ». Ainsi, l'opposition ne tient qu'entre les signes dotés de sens. La simple différence ne constitue pas une opposition. La différence entre « blanc » et « noir » ne devient une opposition que sur une base commune : le fait d'être des couleurs ou des non-couleurs. L'opposition implique qu'un signifiant et un signifié s'associent, gagnent un contour, deviennent une unité de sens positive et nouent une relation avec de semblables unités. « On pourra alors parler de l'opposition des termes et donc ne pas maintenir qu'il n'y a que des différences ». Mais notre intérêt ne se limite pas à remarquer la correspondance entre la distinction saussurienne de la différence et de l'opposition et la différence de dimension primaire / secondaire. Le problème de cette correspondance pourra suggérer une réponse à la question de savoir quel est le rapport entre le problème de l'arbitraire et la notion de système – question centrale ici.

Saussure conclut « La valeur des termes et le sens des mots » à la fin de la dernière leçon – le dernier cours de linguistique générale de sa vie – de façon très cryptée :

> « Le principe finalement auquel revient la chose est le principe fondamental de l'arbitraire du signe. (Ce n'est que par la différence des signes qu'il sera possible de leur donner une fonction, une valeur.) <Si le signe n'était pas arbitraire, on ne pourrait pas dire qu'il n'y a dans la langue que des différences.> Le lien avec le chapitre intitulé : *L'arbitraire absolu, l'arbitraire relatif* est celui-ci : Nous avons considéré le mot comme <terme> placé dans un système, <c'est-à-dire valeur, or> la solidarité des termes dans le système peut être conçue comme une limitation de l'arbitraire, soit la solidarité syntagmatique, soit la solidarité associative. Aussi dans *couperet* syntagme entre racine et suffixe par opposition à *hache* (solidarité, lien syntagmatique entre les deux éléments) ; *hache* est absolument arbitraire. *Couperet* est relativement motivé (association syntagmatique avec *coupe*) : <*couperet*, limitation syntagmatique, *hache* absolument arbitraire>.
>
> plu } limitation associatrice. »
> plaire }
>
> (*CLG/E* 1908, 2105-2106, III C405-406)

Après avoir rapidement commenté la distinction entre la différence et l'opposition dans le passage antérieurement cité, Saussure revient ici brusquement sur le principe de l'arbitraire en affirmant : « Le principe finalement auquel revient la chose est le principe fondamental de l'arbitraire du signe ». La brutalité de cette affirmation diminue un peu à la lecture de ce qui suit : « Si le signe n'était pas arbitraire, on ne pourrait pas dire qu'il n'y a dans la langue que des différences ». Nous avons déjà entendu une phrase analogue dans le passage sur le fait linguistique : « Si ce n'était pas arbitraire [...] les valeurs seraient dans une certaine mesure absolues. Mais puisque ce contrat est parfaitement arbitraire, les valeurs seront parfaitement relatives. » C'est le lien entre le domaine des idées amorphes et celui du continuum du son qui est arbitraire. Là l'arbitraire fonctionne comme le principe de démonstration de la relativité des valeurs tandis qu'ici, c'est l'arbitraire du signe, arbitraire du lien entre le signifiant et le signifié, qui sert de démonstration de la langue comme système de différences. Rappelons que la différence appartient à la dimension primaire du système de la langue alors que le signe, et l'arbitraire du signe avec lui, n'apparaît que dans la dimension secondaire. Saussure applique ici à l'arbitraire du signe de dimension secondaire la logique qu'il a développée dans le champ du devenir des valeurs, selon laquelle l'arbitraire du choix du lien vertical correspond à la détermination des valeurs par des différences dans le rapport horizontal, pour ramener la dimension secondaire au principe de la différence qui appartient à la dimension primaire : « (Ce n'est que par la différence des signes qu'il sera possible de leur donner une fonction, une valeur.) Si le signe n'était pas arbitraire, on ne pourrait pas dire qu'il n'y a dans la langue que des différences ». Nous avons distingué entre l'arbitraire primaire du champ du fait linguistique et l'arbitraire secondaire qui n'apparaît qu'après l'établissement du signe. Or, ici, l'arbitraire secondaire est utilisé comme outil de démonstration pour remonter depuis la dimension secondaire à la dimension primaire.

L'itinéraire emprunté par Saussure est le suivant : il remonte d'abord de l'idée de langue qui ne voit que les signes isolés de la dimension secondaire jusqu'à la langue de la dimension primaire (la détermination des valeurs par la coexistence des termes, le devenir des valeurs par des découpages dans les deux continuums amorphes, la constitution des signes par la combinaison de différences de son et d'idée) et puis revient au point de départ pour y situer le principe de l'arbitraire du signe. Ainsi, l'arbitraire du signe devient comme un trou percé dans la dimension secondaire pour communiquer à la dimension primaire de la langue. Saussure a posé le principe de l'arbitraire le 2 mai 1911 dans le chapitre 2 du troisième cours « Nature du signe linguistique ». Ce principe sur la nature de l'objet d'étude qu'est le signe est aussi un principe d'organisation théorique pour conduire au champ du devenir du système et de ses signes. Incarner au microniveau la nature du système linguistique telle que la langue a sa nature dans la coupure d'avec la nature, c'est la nature du signe linguistique. Voilà la portée que le principe du signe recouvre comme outil conceptuel dans le système théorique de Saussure.

Revenons à notre toute dernière citation. Saussure, en retournant au principe de l'arbitraire du signe et en en faisant un outil de démonstration du principe de la différence, montre la direction pour remonter à la dimension primaire et part dans le sens contraire : il relie le concept du système des valeurs qu'il vient de développer à la dimension secondaire de la langue. Il opère une mise en rapport du système avec l'arbitraire relatif. Il propose le couple *couperet / coupe* (association par signifiant et signifié) pour exemple de limitation syntagmatique de l'arbitraire et évoque le couple *plu / plaire* (association par signifié seul) pour exemple de limitation associative. Ici, son objectif est de souligner de nouveau la définition de « la solidarité des termes dans le système » « comme une limitation de l'arbitraire ». Il s'agit de resituer la correspondance entre le rapport horizontal des termes et le rapport vertical qu'est l'arbitraire du signe dans la dimension secondaire de la langue. Mais pourquoi secondaire ? Là intervient la distinction entre différence et opposition déjà analysée.

Comme on l'a vu, les deux types d'arbitraire relatif, association par signifiant et signifié et association par signifié seul, par définition, supposent le jeu du signifié. Par conséquent, ils impliquent que la combinaison signifié / signifiant soit établie, un signifié impliquant son signifiant. Or nous avons distingué plus haut, en examinant la distinction différence / opposition, deux catégories dans les rapports des termes : dans l'une intervient le signifié tandis que dans l'autre ce n'est pas le cas : la première s'appelle opposition, la seconde différence. La première correspond à la dimension secondaire de la langue (signe comme association signifiant / signifié établi), la seconde à la dimension primaire (fait linguistique, découpage de différences). Ainsi voit-on que les deux arbitraires relatifs – supposant le signifié (doté de son lien avec le signifiant), bref la signification (comme rapport vertical) – appartiennent à la dimension secondaire de la langue. L'association syntagmatique ainsi que l'association associative sont des rapports qui ne sont noués qu'après la constitution des termes positifs qui les constituent entre eux. Saussure qui, en partant du principe de l'arbitraire (absolu), discute des deux types d'arbitraire relatif, se dirige vers la dimension secondaire de la langue : si, d'ailleurs, l'arbitraire du signe (arbitraire absolu) est, on vient de le voir, un phénomène secondaire qui permet d'entrevoir la dimension primaire en même temps que le point de contact du primaire et du secondaire, l'arbitraire relatif qui le limite s'éloigne d'autant plus de la dimension primaire du système en devenir.

Il nous semble que nous avons enfin une réponse à la question plus haut posée : « Le concept d'arbitraire lui-même ne perd-il pas son fondement, si non seulement l'association par signifiant et signifié, mais aussi l'association par signifié seul ont un effet de limitation de l'arbitraire ? » Car cette dernière association est constituée par des signes absolument relatifs. La réponse est : Le concept d'arbitraire du signe même (arbitraire absolu) concernant le rapport signifiant / signifié propre au signe en tant qu'entité de la dimension secondaire est déjà secondaire par rapport au champ primaire où se passe le « fait linguistique ». Même si en ce sens le concept d'arbitraire est entièrement relativisé, il en reste toujours ce que nous appelons l'« arbitraire primaire ». C'est à partir de cet arbitraire primaire que le concept de l'arbitraire du signe peut tenir (le fait que Saussure n'ait pas théorisé cette distinction entre le primaire et le secondaire est sans doute une des causes de la confusion du concept d'arbitraire du signe).

Nous avons posé l'hypothèse selon laquelle il n'y a pas d'arbitraire intrasystémique tandis que tout signe est absolument arbitraire par rapport à l'extérieur du système. Nous avons ce faisant insisté sur la distinction stricte entre le point de vue intrasystémique et celui du rapport entre le système et son dehors. Nous avons enfin démontré cette hypothèse grâce au concept d'*arbitraire primaire* : cet arbitraire primaire recouvre tout signe et tout système du point de vue du rapport entre le système et son extérieur bien que tout arbitraire soit relativisé intrasystémiquement.

Rappelons-nous la définition de l'arbitraire primaire : il s'agit de l'arbitraire du « choix du lien » entre un découpage dans le continu du son et un découpage dans le continu des idées dans le champ primaire du fait linguistique. Cet arbitraire correspond à l'absence d'« absolu » avant la langue qui détermine le découpage sur le plan phonique et sur le plan conceptuel. En effet, l'arbitraire primaire est l'expression la plus directe et la plus profonde de la coupure entre la langue et son dehors telle que la langue n'a dans son dehors aucun fondement sur lequel l'être de la langue puisse s'appuyer. Par conséquent, l'arbitraire du signe – défini en partant de l'établissement de l'unité qu'est le signe – est pour ainsi dire une trace de cet arbitraire primaire révélé dans l'entité secondaire du signe, et il représente aussi « la langue et son dehors » dévoilés à l'intérieur du système constitué, à l'intérieur du signe qui est l'unité minimale de ce dernier, au cœur de la langue.

Conclusion : C'est en ajoutant quelques mots au précédent passage cité que Saussure termina la dernière leçon de linguistique générale de sa vie. Il n'a donc finalement rien pu dire de plus concernant la linguistique de la parole, contrairement à ce qu'il avait prévu en ouvrant son cours de 1911, et il a terminé comme on vient de le voir cette deuxième partie, « La Langue », comme si, faute de temps, il s'était dépêché de conclure. Toute sa réflexion se concentre dans ce dernier chapitre de la deuxième partie du troisième et dernier cours (« La Langue »), dont voici les dernières lignes :

> « Dans ce cours nous n'avons d'à peu près complet que la partie externe. Dans la partie interne, la linguistique évolutive est laissée de côté pour la linguistique synchronique et nous avons pris seulement principes généraux dans la linguistique. *C'est en se basant sur ces principes généraux qu'on abordera avec fruit le détail d'un état statique ou la loi des états statiques.* » (*CLG/E* 2106, III C407, souligné par nous)

9.3 La langue et son dehors

Dans la discussion de l'arbitraire saussurien, les auteurs tantôt nient l'arbitraire en lui opposant la nécessité du système, tantôt déplacent le débat théorique de l'arbitraire absolu à l'arbitraire relatif, ce qui implique que le rapport horizontal entre les signes a priorité sur le rapport vertical signifiant / signifié, laissant de côté la portée de la coupure de la langue avec la nécessité naturelle qui lui est extérieure. D'où nos questions : Cela n'implique-t-il pas la suppression du fondement du concept d'arbitraire lui-même et la négation de la base même sur laquelle la langue s'appuie ? La construction du concept d'arbitraire saussurien lui-même ne commet-elle pas une contradiction en reconnaissant l'effet de limitation de l'arbitraire à l'association par signifié seul ? Quel est le rapport entre l'arbitraire et le système ?

Nous avons proposé les réponses suivantes :

1. En considérant la dimension primaire où le fait linguistique se produit, nous avons vu que là, le vertical et l'horizontal de la langue, l'arbitraire du signe et la nécessité systémique naissent en même temps, et que par conséquent l'arbitraire concerne aussi à la fois le vertical et l'horizontal, c'est-à-dire le rapport vertical entre le son et le sens et le rapport horizontal entre les termes. Puisque l'arbitraire du rapport vertical ici est une expression de la coupure de la langue d'avec son dehors, la nécessité systémique ne constitue pas un concept opposé à l'arbitraire comme coupure d'avec la nécessité naturelle. Avec cet arbitraire primaire, il n'existe pas d'antinomie entre le vertical et l'horizontal, c'est-à-dire « le système et son extérieur », et la nécessité systémique. Ainsi, le point de vue qui oppose à l'arbitraire la nécessité du système et celui qui laisse de côté le problème de la langue avec son dehors peuvent être considérés comme positions qui font abstraction de la dimension primaire et ne prennent en compte que la dimension secondaire après l'établissement du signe.

L'introduction d'une distinction entre le primaire et le secondaire éclaire encore les points suivants.

2. Comme l'arbitraire relatif tel que Saussure le met en place recouvre tous les signes, l'arbitraire (absolu) risque d'être remis en cause. Pourtant, parce que la limitation de l'arbitraire ne concerne que la dimension secondaire, l'arbitraire primaire lui-même n'est pas relativisé. Ainsi, le concept d'arbitraire ne perd pas sa nécessité.
3. Nous pouvons considérer le principe de l'arbitraire du signe comme une expression du primaire qui s'entrevoit dans le signe en tant qu'entité secondaire, comme une expression du problème de « la langue et son dehors ». Cela éclaire le fait que le principe de l'arbitraire du signe constitue un nœud où se croisent le primaire et le secondaire et occupe dans le système théorique de Saussure la place du principe de démonstration qui permet de saisir uniformément les deux directions que sont le système et le signe. Le principe d'arbitraire constitue pour ainsi dire la porte qui conduit

au primaire (le devenir des valeurs par la combinaison de différences négatives) et le point de départ pour se diriger dans l'autre sens, *i.e.* vers le secondaire (la solidarité entre les termes positifs).

Dans ce qui suit, nous allons examiner les conséquences théoriques de ces conclusions.

La distinction entre la dimension primaire et la dimension secondaire correspond à la distinction entre la coupure de la langue d'avec son dehors et la nécessité intrasystémique de la langue. Mais quel est concrètement ce problème de « la langue et son dehors » ? Bref, la coupure de quoi avec quoi « le dehors de la langue » suppose-t-il ? Nous pouvons pour le moment donner trois réponses :

1. La coupure d'avec la masse d'idées indistinctes et le continuum du son – tout ce que Saussure appelle « l'avant la langue ».
2. La coupure de la langue du sujet d'avec les langues étrangères : la rencontre avec une langue étrangère inconnue offre une situation où le sujet peut s'apercevoir que sa propre conscience est conditionnée par la langue. Une langue inconnue est pour le sujet « le dehors de la langue » dans la différence d'avec sa propre langue.
3. La coupure de la langue d'avec les autres systèmes de signes : c'est par la différence de *degrés* dans l'arbitraire que Saussure a situé la langue au cœur de diverses sortes de systèmes de signes dans sa conception de la sémiologie générale :

   « Ce sera une des tâches de la sémiologie de marquer les degrés et les différences ; ainsi, les signes de la langue sont totalement arbitraires tandis que certains actes de politesse, ainsi du Chinois qui se prosterne devant son empereur, en touchant la terre, ils quitteront ce caractère d'arbitraire pour se rapprocher du symbole. » (*CLG/E* 1131, II R17)

Autrement dit, les autres systèmes de signes que la langue ont un degré élevé de nécessité naturelle. Les autres systèmes de signes forment une sorte de dehors de la langue par différence de degrés d'arbitraire. En examinant l'une après l'autre ces trois coupures d'avec la langue, nous essaierons de démêler l'organisation du concept de l'arbitraire.

Mettons d'abord de côté la nébuleuse amorphe des idées et considérons le continuum du son. Quand Saussure dit du son : « il n'y a pas non plus dans le son des unités bien distinctes, circonscrites d'avance » (*CLG/E* 1825, III C398), il considère la coupure d'avec le son naturel, le bruit physique. Nous possédons de Saussure des propos intéressants pour considérer ce problème en l'articulant avec le problème des langues étrangères. Présentant le langage comme le circuit de la parole, schéma de la communication où des paroles circulent entre deux sujets parlants (centre associatif du sujet A → phonation de A → oreille du sujet B → centre associatif du sujet B), il se demande dans quelle partie du circuit localiser la langue : dans la partie physique (vibration de l'air), la partie physiologique (phonation et audition) ou la partie psychique (la combinaison du signifiant et signifié dans le centre associatif, et la constellation des signes) ? Et il répond : « en tout cas pas une partie physique ! Si nous sommes en pays étranger, nous ne sommes pas dans le fait social de la langue, et pourtant par l'audition nous participons au fait physique » (*CLG/E* 224-226 III J150). Cela signifie qu'une langue étrangère incompréhensible ne présente que du son physique. En effet le champ de la langue se trouve dans la partie psychique où le signifiant est associé au signifié et où la compréhension de la parole est accomplie. Il s'agit d'une expression de l'arbitraire du signe dans le sens où la langue ne se fonde sur aucun caractère naturel des choses (caractère physiologique ou caractère physique) et d'une présentation excellente de la notion de langue qui se fonde sur le champ du devenir du système, par la combinaison du plan phonique et du plan sémantique, champ que nous appelons primaire.

Alors, quel est le rapport des deux problèmes que nous venons de voir – celui de la coupure d'avec le son naturel et celui de la coupure d'avec l'intelligibilité linguistique (le problème de la langue étrangère) – avec le troisième problème, celui de la coupure de la langue d'avec les autres systèmes de signes ? Autrement dit, le problème de l'intelligibilité (les deux premiers problèmes) concerne le problème du degré de l'arbitraire. On peut hiérarchiser, comme on vient de l'évoquer, la langue et les autres systèmes de signes en fonction du degré de l'arbitraire. Saussure a proposé pour exemple un acte de politesse des Chinois : la prosternation devant l'empereur présentant un degré élevé de nécessité naturelle, le sens de l'acte (obéissance et respect) est aussi compris par des sujets appartenant à une autre culture et parlant une autre langue. Bref, la différence entre la langue et les autres systèmes de signes consiste dans le fait que la langue ne se comprend pas par des sujets qui n'en partagent pas le code tandis que les autres systèmes de signes sont d'autant plus intelligibles que leur degré d'arbitraire est faible. La faiblesse du degré d'arbitraire signifie que le rapport naturel entre le signifié et le signifiant est important, et que la matérialité du médium du signe converge avec le contenu porté. A côté des actes de politesse, le mime présente un bon exemple de faible degré de l'arbitraire. Le mime utilise un vrai homme pour représenter un homme, il se lève vraiment pour exprimer l'acte de se lever, et danse pour représenter une danse. Là, l'expression et le contenu s'approchent infiniment. La langue représente l'autre extrémité du degré d'arbitraire, où l'intelligibilité dépend entièrement de la possession commune d'un code.

Le problème de l'arbitraire primaire correspond à cette communauté du code : la dimension primaire correspond à la phase où l'établissement du système est en cours et où par conséquent la possession commune du code n'est pas encore accomplie. Voilà ce que signifie l'arbitraire comme problème de « la langue et son dehors » car la langue représente l'intelligibilité par possession commune du code tandis que son dehors représente l'inintelligibilité due à l'absence de code commun. Ainsi, le degré d'arbitraire est fonction du système de signes ; cette fonction constitue un des deux axes du rapport entre le système et le signe, tandis que la distinction entre arbitraire absolu et arbitraire relatif qui concerne la différence dans la limitation intrasystémique de l'arbitraire représente l'autre axe.

Qu'en est-il de cet autre axe ? Il va de soi qu'il se trouve dans une dimension tout autre que le premier axe. Quel que soit le degré d'arbitraire relatif – c'est-à-dire quel que soit le degré de limitation de l'arbitraire absolu –, la compréhension par le sujet qui ne partage pas le code est impossible. Si relatif que soit l'arbitraire de « poirier » par rapport à « chêne », on ne comprend pas ce signe à moins de l'avoir appris. D'où la nécessité de distinguer ces deux axes, celui du degré de l'arbitraire (qui concerne le rapport de la langue avec les autres systèmes de signes) et celui de la limitation de l'arbitraire (arbitraire absolu / arbitraire relatif, relativisation à l'intérieur du système langue). On peut se demander si la confusion des deux axes n'est pas propre aux auteurs qui ont opposé à l'arbitraire la nécessité systémique mais elle est aussi présente chez Saussure lui-même.

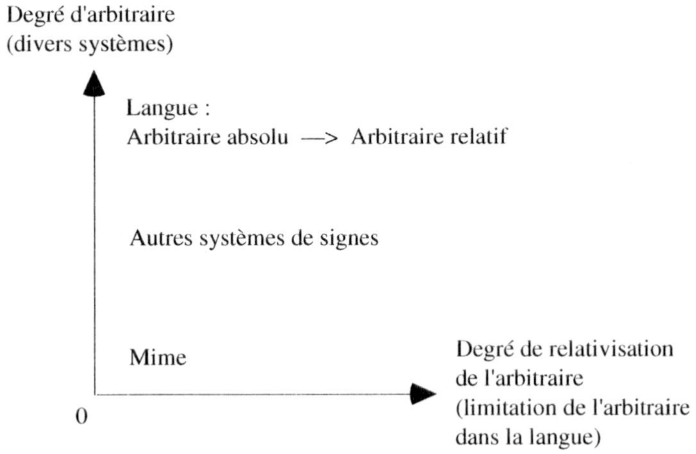

Le schéma ci-dessus qui résume ces discussions montre que les deux axes ne correspondent pas du tout.

Reprenons la typologie saussurienne des langues évoquée section 7.2 : partant de la distinction entre arbitraire absolu et arbitraire relatif, Saussure définit comme « lexicologiques » les langues riches en éléments absolument arbitraires et « grammaticales » les langues riches en éléments relativement arbitraires. Comme on l'a vu, le chinois représente la première catégorie tandis que le sanskrit et le grec représentent la seconde. Saussure a même imaginé une langue absolument « lexicologique » :

> « S'il était possible qu'une langue consistât uniquement à dénommer les objets, les différents termes de cette langue n'auraient rapport entre eux, resteraient aussi séparés les uns des autres que les objets eux-mêmes. » (*CLG/E* 2105, N23.5)

Les langues que Saussure appelle « grammaticales », quoique leur arbitraire soit systémiquement relativisé, n'en restent pas moins inintelligibles pour les sujets ne disposant pas de leur connaissance. Le sanskrit, qualifié de langue ultra-grammaticale, ne se comprend pas davantage si l'on ne l'a pas appris. Ce sont d'ailleurs les langues considérées comme « grammaticales », leur grammaire étant fort compliquée, qui sont les plus difficiles à apprendre. La distinction entre absolu et relatif dans l'arbitraire n'est qu'intrasystémique et ne concerne pas l'extérieur de la langue.

Pose encore problème la considération de Saussure qui fait de la limitation de l'arbitraire par l'arbitraire relatif un facteur constitutif du système. On sait que l'idée saussurienne de langue consiste avant tout en la conscience du sujet parlant. Le sujet parlant chinois a-t-il une conscience linguistique moins constituée que les sujets parlant le sanscrit ou le grec ?

L'effet de limitation de l'arbitraire est, rappelons-nous, reconnu dans deux types d'association : association par signifiant et signifié (solidarité syntagmatique) et association par signifié seul (solidarité associative). Pourtant, on l'a constaté, les deux relèvent de la dimension que nous appelons secondaire, bref, des mécanismes intrasystémiques. Alors ne faut-il pas rechercher des facteurs constitutifs dans la dimension primaire où le système naît et passe de l'avant-langue à la langue plutôt que dans la dimension secondaire ?

Autrement dit, il s'agit de rechercher l'effet constitutif du système dans autre chose que les deux types d'association proposés par Saussure. Que signifie opérer une telle démarche là où la langue touche son dehors ? Ici intervient la discussion antérieure sur « la langue et son dehors ». Nous avons examiné le cas où la communication est impossible en raison de la non-communauté du code (le son d'une langue étrangère, la confrontation à d'autres systèmes de signes) et le cas où la compréhension est possible sans code commun (le son naturel). Comment le sujet distingue-t-il entre le son linguistique et le son naturel, entre une langue étrangère et sa propre langue ? Comment identifie-t-il cette dernière comme telle ? Il va de soi que le repère de la distinction consiste en l'intelligibilité linguistique. Alors, nous faisons de la question de savoir quel est le facteur constitutif de la langue le problème de l'intelligibilité, autrement dit le problème de la communication : comment le sujet parlant identifie-t-il la parole d'autrui comme appartenant à la même langue que la sienne ? Comment le partage d'un même code est-il constaté ? En d'autres termes, quel est l'élément commun qui permet à divers signes d'appartenir à la même langue ? Enfin, quel est le point commun recouvrant tous les signes d'une langue, qui permet à toute la langue de se constituer un réseau de rapports associatifs ?

Il y a deux réponses possibles. L'une concerne l'élargissement de l'association par signifié seul, tandis que l'autre s'oriente vers l'association par signifiant seul que Saussure hésite à inclure dans les associations.

L'exemple d'association *domini, regis, regum* (association par la communauté de fonction grammaticale) nous fait savoir que l'association par signifié seul ne se limite pas à celles associées par une communauté de contenu lexicologique comme la série *enseignement, éducation, apprentissage, etc.* Et, comme le suggère l'affirmation de Saussure :

> « on peut même avoir association avec tous les substantifs » (*CLG/E* 2029, III D264)

le sujet parlant dispose d'une conscience métalinguistique qui dicte la distinction des catégories et des fonctions grammaticales.

Saussure affirme aussi, dans la leçon sur « le classement intérieur » du premier cours :

> « La langue ne connaît pas les noms de radical, suffixe, etc., mais on ne peut lui refuser la connaissance et l'utilisation de ces différences » (*CLG/E* 2180, I R2.32 ; chapitre 2 « Changements analogiques » de la première partie « Les évolutions »)

« La langue » correspond ici à cette conscience du sujet parlant qui distingue intuitivement la catégorie grammaticale de chaque mot. Ainsi est possible une association avec tous les substantifs. Ce type d'associations consiste en l'identité du classement grammatical à travers certains mots. Autant dire que c'est la communauté du signifié métalinguistique (ici, la catégorie grammaticale) senti par le sujet parlant sur les signes qui permet de telles associations. Mais où s'arrête cette intuition qu'a le sujet sur le signifié métalinguistique ? Une association avec tous les verbes, une association avec tous les adjectifs… une association avec tous les mots composés, une association avec tous les mots indivisables, une association avec tous les préfixes… enfin une association avec tous les morphèmes, c'est-à-dire avec toutes les unités significatives de la langue ! Nous avons vu que la langue n'est qu'un réseau de réseaux. Disons aussi qu'elle n'est qu'une association d'associations. Ainsi, à l'extrémité, l'élargissement du sentiment métalinguistique recouvre tous les mots de la langue dans la conscience du sujet parlant. En effet, un sujet parlant de langue X a certainement une conscience qui reconnaît à l'égard de tous les signes de sa propre langue le statut métalinguistique de langue X. Cela permet le jugement d'identité de la langue : on n'ose pas facilement s'adresser dans sa langue à quelqu'un qui ne la parle pas. Le sujet parlant juge inconsciemment si les autres parlent la même langue. Ainsi, le jeu de l'association par signifié recouvre tout le système et fait de la langue une association qui constitue dans la conscience du sujet parlant le sentiment de l'identité de sa propre langue.

Autrement dit, du point de vue de l'activité de langage, la distinction par laquelle le sujet parlant juge s'il a affaire à du son linguistique ou non, s'il a affaire au son de sa langue ou non, enfin, si l'interlocuteur parle la même langue ou non, cette distinction constitue une des phases fondamentales, bien que d'ordinaire peu remarquées, dans le processus de la compréhension du sujet qui entend du bruit, une voix ou les paroles d'un interlocuteur.

Ce problème concerne comme prévu l'association par signifiant seul. Le jugement du sujet parlant qui discerne si la langue de l'interlocuteur est identique à la sienne s'effectue si rapidement qu'il est peu perçu. Le repère du jugement, comme on l'a évoqué, consiste en l'identité aux niveaux lexicologique, morphologique et syntaxique. En d'autres termes, la communication linguistique que le sujet parlant effectue quotidiennement se fonde sur ces confrontations entre les codes des deux interlocuteurs à ces différents niveaux. Mais il existe un autre niveau plus basique pour juger l'identité du code. Il s'agit du son linguistique lui-même. Dans la réalisation des paroles en français, on n'utilise évidemment que des phonèmes qui existent dans le système phonologique du français. Ce qui constitue un des repères essentiels du jugement d'identité de la langue. Le français sonne français.

Il s'agit aussi d'accorder l'uniformité au système linguistique par l'association. « Dix » et « neuf » ne pouvant être analysés en sous-unités, sont considérés comme absolument arbitraires. Pourtant il va de soi qu'ils forment une association, leur sens étant contigu. Il s'agit d'une association par signifié seul. Pourtant, dire qu'ils sont associés aussi au niveau du signifiant peut paraître étrange. Ils ne partagent aucun morphème ni phonème identique. Cependant ils partagent une communauté minimale : ils ne contiennent pas de phonème qui soit étranger au système phonologique du français. Bien entendu, ces deux mots seuls ne peuvent déterminer tout le système phonologique du français. Mais le fait qu'ils soient entourés d'innombrables autres mots à l'intérieur de la langue française dégage un système composé de 16 voyelles et de 17 consonnes.

Rappelons la fiction de Saussure d'une langue qui ne saurait que nommer les objets. Supposons qu'elle se compose de quarante mille mots. Pour élever au maximum l'arbitraire, supposons que chaque mot soit constitué d'une seule syllabe et qu'il n'existe aucun homonyme. En attribuant à chaque mot une voyelle et une consonne, deux cents voyelles et deux cents consonnes suffiraient à la composer. Ainsi, un système phonologique peut se former avec un nombre peu important de phonèmes par rapport au nombre des unités lexicologiques et donner au sujet parlant d'une façon en quelque sorte préconsciente une impression d'uniformité acoustique qui consiste en la clôture du système phonologique. Bien entendu, il n'existe pas de langue possédant quatre cents phonèmes [3]. On dit que les systèmes phonologiques des langues naturelles disposent en moyenne d'une trentaine de phonèmes. Bien que le nombre des lexies d'une langue ne soit pas de nature à pouvoir être déterminé exactement, les neuf volumes du *Grand Robert* comptent quelque 80 000 entrées : le fait qu'une trentaine de phonèmes recouvrent autant de lexies suggère une uniformité considérable de la langue.

Nous avons proposé une association par signifiant seul dans un autre sens que celui du « symbolique » de Gadet. Le système phonologique lui-même constitue une association qui recouvre d'emblée la langue entière. Par ailleurs, nous avons conçu en élargissant l'association par signifié seul jusqu'à la totalité du système quelle conscience métalinguistique a le sujet parlant de l'identité de sa langue. L'uniformité du système phonologique est à n'en pas douter un des principaux supports de cette conscience. L'élargissement de l'association dans le sens du signifié et dans le sens du signifiant apporte une conscience de l'identité de la langue comme une sorte de sentiment métalinguistique préconscient. Ces associations, à la différence de celles où Saussure reconnaît l'effet de limitation de l'arbitraire,

---

3 A titre de comparaison, les études de Nina Catach (e.g. *L'orthographe du français*, Paris, Nathan, 1980) permettent de penser que le français compte un peu moins de quatre cents *syllabes* (phonologiques).

concernent la dimension primaire de la langue, où l'on retrouve le problème de « la langue et son dehors ». Nous pouvons dire que la conscience du sujet parlant, aux extrémités des deux directions du signifié et du signifiant, touche la coupure de la langue d'avec son extérieur.

A travers l'examen du concept d'arbitraire, nous avons rencontré la nécessité de distinguer la dimension primaire et la dimension secondaire de la langue, et nous avons posé quelques-uns des problèmes qui en découlent. Pour terminer il faut remarquer que ces problèmes concernent aussi la « langue individuelle » [4] que nous avons décrite en première partie. Les deux aspects de la notion de langue selon Saussure, le code social garantissant la communication et le système de différences où la coexistence des termes détermine leur valeur, sont difficilement compatibles en raison de l'absence par définition de repère extralinguistique permettant de décider si les sujets parlants partagent le même sens. Saussure lui-même affirme que « le fait social [de la langue], ce sera une certaine moyenne qui s'établira, qui ne sera sans doute complète chez aucun individu » (*CLG/E* 220-221, III C268), et reconnaît tacitement des déviations possibles entre les langues individuelles. Cette incompatibilité des deux aspects de la langue devrait poser un problème de communication, pourtant le sujet parlant croit inconsciemment que sa langue est identique à celle des autres sujets, et sa conscience de l'identité de la langue au-dessus des individus reste ferme.

Comment se forme cette conscience de l'identité de la langue ? Nous avons vu que cette question concerne le problème de l'arbitraire. En effet l'arbitraire concerne le problème de la communication dans la mesure où il s'agit de l'identité et de la différence de code entre les sujets parlants qui s'entretiennent. « Ma langue est-elle la même que celle des autres ? » – une inquiétude que le sujet parlant peut toujours éprouver « préconsciemment ». Si sa langue est identique à celle de son interlocuteur, il restera à l'intérieur du fait social de la langue. Si elle ne l'est pas, il touchera au hors-langue. D'où l'intérêt de distinguer les dimensions primaire et secondaire de la langue. Dans la première dimension, il y a segmentation et combinaison des deux plans autrement amorphes, sémantique et phonique. C'est la sphère du devenir des signes, par conséquent de celui de l'arbitraire. C'est là que la langue touche à son dehors, se meut et s'altère. C'est l'aspect que prend la langue quand elle est exposée au tourment de la parole. Là se constitue à travers la performativité exercée et échangée la subjectivité des sujets parlants, celle du locuteur et celle de l'interlocuteur. C'est là

4 Cf. aussi Suenaga 1988 et Suenaga 1992.

encore ce que nous avons appelé « l'intériorisation de la relation sociale des sujets *je* et *tu* ». C'est la phase où l'intelligibilité et la communicabilité sont mises en question.

Par contre, dans la dimension secondaire, le problème de la communication n'est pas considéré comme imminent. Les difficultés d'intercompréhension sont censées être exceptionnelles. L'identité à soi du code social de la langue domine. Là tous les mouvements linguistiques s'orientent vers l'unicité de la langue. Saussure les a appelés « facteurs constitutifs du système ». En est typique l'arbitraire relatif. La langue ne peut pas ne pas tendre vers son identité. La langue est une force infinie qui se fait et se défait. Elle a deux noms : langue sociale et langue individuelle. La langue est une conviction immotivée qui se croit universelle. Elle est aussi une inquiétude, préconsciente ou non consciente, concernant sa propre altération. L'arbitraire n'est que la trace de ce mouvement intersubjectif, trace de cette force déchirée.

L'examen du rapport entre système et arbitraire a permis de montrer que le point de vue de la plupart des auteurs qui ont critiqué l'arbitraire restait au niveau secondaire du système et de proposer l'arbitraire primaire. Nous avons constaté que l'arbitraire du signe saussurien n'en reste pas moins le problème de « la langue et son dehors ». Nous pouvons appeler la portée de la dimension primaire de l'arbitraire à laquelle nous sommes arrivés en passant par l'arbitraire absolu et l'arbitraire relatif « arbitraire originel », par exemple.

CONCLUSIONS

Conclusion 1

Nous avons traité de trois problèmes : d'abord le problème paradoxal de la « langue individuelle », puis celui de l'opposition de la langue et de la parole et enfin celui du rapport entre l'arbitraire du signe et le système de la langue.

A travers nos développements se sont dégagés un certain nombre de couples de concepts : langue commune (ou sociale) / langue individuelle, sujet parlant / sujet entendant, terme positif / différence négative, opposition / différence, arbitraire secondaire / arbitraire primaire. Toutes ces distinctions dichotomiques ne forment-elles pas une série où tous les membres correspondent les uns aux autres dans la mesure où la première de ces distinctions binaires, celle entre les deux aspects de la langue, est symétrique avec les autres : la langue commune correspond au premier terme de chaque couple tandis que la langue individuelle correspond au second ?

Avant d'examiner chaque correspondance, il convient de récapituler l'opposition entre la langue commune et la langue individuelle. La langue commune est la langue comme code supposé partagé entre tous les membres de la communauté linguistique, identique pour tous, qui garantit la communication. C'est la langue comme système établi qui correspond à ce que nous avons appelé dans la troisième partie la dimension secondaire de la langue. Par contre la langue individuelle représente l'éventuelle différence entre le système de chacun. Il s'agit de l'aspect de la langue qui se laisse entrevoir de façon éphémère au moment où le sujet entendant a des difficultés à comprendre la parole de son interlocuteur. Éphémère, parce que l'on croit toujours à la même langue et à la fin de chaque séance de conversation, cette conviction est récupérée, même si des problèmes de communication se sont posés au cours de l'entretien. On n'ose habituellement pas supposer que la difficulté de compréhension soit causée par la différence de langue. Autrement dit, la langue individuelle représente le processus où la configuration des différences qui forme le système se meut, et où la langue de chacun a changé sans que les sujets s'en aperçoivent, car la récupération de la croyance en une même langue implique que la déviation de la langue entre les individus ait été rectifiée. Elle est la langue vue sous l'aspect du changement et du devenir quotidiens :

> « Le moment de la genèse n'est lui-même pas saisissable : on ne le voit pas. Le contrat primitif se confond avec ce qui se passe tous les jours dans la langue, avec les conditions permanentes de la langue. » (*CLG/E* 1191, II R20)

Ainsi, la langue individuelle concerne le mouvement de la langue que nous avons observé dans « le fait linguistique » de la dimension primaire de la langue.

Revenons sur les correspondances des couples de concepts avec celui des deux aspects de la langue. Commençons par la correspondance entre « langue commune / langue individuelle » et « sujet parlant / sujet entendant » : les deux interlocuteurs, le parlant et l'entendant ; le premier parle en croyant à la langue commune, sinon il ne s'adresserait pas à autrui, tandis que c'est, comme on l'a vu, le second qui est le lieu où, puisqu'il s'agit du problème de compréhension, le problème de communication peut se poser, et où, par conséquent, peut se dévoiler l'éventuelle déviation entre les langues individuelles, déviation d'ordinaire « oubliée ».

Il y a correspondance entre « langue commune / langue individuelle » et « terme positif / différence négative » : la langue commune représente l'aspect de la langue comme système établi qui se compose de termes positifs (chaque signe est muni d'un contour), tandis que la langue individuelle représente la langue vue sous l'aspect du devenir où s'exécutent les segmentations qui déterminent les valeurs.

La distinction « opposition / différence » correspond à l'opposition « langue commune / langue individuelle » pour la même raison, car l'opposition est le rapport entre les signes établis, associations faites entre le plan sonore et le plan conceptuel, tandis que la différence est le rapport entre des valeurs soit des signifiants soit des signifiés, pris séparément. Ainsi les différences, appartenant à ce que nous avons appelé *la dimension primaire de la langue*, précèdent les oppositions et constituent la condition qui permet celles-ci :

> « Il n'y a de différences que si l'on parle soit des signifiés soit des signifiants. Quand on arrivera aux termes eux-mêmes résultant de rapports entre signifiés et signifiants, on pourra parler d'opposition. » (*CLG/E* 1944, 1959, III D281)

Pour le couple « arbitraire secondaire / arbitraire primaire », il n'est pas difficile de voir en quoi consiste sa correspondance avec « langue commune / langue individuelle ». Nous entendons par « arbitraire secondaire », on l'a vu, l'arbitraire relatif dans le sens élargi, qui englobe l'arbitraire relatif proprement dit et l'arbitraire absolu qui est le concept de départ, dans la mesure où ils sont des facteurs constituants du système, et par conséquent appartiennent à ce que nous avons appelé la dimension secondaire de la langue. L'arbitraire primaire, par contre, représente le phénomène observé dans le fait linguistique qui se passe dans la sphère du devenir de la langue que nous avons appelé la dimension primaire : l'arbitraire de la combinaison d'une valeur découpée dans la masse amorphe des idées avec une valeur découpée simultanément dans le continu sonore.

En constatant l'applicabilité si vaste de l'opposition « langue commune / langue individuelle » pour démêler les concepts concernant les phénomènes langagiers [1], nous nous permettons de proposer encore deux couples de concepts qui pourront correspondre à la dite opposition et en quelque sorte illustrer notre conclusion, à savoir « la langue / lalangue » d'un côté, et « transparence / opacité » de l'autre. Nous allons donc proposer, avant de passer aux conclusions proprement dites, deux sections consacrées aux réflexions sur les rapports

---

1 L'opposition « langue commune / langue individuelle » ne correspond-elle pas aussi à l'opposition « concept / métaphore » ? Selon C. Normand (1976), celle-ci et ses variantes « sens dominant / sens rare », « sens propre / sens figuré », « langage cognitif / langage poétique », « dénotation / connotation », etc., sont traversées par le point de vue classique lié à la théorie de la vérité, qui privilégie le premier terme de chaque couple aux dépens du second (p. 15 et s.). Alors, quel est le rapport de l'opposition « concept / métaphore » avec la théorie saussurienne ? Toujours selon Normand, « la critique saussurienne des théories grammaticales et linguistiques semble avoir des effets décisifs sur la question de la métaphore. [...] Les définitions de la langue comme système de différences et de l'acte linguistiques comme fonctionnement des deux sortes de rapports (de combinaison et d'association), semblent fondamentales de ce point de vue. [...] Pour sortir de l'opposition classique propre / figuré, nous trouvons ici un certain nombre de voies : la langue comme système de différences, sans termes positifs, implique (contient, même si ce n'est pas vraiment produit), la disparition du présupposé d'un sens toujours déjà là, identique à lui-même sous les formulations diverses [...] » (p. 27-28). La dichotomie saussurienne « langue commune / langue individuelle » telle que nous l'avons interprétée et développée correspond évidemment à la déconstruction d'une telle vue traditionnelle qui met en place un rapport hiérarchique entre concept et métaphore.

entre ces deux couples de concepts et les observations que nous avons jusqu'ici dégagées.

L'arbitraire du signe et le réel lacanien [2]

La langue et lalangue

La langue selon Saussure n'est-elle pas déjà ce *lalangue* qu'y voit Lacan ? La question est formulée par Michel Arrivé dans *Langage et psychanalyse, linguistique et inconscient.*

Notre réponse passera par un travail de comparaison et de jugement d'identité. Quels sont les critères de jugement qui peuvent servir ici ? Nous recourrons aux propositions formulées par Jean-Claude Milner dans *L'amour de la langue.* Il s'agit des cinq propositions, selon Milner, à écarter pour satisfaire aux conditions que réclame une langue pour être une langue. Je cite :

> Une langue [...] réclame d'être [...] toujours identique à elle-même, toujours descriptible dans la sphère de l'univocité, et toujours isotope. En un mot elle doit être *Une.* Or il appert que ces conditions irréductibles ne sont satisfaites qu'à écarter certaines propositions :
>
> – les langues ne forment pas une classe consistante, étant incommensurables ;
>
> – une langue n'est pas identique à elle-même ;
>
> – une langue est une substance ;
>
> – une langue peut cesser d'être stratifiée ;
>
> – une langue n'est pas isotope.
>
> [...] ces cinq propositions ne laissent pas de dessiner, prises ensemble, un certain lieu de langue : quelque réel, qui insiste en chacune et que linguistique ou grammaire s'entendent à dénier. (p. 20-21)

Et ce lieu de langue, un réel, que dessinent les cinq propositions milnériennes reçoit, toujours selon Milner, de Lacan son nom *lalangue.* Notre travail de comparaison consistera à vérifier si la langue selon Saussure accomplit ces cinq conditions de *lalangue.*

---

2 Cette section reprend l'exposé que nous avons fait au colloque « Linguistique et psychanalyse » (Michel Arrivé et Claudine Normand éds) à Cerisy le 6 septembre 1998. Nous en avons publié une version japonaise dans la revue *Yoroppa-bunka-kenkyu* (*Etude de la culture européenne*) n° 18, Université Seijo, Faculté des Lettres et des Arts, 1999.

La langue et son ombre

Commençons par examiner une note autographe de linguistique générale laissée à la fin d'un des cahiers que Saussure a consacrés à son étude sur la métrique védique [3]. Apparemment sans rapport avec les autres notes, elle concerne le problème du discours :

> « La langue n'est créée qu'en vue du discours, mais qu'est-ce qui sépare le discours de la langue, ou qu'est-ce qui, à un certain moment, permet de dire que la [la] langue entre en action comme discours ?
>
> Des concepts variés sont là, prêts dans la langue, (c'est-à-dire revêtus d'une forme {linguistique}) tels que bœuf, lac, ciel, [[fort]], rouge, triste, cinq, fendre, voir. A quel moment ou en vertu de quelle opération, de quel jeu {qui s'établit entre eux}, {de quelles conditions}, ces concepts formeront-ils le DISCOURS ?
>
> La suite de ces mots, si riche qu'elle soit, [[n'indiquera jamais]] par les idées qu'elle évoque, n'indiquera jamais à un individu humain qu'un autre individu, en les prononçant, veuille lui signifier quelque chose. Que faut-il pour [[p*]] que nous ayons l'idée qu'on veut [[***]] signifier quelque chose, en usant des [[innombrables]] termes qui sont à disposition d<an>s la langue ? C'est la même question que de savoir ce que c'est le discours, [[par opposition à la simple notion de langue]] et à première vue la réponse est simple : le discours consiste, {fût-ce rudimentairement, et par des voies que n<ou>s ignorons} à affirmer un lien entre deux concepts qui se présentent revêtus {[[préalable<men>t]]} d[['une]]e la forme linguistique, pendant que la langue ne fait {préalable<men>t} que réaliser des concepts isolés, qui [[é*]] attendent d'être mis en rapport entre eux pour qu'il y ait signification de pensée. » (*CFS* 43, 1990, p. 94) [4]

---

3 Le texte, conservé sous la cote Ms. fr. 3961 à la Bibliothèque publique et universitaire de Genève, a été publié jusqu'ici, si nous nous bornons aux reproductions en français de tout le texte, à notre connaissance, à quatre reprises : 1. Starobinski, 1971, p. 14 ; 2. Saussure, 1990 (*CFS* 43, p. 93-94, publié par René Amacker) ; 3. Fehr, 1995, p. 431-438 ; 4. Saussure, 2002 (éd : Simon Bouquet et Rudolf Engler), p. 276. Nous avons déjà présenté une partie de ce texte au début de la deuxième partie.

4 Conventions (*CFS* 43, p. 93) :

[[ ]] texte biffé ;

{ } texte ajouté (en marge ou entre les lignes) ;

< > résolution d'abréviation ou adjonction de Starobinski ;

Nous remarquons tout de suite le ton étrange qui domine le texte. Saussure est visiblement perplexe face à un problème qui pose de nombreuses questions. Il donne quand même une réponse, assez légère. Dans « à première vue la réponse est simple » on soulignera « à première vue », qui suggère que la question est laissée non résolue.

Nous remarquons aussi que là Saussure ne déploie qu'un aspect limité de sa notion de langue : une langue que Starobinski appelle dans son commentaire « simple répertoire de concepts » (p. 15), bref, la langue comme système de signes, isolé de l'objet extralinguistique.

Cependant, on le sait, le système de signes ne recouvre pas toute la notion de langue. La langue est aussi un système de différences. C'est grâce au principe différentiel que le référent est évincé de cette linguistique. La valeur du signe ne se détermine pas sémantiquement mais systémiquement ; pour le reste, comme l'indique l'apologue de la pièce d'un écu qui vaut cinq francs (*CLG* p. 164), elle est un des objets essentiels de la parole.

Ces deux versants de la notion saussurienne de langue – système de signes et système de différences – ne posent pas moins de problèmes : le second met en cause le premier.

Il s'agit de la mise en question de l'identité à soi de la langue comme système de signes. Autrement dit, la langue est-elle la même pour tous, pour tous les membres de la communauté linguistique ? Voilà le problème de la langue individuelle que nous avons exploré dans la première partie.

Saussure, tout en définissant la langue comme code social qui, par conséquent, doit être identique pour tous les sujets parlants, laisse des affirmations qui suggèrent une langue individuelle, différente d'une personne à l'autre. Que devient le problème de la communication avec ces deux concepts de langue apparemment contradictoires ?

Un des moyens pour constater la langue commune serait la réussite de la communication entre les gens. Pourtant il existe deux inconvénients :

1. Par le concept saussurien du système de différences, les valeurs des signes étant déterminées entre elles sans rapport avec l'extralinguistique, on manque du tiers qui sert de repère de communication ;
2. Entre les deux interlocuteurs, la réussite de la communication ne se constate que par la prochaine parole, ce qui tombe dans un cercle vicieux. En effet la langue commune est indécidable.

[ ] supprimé par Starobinski ;

*** illisible.

Mais c'est cette indécidabilité même qui fait éviter l'ultime rupture de la vie linguistique malgré l'impossibilité du constat de la langue commune ci-dessus observée, et qui garantit ainsi la reproduction de la langue sociale. C'est que le locuteur part toujours de la croyance immotivée en la même langue, et qu'il finit par la récupérer au terme de chaque entretien, bien qu'il ait eu alors de la difficulté de compréhension. La langue individuelle – l'éventuelle différence entre le code de chacun – est dévoilée un moment par les problèmes de communication, mais elle est « oubliée » dès le rétablissement de la conviction de la même langue.

Telle est la conception saussurienne de la langue que notre analyse a dégagée. Remplit-elle les cinq conditions de *lalangue* présentées plus haut ? Récapitulons :

Condition 1. Les langues ne forment pas une classe consistante, étant incommensurables.

Nous n'avons pas parlé des langues, mais de la langue. Et cette langue est susceptible d'être incommensurable au sein d'une même communauté linguistique, du fait de la possibilité de la langue individuelle d'être différente d'un sujet à l'autre.

Condition 2. Une langue n'est pas identique à elle-même.

Cette condition est accomplie.

Condition 3. Une langue est une substance.

Cette condition est accomplie si l'on s'autorise à dire que la substance dont la langue se fait est la langue même. Et c'est ce que nous avons vu dans notre analyse : la langue habite dans l'indécidabilité même de la langue. C'est dans tout le mouvement des enlacements qui se nouent et se dénouent entre système de signes et système de différences, entre langue commune et langue individuelle, que la langue puise sa vie.

Condition 4. Une langue peut cesser d'être stratifiée.

S'il s'agit là du problème du métalangage, nous ne l'avons pas examiné directement. Pourtant nous pourrions dire au moins ceci : notre analyse a démontré l'indécidabilité de la langue identique à elle-même, ce qui entraînera une difficulté, sinon une impossibilité, de déterminer la langue comme référent, par conséquent, comme objet de description. De là, une mise en cause du métalangage sera possible.

Condition 5. Une langue n'est pas isotope.

Cette condition est accomplie.

Au vu tout cela, la réponse à la question : La langue saussurienne n'est-elle pas déjà *lalangue* lacanienne ? est-elle positive ou non ? Je vous laisse en juger.

Lalangue *et l'arbitraire*

Revenons maintenant au texte de Saussure sur le discours. Là est aussi une *lalangue*, mais saussurienne :

> « Des concepts variés sont là, prêts dans la langue, (c'est-à-dire revêtus d'une forme {linguistique}) tels que bœuf, lac, ciel, [[fort]], rouge, triste, cinq, fendre, voir [...]
>
> La suite de ces mots, si riche soit-elle, [[n'indiquera jamais]] par les idées qu'elle évoque, n'indiquera jamais à un individu humain qu'un autre individu, en les prononçant, veuille lui signifier quelque chose. Que faut-il pour [[p*]] que nous ayons l'idée qu'on veut [[***]] signifier quelque chose, en usant des [[innombrables]] termes qui sont à disposition d<an>s la langue ? C'est la même question que de savoir ce que c'est le discours, [[par opposition à la simple notion de langue]] et à première vue la réponse est simple : le discours consiste, {fût-ce rudimentairement, et par des voies que n<ou>s ignorons} à affirmer un lien entre deux concepts [...] »

La suite de mots « *bœuf, lac, ciel...* » est présentée ici à titre d'exemple de la disposition des unités linguistiques dans la langue : une suite de mots qui ne déclenche pas de sens. Pourtant ce qui attire ici, c'est un sens, ou un sentiment de perplexité qu'elle évoque, malgré l'intention de l'auteur. Or une forme linguistique, ou plusieurs, une fois mise en place dans un texte, ne peut pas ne pas avoir de contexte. Du coup, n'a-t-elle pas du sens, non seulement un concept ? D'une façon générale, toute suite d'unités linguistiques appartenant à un même système ne laisse pas de constituer un contexte où chaque unité se différentie et se réfère, ce qui ne fait que générer du sens. Cela signifie que le texte de Saussure est en discordance avec l'intention de l'auteur. Cela ne signifie-t-il pas aussi que le linguiste essaie de parler de quelque chose d'indicible : la langue même ? La langue ne peut-elle pas être un objet indicible ? N'est-ce pas la question que posent non seulement l'indécidabilité de la langue que notre analyse a montrée, mais aussi tous les travaux de Saussure, sinon le sens de toute l'histoire des idées linguistiques ? Si la réponse est positive, la condition 4 serait accomplie ici encore : « une langue peut cesser d'être stratifiée. »

Cela dit, la langue dans laquelle, selon Saussure, « des concepts variés sont là, prêts, [...] revêtus d'une forme linguistique tels que *bœuf, lac, ciel...*, etc. », cette langue-ci n'aurait-elle pas dû être écrite en un seul mot, si Saussure avait été au courant du néologisme lacanien ?

Montrons maintenant une occurrence du mot *lalangue* dans un texte de Saussure. Plus précisément dans la note que nous sommes en train de lire, et justement là où nous en sommes arrivé : au dernier mot de la cinquième ligne (cf. notre reproduction fac-similé *infra*). Ce n'est qu'un *lapsus calami*, qui pourrait arriver à n'importe qui. Même pas un lapsus au sens freudien. Il ne s'agit pas d'un emprunt du néologisme lacanien de la part de Saussure, chronologiquement impossible. Et il n'y a pas de refoulement de ce qui n'a jamais été vécu par le sujet. Ce n'est qu'un hasard, une coïncidence, une pure contingence.

Mais tout de même, on peut imaginer que Saussure a eu conscience de la spécificité de sa conception de la langue, qu'il l'a nommée par un néologisme qui s'écrit *lalangue* en un seul mot, et qu'il l'a utilisé là. Oui, nous le savons, c'est peu probable. On dirait un fantasme. Mais on ne saura jamais la vérité. Ici il ne s'agit pas d'une chose à vérifier, mais à supposer.

Mais on ne peut vraiment pas supposer une intention de l'auteur, et ceci dans le double sens où celui-ci peut être dit mort : (i) il n'est plus là, il est impossible de lui demander son témoignage, et (ii) la signification du texte est indépendante de celui qui l'a produit (cf. Barthes, 1968).

Tout ce que nous pouvons dire ici, c'est qu'on constate dans un manuscrit de Saussure une occurrence de *lalangue*, justement là où le contexte permet ce sens. C'est un fait. Ç'aurait pu être autrement, mais c'est comme ça. Un point c'est tout. Mais est-ce vraiment tout ?

On peut encore remarquer de ce *lalangue* saussurien qu'il renvoie à une des conditions qui ont permis la discussion : le fait qu'une certaine suite de lettres « L-A-L-A-N-G-U-E » évoque un certain sens, bien que ce dernier joue sur une équivocité homophonique. Cela, aussi, c'est un « c'est comme ça, puisque c'est comme ça ». Une approche possible du sens de l'arbitraire du signe. Citons Milner :

> « Que tel son renvoie à tel sens [...] est à présent pensé comme pure rencontre : pourquoi il en est ainsi plutôt qu'autrement, l'arbitraire dit qu'il n'y a pas à savoir. » (*ibid.*, p. 59)

L'arbitraire du signe est une rencontre de tel et tel signifiant avec tel et tel signifié. Une « contingence », Lacan l'a nommé. Nous dirions une « coïncidence ». L'arbitraire du signe est une coïncidence tellement contingente qu'on ne s'en aperçoit même pas

et quand une coïncidence s'accompagne d'une contingence dont la radicalité dépasse l'imagination, on l'appelle une réponse du réel. Citons Lacan dans un passage de *Télévision* où il parle du « ça » :

La langue n'est créée qu'en vue du discours, mais
qu'est-ce qui sépare le discours de la langue, ou qu'est-ce
qui, à un certain moment, permet de dire que la
langue <u>entre en action comme discours</u> ?

Des concepts variés sont là, prêts dans la langue,
(c'est-à-dire revêtus d'une forme linguistique) tels que <u>bœuf</u>,
<u>lac</u>, <u>ciel</u>, ~~fort~~ <u>rouge</u>, <u>triste</u>, <u>cinq</u>, <u>fendre</u>, <u>voir</u>.
À quel moment, ou en vertu de quelle opération, de
quel <u>jeu</u> qui s'établit entre eux, de quelles conditions, ces concepts formeront-ils le <u>discours</u> ?

La suite de ces mots, si riche qu'elle soit, ~~n'indiquera~~
~~jamais~~ par les idées qu'elle évoque, n'indiquera jamais
à un individu humain qu'un autre individu, en les

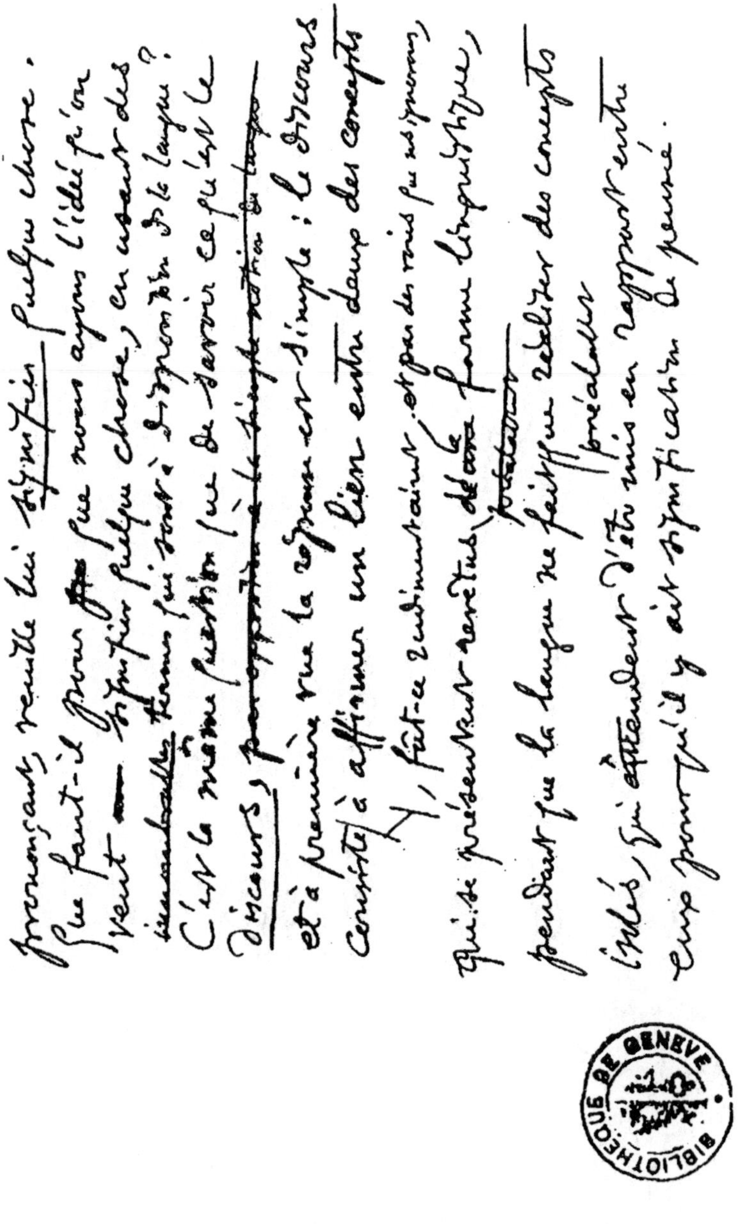

prononçant, veuille lui signifier quelque chose.
Que faut-il pour ~~qu~~ que nous ayons l'idée qu'on
veut ~~—~~ signifier quelque chose, en usant des
~~immobilisables~~ termes qui sont à disposition de la langue ?
C'est la même question que de savoir ce qu'est le
discours, ~~par opposition à la simple notion de langue~~
et à première vue la réponse est simple : le discours
consiste, fût-ce rudimentairement, et par des voies que nous ignorons, à affirmer un lien entre deux des concepts
qui se présentent revêtus de la forme linguistique,
pendant que la langue ne fait que réaliser des concepts
isolés, qui attendent d'être mis en rapport entre
eux pour qu'il y ait signification de pensée.

« Ce que ça est : un mot d'esprit à qui personne ne voit que du feu. » (p. 72)

N'est-ce pas le cas de l'arbitraire du signe ? Ou plutôt, si l'arbitraire est le principe qui détermine la possibilité même du signe linguistique, n'est-ce pas lui qui est, pour ainsi dire, l'archi-mot-d'esprit dont personne ne s'aperçoit ? N'est-ce pas là la clef de la conception, de l'intuition de Saussure ? Il a certainement touché au réel de la langue.

Parvenus à la fin de cette section, revenons sur son titre, que nous répétons avec une légère modification muette :

L'arbitraire du signe *e$t* le réel lacanien.

Conclusion 2

Les mots sur les mots [5]

La présente section aura pour objectif de revenir sur le problème du rapport entre le système de la langue, l'arbitraire du signe et éventuellement l'inconscient, mais au sens saussurien, dans la théorie de Saussure. Notre démarche consistera à analyser un passage des sources manuscrites provenant du deuxième cours de linguistique générale (1908-1909) où Saussure insiste sur la nature systémique de la langue.

Le point de vue qui mènera notre lecture sera, comme on l'a prévu, celui de l'opposition « transparence / opacité ». Pourquoi tel choix du point de vue ? Parce que cette dichotomie correspond, on l'a évoqué, à l'opposition qui résume notre conception de la langue : langue sociale / langue individuelle. Plus exactement, la transparence correspond à la langue sociale comme code qui suppose l'univocité du signe tandis que l'opacité concerne la langue individuelle comme représentant l'aspect du devenir de la langue susceptible de poser le problème de communication.

Mais nous allons appliquer les concepts de transparence et d'opacité au niveau du signe. Il convient ici de préciser les concepts en question.

Le concept de l'opacité, concernant le problème de la référence, provient de Frege qui a distingué certains types de contextes « obliques », que Quine appellera « opaques » (cf. Frege, 1971, p. 102-126 ; Quine, 1980). Il s'agit des contextes où, étant donnés deux signes désignant le même référent, la substitution de l'un à l'autre

5 Sur ce thème, cf. aussi A. Suenaga, « Go-no-ueno-go – Soshuru, kigo-no-gyakusetsu » (Les mots sur les mots – Saussure, un paradoxe du signe) paru dans Kaganoi Shuichi *et alii* (1993) (cf. bibliographie 2).

produit, malgré l'identité référentielle des deux termes, un énoncé de valeur de vérité différente. Or, le concept d'opacité auquel nous aurons recours lors de la lecture du texte saussurien que nous allons aborder dès le paragraphe suivant, se distinguera de l'opacité fregéenne entre autres par les point suivants.

- Notre concept d'opacité concernera une priorité du signe linguistique en général tandis que chez Frege il s'agit de certaines classes de contexte ;
- L'opacité logique, fregéenne, a pour critère la valeur de vérité, ce qui n'est pas le cas pour l'opacité que nous envisageons, bien que celle-ci ne concerne pas moins les problèmes de la référence et du contexte.

Alors, quelle est la définition de notre concept d'opacité ? Nous entendons par *opacité* la propriété du signe qui se manifeste quand on a de la difficulté à trouver de façon univoque l'objet désigné. Et cet aspect du signe se caractérise par l'irréductibilité de celui-ci à un simple outil de référence. Le signe, une fois opaque, cesse d'être un banal véhicule de signification. Par « banal véhicule de signification » nous entendons l'image d'une certaine conception selon laquelle un signe, dès qu'il est exécuté, ne fait que renvoyer à un référent préexistant. Là, le signe n'est que transparent : le regard du sujet le traverse pour atteindre le référent, sans s'y arrêter. Pourtant, si l'on ne voit pas ce que désigne le signe qu'on a devant soi, le regard ne peut que s'arrêter sur lui. Du coup celui-ci ne peut pas ne pas exposer « son corps », *i.e.* la particularité singulière de sa combinaison signifiant / signifié. Et cette propriété dont chaque signe est doté n'est autre que son arbitraire.

* * *

Un mot sur le titre de cette section. Il renvoie à l'étude des anagrammes chez Saussure par Jean Starobinski : *Les mots sous les mots*. Les deux titres sont identiques à un conjonctif près. Il faut donc préciser que malgré cette ressemblance notre réflexion ne se portera sur aucun détail des recherches sur les anagrammes. Ceci dit, nous ne mènerons pas moins une lecture de linguistique générale pour ainsi dire « anagrammatique ». Qu'est-ce que cela signifie ?

Johannes Fehr, dans son ouvrage *Saussure entre linguistique et sémiologie*, propose, concernant la recherche sur les anagrammes, une lecture qui situe le problème dans la continuité de la linguistique générale : il faut poser, dit-il, non pas la question « hasard ou dessein » mais la question « Qui parle ? » :

> « [...] la question "hasard ou dessein" était tout simplement mal posée. Le problème fondamental décisif, et non limité à une théorie de la littérature, posé par les recherches sur les anagrammes est tout autre : il se révélait ici que ce que dit quelqu'un, que la manière dont quelqu'un dit quelque chose est (co-)déterminée par des traits déposés dans le matériel concret d'une langue, par des traits qui, dérobés à toute intention préconçue, pouvaient d'autant plus susciter des effets de sens non pressentis. Or, à la lumière du "mécanisme de la langue" esquissé par Saussure, lors de la phase finale de son débat avec les anagrammes, dans son deuxième cours sur la linguistique générale, tenu au même moment, une interaction complexe de ce genre langue et sujet parlant paraît parfaitement concevable. » (p. 201)

Les anagrammes ne concernent-ils pas effectivement le problème du rapport entre la langue et le sujet parlant ? Nous partageons bien cette interrogation de Fehr, et notre lecture du texte de Saussure sera menée dans cet esprit. Elle sera en ce sens « anagrammatique » ou « cryptologique » : si une lecture de l'anagramme du point de vue de la linguistique générale est possible, comme le propose Fehr, nous pouvons dire que réciproquement, une lecture d'inspiration anagrammatique de la linguistique générale devrait être possible.

Les notes du 16 novembre 1908

Voici le texte dont nous allons proposer la lecture. Il s'agit des notes provenant du cahier de l'étudiant Riedlinger du deuxième cours, où nous avons inséré quelques fragments correspondants d'autres étudiants.

> « [...] quand on étudie la langue comme l'étudient les psychologues, les philosophes ou même comme le public : 1° en effet : ils considèrent la langue comme une nomenclature et suppriment ainsi la détermination réciproque des valeurs par leur coexistence même. Toutes les grandeurs dépendent les unes des autres : [G3b : Un signe appelle l'idée, dépend d'un système de signe (voilà ce qui est négligé), tous les signes sont solidaires.] Veut-on ainsi déterminer en français ce qui est *jugement ?* On ne peut le définir que par ce qui l'entoure, soit pour dire ce qu'il est en lui, soit pour dire ce qu'il n'est pas. [B : le mot *jugement* ne peut être défini, par exemple, que par des termes proches. Le phénomène est à remarquer dans la traduction.] De même si on veut le traduire dans une autre langue. De là apparaît la nécessité de considérer le signe, le mot, dans l'ensemble du système. De même les synonymes *craindre, redouter,* n'existent que l'un à côté de l'autre : *crain-*

dre s'enrichira de tout le contenu de *redouter* tant que *redouter* n'existera pas. Il en serait de même de *chien, loup,* quoiqu'on les considère comme des signes isolés. [G : Même allons plus loin : *chien* désignera le loup tant que le mot *loup* n'existera pas. Le mot donc dépend du système ; il n'y a pas de signe isolé.] » (*CLG/E* 301-303, II R18-19. Entre crochets, B : notes de Bouchardy, G : notes de Gautier insérées par nous)

Pourquoi choisir, pour réfléchir sur le rapport *arbitraire - système - inconscient*, un texte comme celui-ci qui n'a aucune mention d'inconscient ni d'arbitraire ? Quoi qu'il en soit, tant que l'hypothèse que nous venons d'esquisser montre que le problème de la transparence et de l'opacité, posé à notre manière, implique *arbitraire* et *inconscient,* la justification n'a plus qu'à remplir les deux conditions suivantes : (i) que le texte traite du problème du système, et (ii) qu'il concerne le problème de la transparence et de l'opacité.

Alors, la première condition est remplie. Car il s'agit d'un passage où Saussure insiste sur la systémicité de la langue : la langue n'est pas une liste de noms dont chacun est attribué, comme une étiquette, à la chose du monde qui lui correspond, mais un système où. la valeur de chaque mot se détermine uniquement par la différence qu'il a d'avec les autres. Cette opposition des deux idées de langue, nomenclaturiste et saussurienne, selon nous, concerne la transparence et l'opacité : en quelque sorte, la première des deux idées de langue correspond à la transparence, la seconde à l'opacité. Voilà la deuxième condition remplie.

L'univers à chien *et à* loup

Le texte est apparemment clair. Il s'agit, on le sait, d'une critique contre la conception selon laquelle la langue est une nomenclature, à savoir que la langue n'est qu'un répertoire d'étiquettes collées aux objets du monde. Saussure oppose à cette idée de langue son fameux concept du système de valeurs : la langue est un système où les valeurs des signes sont déterminées par leur coexistence. Il donne comme exemples, afin de démontrer sa thèse, des problèmes langagiers susceptibles d'attirer l'attention sur le caractère sémiotique de la valeur qui, selon le linguiste, est « négligé » : il s'agit d'abord du problème de la définition (« Veut-on ainsi déterminer en français ce qui est *jugement* ? On ne peut le définir que par ce qui l'entoure »), puis du problème de la traduction (« De même si on veut le traduire dans une autre langue »), enfin il s'agit du problème de la synonymie (« De même les synonymes *craindre, redouter*, n'existent que l'un à côté de l'autre »). En effet, tout ce passage se résumerait en ceci : « La langue n'est pas une nomenclature. Les valeurs des mots sont déterminées par leur coexistence intrasystémique. A preuve : problème de la définition de mot, problème de la traduction, problème de la synonymie. » Une démarche claire qui pose d'abord une thèse, puis démontre par des exemples.

Ici, l'argumentation recourant à l'exemple « définition » et à l'exemple « traduction » prendra le chemin suivant : qu'il s'agisse d'une définition ou d'une traduction, pour déterminer la valeur d'un mot, c'est-à-dire « pour dire ce qu'il est en lui », il est nécessaire de le comparer à des mots proches, de voir ce qui l'entoure, bref, de dire ce qu'il n'est pas. Voilà, cette nécessité de comparaison n'est autre que la preuve de la détermination de la valeur du mot par la différence négative d'avec les autres.

Pourtant, jusque-là, Saussure n'a pas encore donné d'exemples concrets de comparaison de mots. C'est avec le problème de la « synonymie » qu'il propose des exemples concrets pouvant servir aux discussions sur le problème de la traduction et celui de la définition. De fait, si les exemples donnés dans la discussion sur le troisième problème sont convaincants, ils servent aussi à la discussion des deux précédents. Telle est ici la structure de l'argumentation. A partir de là, examinons le problème de la synonymie.

Saussure donne de beaux exemples : « *craindre* s'enrichira de tout le contenu de *redouter* tant que *redouter* n'existera pas » ; « *chien* désignera le loup tant que le mot *loup* n'existera pas. » Nous sentons que d'emblée toute la preuve est donnée. Mais est-il si simple de comprendre que l'un des deux synonymes assume le contenu de l'autre dès que celui-ci n'existe plus ?

La phrase « *chien* désignera le loup tant que le mot *loup* n'existera pas » pourrait s'interpréter comme suit : d'abord, il y a un signe « chien » et un groupe d'objets appelés « chien ». Par ailleurs, de même, il y a un signe « loup » et un groupe d'objets appelés « loup ». Puis le signe « loup » n'existe plus. Alors les objets jusque-là appelés « loup » se déplacent et entrent dans le groupe d'objets « chien » et le groupe d'objets « loup » non plus n'existe plus. Selon une telle interprétation la conséquence que la disparition du signe « loup » a provoquée se réduit à ceci : parmi les quatre éléments, *i.e.*, le signe « chien », l'objet « chien », le signe « loup » et l'objet « loup », le signe « loup » disparaît et seulement la combinaison des trois éléments du reste change. N'est-ce pas là une vue qui reflète l'idée de langue nomenclaturiste critiquée par Saussure, où les objets et les signes existeraient chacun en soi ?

En réalité, dès que le signe « loup » n'existe plus, le signe « chien » n'est plus ce qu'il était quand « chien » et « loup » coexistaient. Dès que le signe « loup » disparaît, l'objet « loup » n'existe plus ; de ce fait, le signe « chien » et l'objet « chien » subissent aussitôt un certain changement, pour ainsi dire, invisible. Bref, en même temps que « loup » n'existe plus, « chien » qui était jusque-là avec lui n'existe plus.

> « Si vous augmentez d'un signe la langue, vous diminuez d'autant la signification des autres. » (*CLG/E* 1191, II R21)

L'augmentation ou la diminution d'un seul signe atteint la répartition des valeurs de tout le système. Le système n'est plus ce qu'il était. « De là apparaît la nécessité de considérer le signe, le mot, dans l'ensemble du système. » En quelque sorte, quand le signe « loup » disparaît, disparaît aussi l'univers des significations où « loup » et « chien » coexistaient. Et ce que nous trouvons là maintenant est un univers qui, démuni de « loup », est bien un autre, tout en ressemblant à celui qui était avant.

Un signe existe en tant que tel, c'est grâce à la différence qu'il a d'avec tous les autres du même système. Le fait qu'un signe n'existe plus apporte un changement de valeur à tous les autres signes du système auquel il appartenait. La distribution acquise des valeurs ne sera plus. En effet l'existence d'un signe implique celle de tout un univers qui l'entoure. La disparition d'un signe signifie la disparition d'un univers qui l'entoure. Voilà la conception saussurienne de la dépendance systémique de la valeur sémiotique, que le linguiste essaie de démontrer en alléguant les exemples de synonymie.

Le principe de la transparence vs *la logique de l'opacité*

Nous avons dans ce texte deux types d'interrogation. L'un se demande positivement ce qui est *jugement*, et essaie de répondre positivement en disant ce qu'il est en soi. L'autre se demande négativement en disant : « si *loup* n'existe plus… » et essaie de trouver une réponse pour un énoncé négatif consistant à dire ce qu'il n'est pas. Il est évident que ces deux types d'interrogations correspondent l'un à l'idée de langue nomenclaturiste, l'autre à la conception saussurienne du système des valeurs. Il semble qu'à l'intérieur de ce court texte deux tendances conceptuelles opposées rivalisent l'une avec l'autre : l'une qui croit en la transparence du signe, l'autre qui vise à réduire le signe en une opacité. Alors, quelle logique et quelle opération cette dernière nécessitera-t-elle ? Pour le voir, nous allons d'abord observer le principe et la nécessité qui régissent la transparence du signe.

Ce qui apporte la transparence du signe, en conséquence l'idée nomenclaturiste, c'est l'inséparabilité des deux faces du signe, du signifiant et du signifié, du son et de la pensée qui constituent le mot : cette inséparabilité fait que la moindre pensée ne peut pas ne pas générer de la voix intérieure, et que dès qu'on entend le moindre son linguistique, on ne peut pas ne pas avoir en tête de la signification. Autant dire que le signe est « être double constitué par une suite de syllabes dans la mesure où on y attache une signification déterminée » (*CLG/E* 1833, II R22). Saussure illustre ce jour-là cette inséparabilité de la pensée (signifié) et du son (signifiant) par la fameuse comparaison de la feuille de papier : « on ne peut découper le recto d'une feuille sans le verso » (*ibid.*).

Cette comparaison ne se limite pas à l'inséparabilité des deux faces du signe, mais recouvre deux autres conceptions saussuriennes. Il s'agit d'abord de la notion de système selon laquelle, comme on l'a vu, la valeur du signe se détermine par les différences qu'il a d'avec les autres. Car le découpage de papier signifie que la segmentation des signes dans la masse amorphe correspond aux différences négatives. Le découpage d'un signe implique la totalité du système dont celui-ci fait partie.

La seconde conception est que la combinaison d'un signifiant avec son signifié est arbitraire. Le recto et le verso d'une feuille ne se rencontreront jamais. La correspondance, dans un signe, de tel et tel son à telle et telle valeur significative ne suppose aucune nécessité qui la motive, car il s'agit d'une rencontre des deux éléments de toute autre nature qui ne se trouvent jamais dans une même dimension comme les deux faces d'une feuille ne le font.

Ainsi, de la comparaison de la feuille de papier nous pouvons tirer trois principes saussuriens : (I) la dépendance du signe à l'égard du système ; (II) l'inséparabilité du signifiant et du signifié ; (III) l'arbitraire du signe. Il est à noter que non seulement le troisième mais aussi chacun des deux premiers concernent un arbitraire : la dépendance systémique du signe suppose la segmentation arbitraire des signes, *i.e.* segmentation non fondée sur aucune nécessité extralinguistique (c'est ce que nous avons vu en troisième partie) : quant à l'inséparabilité du signifiant et du signifié, elle provient du mariage de deux éléments de tout autre ordre, son et signification, quoiqu'ils soient tous deux psychiques. Tel et tel signifiés pourraient tout aussi bien être représentés par un signifiant de n'importe quelle autre matérialité. Il n'y a pas de raison pour que telle et telle matérialité ait été choisie pour signifiant. Et c'est justement cet arbitraire du choix du moyen du signifiant qui apporte l'inséparabilité. Puisque cette combinaison est arbitraire, on ne pourra pas détacher le signifiant du signifié : s'il n'y a pas de raison pour la mise en contact, il n'y a pas non plus de raison qui permette de les séparer. Saussure a dit « irraison » :

> « Mais l'institution d'un signe quelconque, par exemple – ou *s* pour désigner le son *s*, ou bien de *cow* ou de *vacca* pour désigner

> l'idée de *vache* est fondée sur l'*irraison* même ; c'est-à-dire qu'il n'y a ici aucune raison fondée sur la nature des choses et leur convenance qui intervienne à aucun moment soit pour maintenir soit supprimer une […] » (*CLG/E* 3297 = 1210-1212)

Ces trois arbitraires, autrement dit trois opacités, apportent le signe, *i.e.* déterminent le mode d'existence du signe. Et le signe, à son tour, rend possible la pensée, ce qui, en conséquence, permet une pensée qui croit en la transparence du signe. La pensée, donnée intuitivement par le signe, n'arrive pas à avoir l'intuition de l'opacité du signe auquel elle doit son existence. Le fait que l'opacité du signe échappe ainsi à la pensée elle-même constitue l'essentiel du signe ainsi que la raison de la croyance en sa transparence.

> « Ce qui dans la langue échappe à la volonté <individuelle ou sociale>, voilà ce qui est le caractère essentiel du signe et qui apparaît le moins à première vue. » (*CLG/E* 312, R II23)

Là, Saussure tombe dans un cercle vicieux : l'essentiel du signe est négligé, et c'est son caractère essentiel d'être négligé. En effet, le fait même que les gens aient la mauvaise idée d'une langue nomenclaturiste constituerait une partie essentielle du phénomène de la langue.

Quelle est donc la démarche nécessaire que Saussure doit effectuer pour retourner la transparence du signe à son opacité authentique ? Pour examiner la logique des argumentations saussuriennes de cette opération, revenons sur la discussion sur la synonymie.

Là, le type d'argumentation auquel Saussure recourt est le suivant : Il y a le synonyme A et le synonyme B ; si le synonyme B n'existe pas, le synonyme A augmentera sa valeur en y intégrant celle de B. C'est le conditionnel qui marque ici le propre de la logique saussurienne : si X n'existe pas… Saussure s'interroge sur le possible d'une non-existence – question ontologique. Or, grammaticalement, n'importe quel substantif peut se substituer à X de « si X n'existe pas » : « Si cette maladie n'existe pas… », « Si le moyen de transport n'existe pas… », « Si cette espèce de singe n'existe pas… », etc. On peut remarquer que dans ces derniers exemples c'est toujours un objet désigné par le signe qui est visé, mais non pas le signe lui-même. Là le signe n'est que le nom d'un objet qu'il n'est pas. La pensée traverse le signe, comme s'il n'existait pas, pour atteindre l'objet désigné. D'où la transparence du signe. Le signe est trop transparent pour que la pensée le voie. Le regard va à l'objet en passant par le signe, mais sans s'y arrêter. Rappelons-le :

> « La langue nous paraît tout près de notre main : peut-être trop près […] verre de la lunette par lequel et au travers duquel nous saisissons les autres objets. » (*CLG/E* 1766, II R1)

Or ce n'est pas le cas pour l'interrogation de Saussure qui ne vise pas n'importe quel objet. C'est de l'existence d'un objet particulier qu'il parle. Il s'agit de l'objet signe. Saussure fait du signe l'objet d'une interrogation ontologique. C'est faire du signe l'objet désigné par lui-même. Ainsi « *chien* désignera le loup tant que *loup* n'existera pas » ne signifie pas du tout « si l'espèce *loup* n'existe pas..., etc. ». L'intention de Saussure est de mener une réflexion ontologique sur l'existence et le possible de la non-existence du signe qui lui-même rend possible toute réflexion sur l'existence de tous les autres objets.

Une telle réflexion ne peut pas ne pas révéler l'opacité du signe que nous avons observée tout à l'heure en remarquant les trois arbitraires. Car elle remonte en amont du regard descendant vers l'objet désigné, et va jusqu'au signe pour s'y arrêter. Là le signe n'est plus transparent, et se révèle opaque. Il suffit de poser au sujet d'un signe la seule question « s'il n'existe pas... ? », pour que le paradoxe de son existence se dévoile. Ainsi, comme nous l'avons vu, l'augmentation ou la disparition d'un seul signe affecte toute la langue, et provoque l'apparition d'un univers nouveau de signification, et l'effacement d'un autre. Voilà la logique saussurienne pour réduire la transparence du signe.

Le Jugement dernier

Comme nous l'avons prévu, nous entreprenons de localiser le point le plus opaque de ce texte.

Nous désignons parmi de nombreux signes qui bourdonnent et composent ce passage le mot *jugement* pour le signe le plus opaque.

Dans ce passage, comme on le sait, nous avons d'autres signes qui, comme *jugement*, cités dans un contexte où le langage parle du langage, se voient par conséquent suspendre leur signification et augmenter d'un cran leur degré d'opacité par rapport aux autres signes qui les entourent. Il s'agit des quatre mots cités pour exemples de synonyme, à savoir : *craindre, redouter, chien, loup*. Ainsi, dans la phrase « *craindre* s'enrichira de tout le contenu de *redouter* tant que *redouter* n'existera pas », *craindre* ne désigne plus un sentiment déterminé, et devient, sa valeur authentique étant suspendue, le nom du signe *craindre*[6]. Il en est de même pour les trois autres mots-exemples de synonyme, et aussi pour *jugement*.

---

6 Il s'agit bien entendu du phénomène appelé « hypostase » : « Un message renvoyant au code correspond à ce qu'on appelle en logique le mode *autonyme* du discours. Quand je dis "Le chiot est un animal caressant", ou "Le chiot pleurniche", le mot "chiot" désigne un jeune chien, tandis que

Pourtant, nous pouvons dire que c'est *jugement* qui est le plus opaque de tous les cinq mots cités dans ce passage. Pourquoi ?

En général un signe cité n'a pas le même statut que les autres l'entourant et constituant le contexte, et se trouve ainsi isolé et privé de s'enraciner dans le fond du texte. Pourtant ce n'est pas tout à fait le cas pour les deux couples de synonymes cités ici : ils se motivent entre eux. Le synonyme de *craindre* doit être *redouter*, de même le synonyme de *chien, loup*. Chaque couple constitue un contexte à deux signes, contexte minimal. Autrement dit, il y a une intervention sémantique, certes non pas dans son plein, mais qui régit le choix de l'accouplement.

Quant à *jugement,* son isolement et la suspension de sa signification sont complets. En effet c'est lui qui constitue le point le plus opaque du texte. Nous pouvons en évoquer trois raisons. L'opacité de *jugement* provient :

1. De la suspension maximale de la signification : le mot devient le moins significatif quand il est interrogé sur sa propre signification, en se réduisant en son propre signifiant, et c'est le cas pour *jugement* cité ici : « veut-on ainsi déterminer en français ce qui est *jugement* ? » ;
2. De la contingence maximale du choix : il a été choisi parmi tous les mots de la langue française purement au hasard, car la citation ici ne visait qu'à présenter un exemple de mot français, par conséquent n'importe quel autre mot, tant que celui-ci est français, pourrait se trouver là à la place de cette instance de *jugement* ;
3. De son isolement contextuel maximal dans le texte où il est cité. Dépouillé de signification, c'est ce qu'on vient de voir, *jugement* est privé de s'allier avec d'autres signes du même texte, de former un contexte. De plus, il faut prendre en compte le problème de l'opposition entre langue et parole. Ici, le statut attribué à *jugement* est celui de spécimen de mot d'une langue. En effet, ce qui sépare le signe cité et les autres signes qui composent le contexte est la

---

dans une phrase comme " 'Chiot' est un nom qui désigne un jeune chien" ou, en plus bref, " 'Chiot' désigne un jeune chien", ou encore " 'Chiot' est bisyllabique", le mot "chiot" – dirons-nous avec Carnap – est employé comme sa propre désignation. Toute interprétation ayant pour objet l'élucidation des mots et des phrases – qu'elle soit intralinguale (circonlocution, synonymes) ou interlinguale (traduction) – est un message renvoyant au code. Ce genre d'hypostase – comme le pointe Bloomfield – "est étroitement lié à la citation, à la répétition du discours" et "joue un rôle vital dans l'acquisition et l'usage du langage". » (Jakobson, [1957], 1963, p. 178) frontière infranchissable entre la langue comme « état latent » (*CLG/E* 268, III C273) d'une part, et de l'autre la parole comme « exécution » (*CLG/E* 429, III C19) « réalisation » (*CLG/E* 160, II R7).

Mais un signe, une fois apparu au niveau de la parole, bien que son statut dans le texte soit de langue, peut-il ne prendre en charge aucun référent ? Une telle manière, spécifique, de se donner dans le texte lui attribue déjà un certain sens : comme on l'a vu, un signe dépouillé de sa signification générale doit nécessairement se désigner lui-même. L'instance du signe *jugement* en question, perdant sa signification générale, ne signifie plus « décision juridique » ni « acte de décider ce que c'est », mais se désigne lui-même : là un nom commun devient un nom propre. Il s'agit d'une hypostase en autonymie, phénomène qu'on peut observer, par exemple, dans les articles de dictionnaire : tout signe de langue peut donc être le nom propre de lui-même.

Or, notre *jugement* n'effectue-t-il que le geste de faire semblant d'être un signe de langue, tout en étant en réalité un signe de parole, puisqu'il se trouve dans un texte réalisé ?

La situation où se trouve notre signe *jugement*, cité dans une question qui veut déterminer ce qu'il est, entouré d'autres signes qui l'interrogent, par là privé de déployer ce qu'il est, ne ressemble-t-elle pas à celle d'un accusé ? Pour un signe, être cité dans une phrase qui interroge sur son identité est comme s'il était convoqué au tribunal où toute son existence va être en jeu. Mais le fait qu'une des acceptions du signe *jugement*, notre accusé, dont la signification est suspendue dans le texte en question, n'est autre que « décision juridique », n'est-il pas fort ironique ? Est-ce donc par hasard ?

Et puis, le fait que l'acte visé par la phrase qui cite le signe *jugement*, *i.e.* « déterminer ce qui est *jugement* », n'est rien d'autre qu'un acte de jugement, est-il un hasard ? Ou encore, non seulement chacun des gestes que les autres signes, dans ce passage, autour de *jugement*, entreprennent, c'est-à-dire, définir un mot, traduire dans une autre langue, dire ce qu'il n'est pas en comparant avec un synonyme, n'est autre qu'un « jugement », mais aussi le fait de déterminer, à travers toutes ces opérations, ce qu'est la détermination de la valeur d'un signe, c'est-à-dire tout ce que le texte entreprend n'est rien d'autre qu'un « jugement ». Tout cela est-il donc par hasard ?

Ce que nous venons de voir est comme si c'était plutôt ce signe *jugement*, seul parmi tous les signes de ce passage, complètement privé de sa signification, qui, en déjouant les entreprises des autres signes qui l'entourent et veulent le juger, assiège et contre-attaque tout ce texte par sa valeur sémantique. Mieux, c'est comme si la totalité de ce passage s'engloutissait dans le point le plus opaque qui se situe dans son propre intérieur.

Toutes ces coïncidences sont-elles contingentes ou nécessaires ? (Bien sûr, inutilité de la question ; il s'agit de l'intention de Saussure.)

Supposons une nécessité : le signe *jugement* a été choisi par une nécessité suivant laquelle ce doit être uniquement lui, non pas un autre, pour occuper la place de X dans la phrase « Veut-on ainsi déterminer en français ce qui est X ». Donc, Saussure l'aurait choisi intentionnellement. Mais quelle était son intention ? Si ce doit être uniquement ce signe à choisir, c'est que Saussure a besoin de sa signification. Et quand on choisit telle et telle signification, non pas une autre, c'est qu'on a l'intention de communiquer quelque chose. Mais qu'est-ce que Saussure veut communiquer ? Ce qui ne se voit pas apparemment sur le texte. Le texte ne donne que la signification telle qu'on le lit. S'il en est ainsi, et si Saussure avait un message déterminé à communiquer par le choix du signe, ce doit être un message codé. En effet il a dû faire de *jugement* un cryptogramme. Tout message cryptographique est par définition la réponse à une question. Quelle était donc la question d'origine ?

Rappelons-nous le contexte du début : « Veut-on ainsi déterminer en français ce qui est *jugement* ? » On avait choisi *jugement* pour donner un exemple qui illustre la thèse selon laquelle la valeur du signe est déterminée par la coexistence avec les autres signes dans le système. Donc, la question à laquelle cette réponse correspond doit être : « Comment la valeur d'un signe se détermine-t-elle ? » Et une telle réflexion doit envisager d'aboutir enfin, en cherchant la réponse à une telle question, à la réponse ultime à la question : « qu'est-ce que le signe ? » Ainsi, le message « Veut-on ainsi déterminer en français ce qui est *jugement* ? » doit se décoder en ceci : « Le signe est jugement ». Mais est-ce que ce décodage est bon ? Le seul moyen de vérifier serait la démonstration de cette proposition. Essayons-la donc.

Ce jour-là, Saussure donne aussi une excellente explication de la détermination systémique de la valeur en donnant l'exemple d'une langue-fiction :

> « Si par impossible on n'avait choisi au début que deux signes, toutes les significations se seraient réparties sur ces deux signes. L'un aurait désigné une moitié des objets et l'autre, l'autre moitié. » (*CLG/E* 1191, II R20)

L'essentiel du signe, paradoxalement, n'est que la différence entre les signes : le signe est la division de l'un, comme nous l'avons vu dans la comparaison de la feuille de papier. Cette division originelle apporte d'emblée, par les trois principes de l'arbitraire que nous avons constatés plus haut, le signe comme association arbitraire du signifiant et du signifié, et la totalité du système qui l'englobe, bref, un univers de signification. Il ne s'agit pas seulement de la langue à deux signes, mais de tout signe, de toute langue. Comme tout signe n'est que la différence avec les autres, le devenir du signe et de l'objet par la division originelle est en quelque sorte la Genèse (en majuscule, au sens de la création du monde) comme différentiation qui se passe de moment en moment tant qu'il existe des signes, et qui « crée » le monde.

Mais autour de cette division originelle, on a une coïncidence, cette fois entre la langue française et la langue allemande, c'est-à-dire que le mot allemand qui signifie « jugement », *Urteil*, signifie, à traduire littéralement, « division originelle ». En effet, en allemand, le mot qui signifie « jugement » signifie aussi « division originelle » (selon nous « principe du devenir du signe »), comme s'il s'agissait d'une démonstration de notre proposition - message codé « Le signe est jugement ».

Est-ce aussi par hasard ? La réponse serait, apparemment, positive. Car (I) selon la conception saussurienne de la langue, il ne peut pas y avoir une nécessité, transcendante aux différences des langues, qui pourrait apporter une telle coïncidence ; et (II) l'analyse d'*Urteil* en *ur-*, « origine », et *-teil*, « division », est évidemment une étymologie populaire.

Pourtant une argumentation comme suit serait possible : un signe donné est, pour la pensée, déjà une valeur, qui implique la différence entre celui-là et, au moins, un autre, donc c'est une détermination de valeur par le principe de la différence. Et une détermination de valeur n'est autre qu'un jugement, ce qui signifie qu'un signe est jugement... Certes, le jugement à ce niveau, *i.e.* le jugement comme détermination d'un signe doit se distinguer du jugement au niveau de la phrase, qui se compose de plusieurs signes. En effet, le jugement comme différentiation d'un signe est un jugement qui précède le jugement au niveau de la proposition, il est, comme signe, ce qui constitue la condition permettant la phrase, par conséquent, le jugement en général, donc, pour ainsi dire « archi-jugement ».

L'existence d'un signe comme archi-jugement, impliquant la détermination de la répartition des valeurs d'un système entier, signifie une décision de l'apparition et la disparition d'un univers de signification. La détermination d'un signe est chaque fois une décision du présent du système, présent comme moment de la décision de signification, cette décision étant effectuée dans le non-temps de l'intuition. De plus, le présent étant le moment dernier de tout le temps qui est passé jusque-là, le signe comme décision de valeur est, en tant que la décision du présent comme moment dernier de l'univers de signification, l'ultime jugement.

Ainsi, le signe est un jugement comme ultime jugement du système dont il fait partie, et archi-jugement comme celui qui précède tout jugement du niveau propositionnel. Voilà la démonstration que nous proposons pour l'hypothèse « le signe est jugement ».

En effet, le signe – le signe linguistique comme principe pour tout jugement de signification – est un jugement qui mérite de s'écrire, pour ainsi dire, en majuscules. Car, d'abord, il est le jugement qui précède la phrase comme l'unité minimale de jugement, et puis, dans le projet saussurien de sémiologie générale, c'est la langue qui sert de patron général pour tous les autres signes (cf. *CLG/E* 290, II R12). Jugement, commencé par une majuscule, signifie l'ultime jugement sur l'univers ; voilà encore une coïncidence : une des significations du signe « jugement » correspond à notre démonstration : « Le signe est Jugement ».

Ainsi, nous venons de le constater, les acceptions du signe *jugement*, à savoir « décision juridique », « acte de décider ce que c'est » et « ultime jugement sur l'univers » semblent non seulement évoquer le contexte même qui l'entoure, mais aussi répondre même à la question fondamentale « qu'est-ce que le signe ? », en proposant la thèse « le signe est jugement ». Sur ces quelques coïncidences entre les acceptions du signe *jugement* et son contexte, coïncidences à première vue invisibles, que notre lecture a découvertes au fur et à mesure, nous n'avons pas la possibilité de juger pour répondre à la question de savoir si elles existent par hasard ou par une nécessité quelconque. Ce n'est pas une question susceptible d'avoir une réponse. Car il s'agit de savoir quelle était l'intention de Saussure. Mais on n'arrivera jamais à savoir l'intention de l'auteur, qu'il s'agisse de Saussure ou d'un autre. C'est que tout auteur est mort dès que le texte est exécuté. Autrement dit, il n'y a pas d'auteur (qui arrive à maîtriser la signifiance du texte).

Pourtant, on peut au moins constater les points suivants :

1. Le signe *jugement* et son contexte constituent une telle constellation de signes qui permet une lecture comme celle que nous venons de mener ;
2. L'instance du signe *jugement* remplit toutes les conditions de l'opacité que nous avons déterminées :

- échapper à la signification générale,
- la nécessité de se trouver là est faible,
- équivocité,
- disposer de propriétés irréductibles.

Conclusion 3

Revenons sur le commencement de notre texte : « ils considèrent la langue comme une nomenclature et suppriment ainsi la détermination réciproque des valeurs par leur coexistence même. » Là, si l'on entend par « ainsi » une causalité, c'est-à-dire si l'on considère l'idée de langue nomenclaturiste exprimée par la première moitié de la phrase comme cause qui amène à la négligence sur la détermination systémique de la valeur du signe, cette phrase tomberait dans une circularité. La nomenclature et l'ignorance sur le système de valeurs correspondent l'une avec l'autre, mais ne constituent pas forcément une causalité. Ce que nous voulons remarquer par là, est qu'il y a des questions non pas posées, en quelque sorte cachées sous la déploration circulaire de Saussure sur les mauvaises idées de la langue répandues. Il s'agit des questions suivantes : comment se fait-il que l'on considère la langue comme nomenclature ? Comment se fait-il que la détermination de la valeur du signe par le système soit négligée ? Là nous avons des repères qui permettraient de poser le problème de l'inconscient dans un contexte saussurien, ce qui se voit plus clairement si on modifie ces questions en ceci : comment se fait-il que la vérité de la langue n'arrive pas facilement à la conscience ? Certes, c'est une question que Saussure n'a pas posée telle quelle, mais qui est pertinente virtuellement dans la réflexion saussurienne. A preuve, nous avons déjà découvert quelques réponses à cette question au cours de la lecture que nous venons de proposer. Nous n'en évoquons qu'une.

Il s'agit de ce que suggère l'histoire du signe *jugement* mise en évidence par notre lecture. L'opacité du signe *jugement* et les entrecroisements qu'il noue avec son contexte étaient, pour ainsi dire, habilement dissimulés. Car d'ordinaire on ne s'aperçoit pas du fait que tout signe est son propre nom propre. Tout signe superpose son nom propre sur lui-même tellement parfaitement que l'on ne s'en aperçoit pas, bien que l'on le voie. De même, le cryptogramme *jugement*, s'il s'agissait d'un message codé, était exposé tellement ouvertement à l'endroit que personne n'ignore, qu'il n'était pas facile de le décoder. La dissimulation la plus habile consisterait à exposer d'une façon excessivement publique. Le cryptogramme *jugement* était posé sur le signe *jugement* d'une façon tellement parfaite. Considérons cette anecdote comme une métaphore sur le signe linguistique en général.

Les mots sont les mots cachés sur les mots, cela dans trois sens.

1. Tout signe, comme on vient de le remarquer, est son propre nom propre caché sur lui-même ;
2. Tout signe échappe à la pensée par son apparition même. Dès que le signe apparaît, apparaît l'objet qu'il désigne. La division origi-

nelle fait d'emblée apparaître le signe, l'objet et la pensée. Tout est donné d'un coup, de façon intuitive. Ainsi, la pensée regarde son objet en oubliant qu'elle le voit au travers du signe. On ne voit pas la chose en soi. On la voit toujours comme objet X. Et ce X qui donne l'objet tel quel à la pensée n'est autre que le signe. Il est tellement collé sur la chose qu'on ne le voit pas tout en la regardant ;

3. Tout signe dissimule sa propriété par sa généralité. La généralité du signe consiste dans la transparence de la présence de la signification, tandis que sa propriété consiste dans l'arbitraire absolu de la combinaison du signifiant et du signifié. Dès qu'on comprend la signification du signe, l'opacité du signe s'efface. Bien que la possibilité de remplacement de la combinaison du signifiant et du signifié par une autre soit toujours ouverte.

Or, il n'est plus difficile de voir la correspondance du caractère paradoxal du signe linguistique que nous avons mis en évidence à travers notre lecture du texte de Saussure, et de celui de la langue qu'a montré la théorie de la langue individuelle que nous avons développée dans la première partie du présent travail. Le signe comme étant propre, *i.e.* son aspect arbitraire, est caché par la généralité de sa signification même. De même, la langue individuelle, apparue éphémèrement au moment où la difficulté de communication se pose, est « oubliée » dès le constat de la langue commune accompli à chaque cycle de conversation.

Conclusion 4

Profitons de ce que nous venons d'observer dans la section précédente pour arriver à notre conclusion finale.

Nous avons mené nos réflexions autour du signe *jugement* qui, se trouvant dans le texte sur la langue, semble, pour ainsi dire, refuser d'être lu, d'être univoque, comme un cryptogramme, tout en ayant l'air d'un simple signe comme les autres. Nous avons été attirés, et à la fois repoussés par ce texte, fascinés et perplexes. Le signe en question a semblé au début être un mot peu important dans le texte. Il n'était là qu'à titre de simple échantillon de mot, dépouillé de sa référence à l'objet. Puis il est devenu énigmatique comme s'il était un cryptogramme. Nous en avons enfin proposé un décryptage. Mais on ne saura jamais s'il est correct.

Tout ce qui s'est passé entre le texte et nous lecteurs, ne ressemble-t-il pas considérablement à ce qui s'est passé chez Saussure avec l'anagramme : la rencontre, l'enthousiasme, les hésitations, les hypothèses, le problème finalement laissé non résolu ? N'avons-nous pas vécu ce que Saussure a vécu dans ses recherches sur les anagrammes, mais à échelle réduite ?

Encore, n'est-ce pas ce qui se passe toujours entre le texte et son lecteur ? Le drame de Saussure avec l'anagramme ne constitue-t-il pas le modèle général de la relation du lecteur avec le texte ? N'est-ce pas ce que signifie la lecture en général ? Car toute lecture est un décryptage, une quête du sens qui rencontre plus ou moins de difficultés. Dans ce sens-là aussi l'anagramme concerne bien, comme Fehr l'a remarqué, le problème du rapport entre la langue et le sujet parlant. Mais le sujet parlant dans ce cas-là au sens du lecteur.

Allons encore plus loin. Cette relation du lecteur et du texte que l'anagramme saussurien symbolise ne sert-elle pas de modèle à un problème plus général ? Selon Fehr, l'anagramme se résume en « la question – qui parle ? » (*ibid.*, p. 202). Nous disons qu'il s'agit du problème, non pas du sujet parlant, mais du sujet entendant. Par conséquent il s'agit du problème général de la langue : rappelons-nous, la langue concerne avant tout chez Saussure le problème du sujet récepteur. Autant dire que l'anagramme symbolise avec son problème du décryptage la question de la communication, celle-ci n'étant autre que la difficulté du décodage. N'est-ce pas ce que signifie écouter autrui, être le sujet entendant ? Ou, n'est-ce pas ce que signifie vivre avec autrui, tout court ? L'anagramme symbolise un problème général, celui du sujet devant la langue d'autrui. Le sujet parlant est une langue qui parle, le sujet entendant une autre qui l'entend.

Le problème de la communication suppose les deux sujets *je* et *tu*, et les difficultés qui se produisent entre eux. C'est ce qu'implique la spécificité de la relation du parlant et de l'entendant que, on le sait, Benveniste appelle « l'asymétrie de la polarité des personnes ». Pour nous, cela représente le problème de la langue individuelle. C'est chez le sujet entendant que se pose le problème de communication : rencontre, difficulté, hésitation, décodage, réussite provisoire, problème laissé non résolu à la fin. Ce processus de la communication est analogue à l'histoire de l'anagramme vécue par Saussure. La seule différence consiste dans le fait que lors de la communication quotidienne, même si le problème n'est pas finalement résolu, l'ultime rupture ne se produit pas, tandis que ce n'était pas le cas pour l'anagramme chez Saussure. Celui-ci l'a enfin abandonné. Quoi qu'il en soit, que ce soit avec l'anagramme ou avec le problème général de la langue, il s'agit toujours chez Saussure de la logique du sujet entendant, sujet passif et tacite. La langue de Saussure se fonde avant tout sur la position de l'écouteur, et le signe n'est, selon la même conception, que l'image *acoustique* associée à un concept évoqué par celle-ci, non pas l'image *articulatoire*. Le point de vue saussurien penche toujours du côté du sujet entendant, sujet passif et silencieux. Ne serait-ce ici pas la raison du fameux « silence de Saussure » ?

Le fait que le signe est arbitraire implique le problème de la communication, et par conséquent la langue individuelle telle que nous l'avons mise en question. Car la possibilité d'être opaque est toujours ouverte au signe qui, par définition, est destiné à être transparent. Pouvoir être opaque, c'est aussi le destin du signe, puisque l'arbitraire est sa fatalité. L'arbitraire du signe est une conception du signe considéré du côté du sujet qui l'entend, sujet inquiet de la communication.

L'arbitraire implique des signes qui ne sont pas encore compris, découverts. C'est le problème du signe caché, un problème universel, car l'homme est un animal en quête de sens. Notre théorie de la « langue individuelle » constitue un essai d'investissement de ce problème au niveau de la langue, le problème de la langue cachée, perpétuellement en fuite, pourrions-nous dire.

Mais serait-il possible de parler ici du problème de l'inconscient au sens saussurien ? L'opacité du signe, telle que nous l'avons présentée, *i.e.* l'aspect arbitraire du signe, n'arrive habituellement pas à la conscience du sujet parlant. Cela provient de sa nécessité systémique. Puisque c'est le système qui, en découpant des segments dans le continu sémantique et dans la masse phonique, associe tel signifiant et tel signifié qui n'ont aucun rapport intérieur entre eux. Il n'y a aucune raison pour telle et telle combinaison. Ce qui est fait sans raison ne passe pas à la raison du sujet. De même pour la langue individuelle comme déviation entre les systèmes individuels : elle fuit perpétuellement puisque le constat rigide d'une différente langue est impossible à cause de la différentialité négative du système de la langue, et qu'il est toujours reporté à plus tard. Ce qui est nécessairement impossible à constater arrive difficilement à la conscience. Et c'est l'indécidabilité même de la langue qui garantit la reproduction de la conviction de la même langue. C'est au fond le principe saussurien de la différence négative qui étaye ce processus paradoxal. Nous pouvons dire que la présence même de la langue commune cache la langue individuelle, et que l'arbitraire du signe est la trace laissée par cette langue fugitive sur la couche superficielle du système. D'où nous parlons de l'inconscient saussurien. La langue, c'est un jeu de cache-cache. La langue ouvre toute possibilité de manifestation linguistique, mais c'est aussi elle qui dissimule l'arbitraire du signe et sa propre individualité par sa commensurabilité même. Au commencement la langue commune est là. Tout à coup la langue individuelle apparaît un moment, mais elle disparaît dès sa récupération par la langue commune. Il existe une langue perpétuellement cachée, fugitive, introuvable, tant que nous avons la langue commune. Là se trouve le rapport essentiel de la langue et de l'inconscient.

Conclusion 5

Encore un mot sur l'inconscient saussurien, mais dans un autre sens. Cette fois il s'agit, non pas de l'inconscient du sujet parlant, mais de l'inconscient du sujet de la théorisation en l'occurrence saussurienne, bref de celui de Saussure.

Nous avons dégagé un problème que la théorie saussurienne ignorait, ou plutôt n'avait pas explicité : le problème de la langue individuelle. Ceci dit, nous ne l'avons pas inventé. Nos développements sont entièrement et uniquement fondés sur les textes de Saussure. Qu'est-ce que cela signifie ? Cela ne signifie-t-il pas que nous avons découvert l'inconscient théorique de Saussure ?

De la portée du problème de la « langue individuelle » tel que nous l'avons explorée, apparemment Saussure ne s'aperçoit pas, tout en offrant lui-même dans ses textes les éléments qui peuvent la suggérer. Dans ce sens-là nous sommes aussi autorisés à parler d'inconscient saussurien.

Cet inconscient, à notre sens, provient d'une priorité de la théorie saussurienne. Il s'agit de la distinction épistémologique des deux niveaux de la linguistique de Saussure : le niveau de la théorie et celui de l'objet. Chez Saussure, le niveau de la théorie communique avec le niveau de l'objet. Ou mieux, la théorie mime l'objet, le sujet de la théorisation se comporte comme le sujet parlant, l'objet de son observation [7]. N'est-ce pas ce qui se passe avec le problème de la langue individuelle ?

Le sujet parlant ne s'aperçoit pas de la langue individuelle, puisqu'il part de la croyance en une même langue pour tous, et que ladite croyance est reproduite à la fin de chaque entretien. La langue individuelle, qui a été dévoilée un moment par la difficulté de communica-

---

7 Deux exemples. D'abord la fameuse proposition épistémologique « C'est le point de vue qui crée l'objet » (*CLG*, p. 23) qui signifie que le point de vue du linguiste crée l'objet de sa science, n'est-elle pas applicable à ce qu'est la langue, objet de la science ? C'est la langue qui constitue le point de vue du sujet parlant et lui permet de saisir les objets du monde selon la répartition des idées dictée par le système des valeurs. Avant la langue il n'y a pas d'objet tels qu'ils nous sont donnés. Le second exemple, nous venons de l'évoquer : Saussure n'a-t-il pas eu avec les anagrammes le comportement typique du sujet entendant pris dans une difficulté de communication ?

tion, est « oubliée » ainsi avant de parvenir à la conscience. De même Saussure est indifférent au problème de la langue individuelle, car, comme on l'a constaté dans l'analyse du circuit de la parole (section 1.2), il est parti de la langue comme code social pour dégager l'objet de sa science. Il n'a pas en vue l'individualité de la langue, tout à fait comme le sujet parlant – l'objet de sa théorie – ignore sa langue individuelle. Comme si le sujet de la théorisation mimait son objet.

Ainsi, dans la réflexion saussurienne s'observe une certaine suspension de la stratification du niveau de la théorie et du niveau de l'objet, comme ce qui se passe dans *lalangue :* rappelons-nous une des conditions de *lalangue* proposées par Milner : « une langue peut cesser d'être stratifiée ». Or, nous avons dit que Saussure mimait l'objet de son étude. Mais sans le savoir. D'ailleurs, mimer les autres sans le savoir, ce mimétisme n'est-ce pas le comportement qui permet la constitution du sujet parlant ? Dans ce sens aussi, nous pouvons parler de l'inconscient saussurien. Ainsi, la linguistique de Saussure, avec sa théorie et sa personne, nous semble proposer une preuve du fait que l'homme est si profondément habité par la langue et ses paradoxes.

Conclusion 6

Pour finir, un mot sur le sujet entendant. La langue de Saussure est, en fin de compte, la question de la subjectivité du sujet entendant. C'est là l'essentiel de la langue dans sa conception saussurienne. La langue est la conscience linguistique du sujet entendant, ici la conscience comme sentiment, intuition, préconscient (ou inconscient). Mais quel est le rapport entre le sujet entendant, passif et tacite, et le sujet parlant, actif ? Nous avons un passage bien révélateur pour réfléchir sur ce problème :

> « La fonction de parlant ne peut être tenue que par une et une seule personne à la fois. Dans un même dialogue, deux voix émises simultanément ruinent l'intelligibilité de la chaîne jusque dans sa phonologie. [...] Ainsi, on se tait quand l'autre parle. Se taire n'est pas un devoir, mais une nécessité analytique. [...] Ainsi, c'est une limite de communicabilité qui convainc les sujets de parler l'un après l'autre, et non une simple clause de courtoisie. [...] La nécessaire singularité du parlant s'oppose à la possible pluralité des entendants. Cette pluralité des entendants (dont le parlant fait partie) définit l'espace du dialogue. Notons que l'écoute peut être plurielle mais non pas collective. En effet, pour un même groupe, une même salle de classe, une nation tout entière écoutant un même programme de radio, l'entendant est soli-

taire. Chaque participant, chaque élève de la classe, chaque auditeur entend ce qu'il entend strictement individuellement. Cette individualité de la fonction est liée à l'autonomie physique des sujets : je peux avoir mal entendu, mais personne ne peut entendre pour moi ni par moi. » (Coursil, 2000, p. 68-69)

Ici, à l'unicité du sujet parlant s'oppose la solitude du sujet entendant. Le sujet parlant ne peut être qu'unique, et jamais pluriel, tant que le dialogue se maintient. Le sujet entendant peut être pluriel mais non pas collectif. L'écoute est strictement individuelle. Or, qu'est-ce que cette solitude du sujet entendant ? Qu'est-ce que cette asymétrie entre le parlant et l'entendant ?

La solitude est la situation du sujet qui se trouve seul, isolé des autres. Mais le simple fait d'être seul ne signifie pas forcément la solitude. Car, selon Coursil, le sujet entendant est solitaire tout en étant pluriel. En général, on est plus solitaire quand il faut assumer tout seul une tâche, qu'il faut faire face tout seul à des difficultés. Autrement dit, la solitude est la situation qui oblige le sujet à faire face tout seul à des problèmes difficiles. Alors, si l'entendant est solitaire, comme le remarque Coursil, bien qu'il se trouve avec d'autres entendants, quelle est sa tâche à assumer tout seul ? Rien d'autre que d'écouter le parlant, et de le comprendre. « Il faut comprendre ton interlocuteur » est l'impératif pour l'entendant, en termes austinien, la condition du bonheur la plus primitive du sujet entendant. Ainsi, « est-ce que j'arrive à comprendre mon parlant ? » est l'inquiétude la plus fondamentale du sujet écoutant, si fondamentale qu'il n'en est pas conscient d'habitude. L'inquiétude du sujet entendant provient de la nature strictement individuelle de l'écoute : « Chaque auditeur entend ce qu'il entend strictement individuellement. » D'où le problème de la langue *individuelle* qui correspond à cette inquiétude fondamentale et préconsciente du sujet entendant : « Ma langue est-elle identique à celle des autres ? »

Mais le parlant, celui qui énonce, est-il alors un sujet épargné par l'inquiétude ? Il faut dire que son inquiétude peut se résumer en « Mon interlocuteur me comprendra-t-il ? Est-ce que j'arriverai à parler correctement et à me faire comprendre ? » « Correctement parler » signifie ici « de telle façon que ma langue corresponde à celle de l'autre ». C'est l'inquiétude primitive du sujet parlant. Alors celui-là aussi s'inquiète de l'individualité de sa propre langue. On voit qu'il s'agit encore du problème de la langue individuelle.

S'il en est ainsi, le parlant et l'entendant ont des soucis analogues, symétriques. Qu'advient alors de l'asymétrie entre *je* et *tu* dont Benveniste a parlé ? Il faut dire quand même que la relation entre le parlant et l'entendant n'est pas une simple opposition antinomique, mais non plus une symétrie. C'est une relation à deux termes où l'un englobe l'autre. Expliquons-nous.

Nous avons parlé ci-dessus de la solitude et l'avons définie comme la situation où on est obligé à vivre tout seul. Il faudrait rectifier cette définition. Ou porter modification à la signification de « être seul ». Autant dire qu'on ne sera jamais tout seul tant qu'on est sujet de langage. Nous avons à jamais quelqu'un qui nous accompagne partout. Dans ce sens-là on ne sera jamais tout seul. Il s'agit de *je* qui *m'*écoute. C'est le *je* qui écoute *ma* pensée. C'est le sujet entendant en *moi* qui étaye *ma* pensée (*ma* parole intérieure). On n'arrive pas à parler sans entendre sa propre voix. De même on n'arriverait pas à penser sans entendre sa propre voix intérieure. Sur le fond de ce sujet entendant se dégage la pensée = la parole du sujet parlant comme figure. C'est ce fond qui est la langue. La langue est le sujet intérieur qui écoute sa propre pensée. C'est *mon* ombre qui *m'*accompagne tout le temps. C'est le sujet *tu* qui se constitue dès l'apparition du *je*. C'est la langue.

La langue comme *je* qui *m'*écoute est le sujet qui assume les autres. C'est le sujet qui se regarde du point de vue des autres. L'homme seul se regarde dans le miroir. « Qu'est-ce que mon interlocuteur veut dire ? » Sa première condition du bonheur consiste avant tout et après tout en ceci : « Il faut comprendre ». Le sujet entendant comme la langue est le sujet qui obéit à cet impératif et désire l'accomplir. Disons, c'est le *modus* qui veut infiniment comprendre. C'est ce que signifie une définition de la langue chez Saussure, la passivité de la langue par rapport à l'activité de la parole. C'est aussi ce que signifie l'asymétrie des personnes benvenistienne.

Quand j'écoute l'autre, je me projette dans sa place, c'est-à-dire je projette ma langue dans la sienne. « Il faut comprendre » est le commandement que j'impose à moi-même de me projeter à la place de l'autre. Ainsi, l'inquiétude du sujet parlant qui se demande : « Ma parole sera-t-elle comprise par l'autre ? » provient de ce souci du sujet entendant qui désire se projeter dans l'autre. Le sujet parlant est bien doublé de son propre sujet entendant. D'où l'asymétrie des sujets parlant et entendant.

La langue est le sujet qui écoute les autres, et à la fois le dépôt de leurs voix. Si j'arrive à parler, c'est que les voix revenant du fond de mon oreille me sont données comme les mots à dire au moment où je dois les prononcer. Nous entendons les traces de voix imprimées dans les profondeurs de la langue, resurgir et résonner, et les recevons comme les mots à prononcer. Parler n'est que tracer et mimer ces chuchotements. Sinon, comment arrive-t-on à parler ? Nous ne parlons pas par la raison. Ce n'est pas que d'abord la pensée rationnelle aille chercher les mots nécessaires dans le trésor de la langue, et qu'ensuite nous nous mettions à déclencher la phonation. C'est ce qui se passe seulement chez les débutants-apprentis d'une langue étrangère. La pensée rationnelle elle-même consiste dans les mots et se fait précéder par la langue.

En écoutant l'interlocuteur, le sujet entendant se projette dans la langue de celui-ci. En parlant, le sujet émetteur s'écoute pour se mettre à la place de son interlocuteur, sujet entendant. Ainsi, vivre le langage est vivre le désir des autres. N'est-ce pas ce que suggère la conception saussurienne de la langue ? [8]

L'affirmation de Saussure selon laquelle « La langue est une sorte de moyenne » suggère aussi la conception du langage comme activité pour vivre le désir des autres. Car la langue est un entassement des voix des autres entendues dans le passé, et une abstraction tirée de là. La langue individuelle désire infiniment devenir la langue commune. Celle-ci est le type idéal de la première. La langue individuelle est un désir qui veut être la moyenne, qui veut devenir comme les autres. C'est un désir inconscient qui désire le désir des autres. C'est un désir toujours destiné à être oublié. Ce destin de l'oubli correspond à l'infinité de son désir. C'est la fatalité imposée à l'homme, animal sémiotique. L'homme a à la fois envie de se distinguer des autres, et le désir originel de redevenir semblable aux autres. C'est pour cela qu'on écoute les autres. On est avant tout le sujet entendant. Nous habitons la langue, la langue nous habite. Voilà encore ce que nous suggère le problème de la langue individuelle.

---

8 Le « circuit de la parole » saussurien face à face ne peut-il pas être pensé comme une préfiguration du « stade du miroir » lacanien ?

ANNEXE

LE SAUSSURISME AU JAPON AU XXe SIÈCLE [1]

Dans l'histoire du saussurisme au Japon, qui a plus de soixante-dix ans, nous pouvons distinguer quatre phases : la première est celle de l'introduction du saussurisme, inaugurée par la traduction du *CLG* en 1928. La seconde est marquée par la polémique engagée entre les « anti-saussuriens » et les « pro-saussuriens » qui, commencée à la fin des années quarante, dura une vingtaine d'années. La troisième débute au milieu des années soixante et se caractérise d'une part par l'arrivée du structuralisme et de l'autre par l'introduction au Japon des travaux philologiques de l'école genevoise. C'est à la fin de cette période et déjà dans les années quatre-vingt que le nom de Saussure, associé à la découverte des sources et des inédits, deviendra célèbre au-delà du milieu des spécialistes. Enfin la quatrième phase correspond aux dernières années au cours desquelles les saussuriens japonais approfondissent leur lecture des manuscrits [2].

C'est dans la bibliographie d'un traité de linguistique (*Gengogaku-Gairon*) publié par Kaku Jimbo en 1922 que le nom de Ferdinand de Saussure et le *CLG* ont été cités pour la première fois au Japon, le texte pourtant ne les présentant pas. Il a fallu attendre encore six ans pour que les lecteurs japonais puissent découvrir la théorie de Saussure. En effet Hideo Kobayashi, jeune chercheur qui venait de soutenir

---

1 Reproduction du texte du rapport oral prononcé à la *Journée d'études : Ferdinand de Saussure, 1878-2001 : Les réceptions* (Archamps, 23 juin 2001) qui a précédé le *Colloque : Saussure après un siècle* (Archamps / Genève, 24-27 juin 2001) organisé par l'Institut Ferdinand de Saussure. Les sources de cette annexe sont récapitulées dans la seconde partie de la bibliographie *infra*.

2 Le présent rapport doit non seulement nombre d'informations mais aussi sa façon de répartir l'histoire du saussurisme japonais à Maeda et Takiguchi (1985), qui s'arrêtent, compte tenu de la date de publication, à trois stades.

son mémoire de licence, a publié en 1928 chez Oka-Shoin la traduction du *CLG*, de la deuxième édition de 1922, sous le titre de *Gengogaku-Genron*, littéralement : « Principes de linguistique ». Il s'agissait de *la toute première traduction*, antérieure de trois ans à l'allemande [3]. Douze ans plus tard, en 1940, Kobayashi a révisé sa traduction et l'a publiée chez Iwanami. Pour la nouvelle traduction le traducteur a consulté, outre la deuxième édition, la première de 1916 et la troisième de 1931, ainsi que la traduction allemande. En 1972 Kobayashi a publié une dernière révision, toujours chez Iwanami, mais sous le titre modifié d'*Ippan-Gengogaku-Kogi*, fidèle au titre original de *Cours de linguistique générale*. Continuellement réimprimée depuis trente ans, cette dernière édition a vu en 2000 son 32e tirage. Ainsi, depuis 1928, la traduction du *CLG* a exercé une présence constante dans le paysage intellectuel du Japon et continue à gagner toujours plus de lecteurs. Ce qui témoigne non seulement de la rapidité de l'introduction des idées saussuriennes – déjà à une époque où celles-ci n'avaient pas encore acquis une grande réputation chez les linguistes européens – mais aussi de la continuité et de l'importance de l'influence qu'elles ont exercées au Japon depuis plus de soixante-dix ans.

A partir de la traduction de 1928, les linguistes japonais ont commencé à découvrir des concepts qui, semble-t-il, leur sont très rapidement devenus familiers. Cette rapidité d'assimilation s'expliquerait par la situation dans laquelle se trouvait alors la linguistique japonaise : depuis l'introduction de la linguistique occidentale au Japon à la suite de la Restauration de Meiji en 1868, les linguistes japonais n'avaient pour référence que la linguistique historique, sans utilité pour eux à qui s'imposait la nécessité d'établir une description du japonais, ce qui leur faisait ressentir le vif besoin d'une théorie synchronique : le *CLG* est arrivé juste à point pour répondre à ces besoins.

* * *

La seconde phase est marquée par ce qu'on appelle la « polémique Tokieda ». A l'origine de cette polémique engagée entre « anti » et « pro-saussuriens » [4], qui a couru depuis la fin des années 1940 jusque dans les années 1970, se trouve en effet un linguiste de langue

---

3 Cf. Préface du *CLG/E*, p. IX, note 5.

4 Nous mettons les termes entre guillemets en raison du fait que les positions des polémistes sont toutes relatives : non seulement elles sont parfois émises avec des réserves, mais il arrive qu'elles changent selon le point discuté.

japonaise Motoki Tokieda, lequel a lancé dans *Kokugogaku-Genron* (« Principes de linguistique japonaise »), publié en 1941, une violente critique contre la notion de langue chez Saussure et l'épistémologie de celui-ci qui fait de la langue l'objet principal de la linguistique. Sa critique des idées saussuriennes avait pour objectif de justifier ses propres concepts selon lesquels il faut que l'objet de la linguistique soit la parole, et non la langue. Selon Tokieda, la position de Saussure faisant de la langue et du signe des unités sociales existant en dehors de chaque sujet parlant est de type *atomiste* et se fonde sur une méthodologie typique des sciences naturelles, selon laquelle toute science doit partir de la définition d'une unité objective. Il reproche à Saussure de substantialiser ce faisant le langage alors que celui-ci, en réalité, *n'est que du processus*, et propose une linguistique qui se fonde uniquement sur l'observation de la parole. Selon cette conception, dite « thèse du langage processus », l'acte du sujet parlant seul constitue l'essence du langage.

A cette prise de position de Tokieda succédèrent, dès 1948, plus d'une vingtaine de publications. Les réactions plutôt critiques vis-à-vis de Tokieda peuvent se résumer de la façon suivante : le phénomène langagier ne peut pas se réduire au processus seul de l'acte de parole au détriment de la langue ; la description linguistique comme le sentiment du sujet parlant supposent et nécessitent une représentation de la langue sociale et objective.

Faute de pouvoir évoquer toutes les publications, nous nous bornerons à présenter ici seulement quelques-uns des points de vue en présence.

Citons d'abord la polémique engagée en 1957 entre Tokieda et Shiro Hattori. Ce dernier attaque Tokieda dans un article intitulé « Sur la thèse du langage processus » qui peut se résumer comme suit :

1. Le sens du mot « entité » dans l'expression « le signe linguistique est donc une entité psychique… » qui se trouve dans le *CLG* (p. 99) et que Tokieda allègue quand il reproche à Saussure de poser la langue comme réalité existant en dehors de l'acte d'expression du sujet, est un concept difficile à traduire en japonais. Dans un pareil cas il ne faut pas interpréter en se fondant seulement sur le mot traduit, comme Tokieda semble faire, ce qui entraînerait à une compréhension superficielle ;
2. La théorie de Tokieda elle-même admet que l'expression a besoin de formes qui la précèdent, ce qui réintroduit subrepticement dans sa thèse des concepts qui correspondent à la langue au sens saussurien du terme.

La réplique de Tokieda, intitulée « Lire “Sur la thèse du langage processus” du Professeur Shiro Hattori » répète la position qu'il avait maintenue jusque-là : si dans la conception de Saussure la langue n'est pas une entité physique mais psychique, il n'en reste pas moins qu'elle a le même mode d'existence que l'objet dans les sciences de la nature. En outre, Tokieda relève une différence entre Hattori et Saussure quant à la notion de langue : la langue selon Hattori n'est que la réunion de caractéristiques induites de l'observation des activités langagières tandis que la langue selon Saussure se trouve en dehors de ces activités. Le point de vue de Hattori selon lequel les formes de Tokieda correspondraient au statut de la langue selon Saussure est une erreur due à cette confusion entre la langue selon Saussure et la langue selon Hattori, plutôt behavioriste : les formes qui chez Tokieda ne sont que des figures d'acte ne doivent pas être confondues avec les formes linguistiques chez Saussure.

Hattori réplique dans « La langue selon Saussure et la thèse du langage-processus » en insistant de nouveau sur des problèmes de traduction :

1. Selon Hattori, l'utilisation du terme « entité » par Saussure n'est qu'une métaphore, un moyen d'explication, qu'il ne faut pas interpréter comme fait Tokieda. Également, les notions de « synchronie » et de « langue » ne sont que des hypothèses de travail.
2. Tokieda confond les notions de langue et de langage, bien distinguées chez Saussure, à cause du mot japonais « gengo », que la traduction de Kobayashi a attribué au français « langue » mais qui recouvre aussi le sens de « langage ». D'où l'élimination par Tokieda de la conception saussurienne de *langue*, ce qui, pour Hattori, n'est pas juste.

Cette réplique basée sur les problèmes terminologiques posés par la traduction de Kobayashi sur laquelle se fondaient les critiques de Tokieda contre Saussure a paru décisive, et la polémique sembla prendre fin. Pourtant, seize ans plus tard, en 1973, et six ans après la disparition de Tokieda, Yasuo Ohashi mettait en question avec « Saussure et le Japon » l'interprétation des idées de Saussure par les « pro-saussuriens » qui avaient critiqué Tokieda et réexamine la polémique. Selon Ohashi, la langue selon Saussure n'est pas une hypothèse de travail dont la description scientifique aurait besoin comme le prétend Hattori : l'intention qu'avait Saussure en utilisant le terme « entité » était d'insister pour de bon sur la réalité de l'être de ce qui est social et sémiotique dans la langue. L'originalité de Saussure se situe précisément dans son geste de localiser l'essence de la langue dans le social et dans la systématicité sémiotique. La conception de Saussure relève de la tradition réaliste ; elle s'inscrit en opposition du nominalisme dont relève la thèse de Tokieda. Dans ce sens, la doctrine de Tokieda a eu malgré tout un mérite, celui de signaler la valeur de la *linguistique de la parole* que Saussure n'avait pas développée. L'opposition des points de vue de Saussure et de Tokieda renvoie à une problématique épistémologique qui a une longue tradition.

Encore en 1978 avec « Saussure et la thèse du langage processus » et en 1979 avec « L'acte et la différence dans le langage », Hideki Maeda présente à son tour ses vues sur cette polémique. Il met en évidence d'une part une continuité entre Saussure et Tokieda, et de l'autre une véritable divergence. Selon lui, Saussure et Tokieda partagent le point suivant : le langage ne constitue pas une substance en soi, à la différence de l'objet des sciences naturelles. De ce fait la linguistique doit situer son observation dans la conscience du sujet parlant. Selon Saussure : « *Dans l'ordre synchronique* [...] *il n'y a pas d'autre méthode que de se demander quelle est l'impression des sujets parlants* » [5] (Maeda, 1978, p. 51). Tokieda : « *En aucun cas le langage ne fait l'objet de l'acte et de l'observation s'il n'est pas le phénomène du processus psycho-physiologique du sujet* » (1941, p. 24 in Maeda, *ibid.*). Ainsi partent-ils d'un point de vue commun, centré sur le sujet parlant. Maeda se pose la question suivante : Comment se fait-il que les deux linguistes, en partant d'idées si proches, puissent parvenir à déterminer l'objet de leurs recherches de façon si différente, l'un prenant pour objet la langue et l'autre la parole ? Maeda en situe la raison dans la différence des idées qu'ils ont du phénomène sémantique. Chez Saussure, c'est la différenciation dans la conscience du sujet parlant qui décompose la pensée chaotique en unités (*CFS* 15, 1957, p. 37 ; Maeda, 1979, p. 60). Par contre chez Tokieda, pour qui le processus de l'acte de parole repose sur la trilogie du sujet, de la situation et du matériau, il ne s'agit que de la manière qu'a le sujet de saisir le matériau : la façon de saisir et son matériau sont séparés entre l'intérieur et l'extérieur du langage, tandis que chez le sujet saussurien une telle séparation n'est pas possible. Et Maeda se demande si ce n'est pas plutôt Tokieda qui tombe dans l'atomisme qu'il a lui-même critiqué avec tant de virulence.

* * *

Dès le milieu des années soixante, le fond sur lequel se dessine l'image de Saussure commence à subir des changements. On y distin-

5 *Deuxième cours de linguistique générale*, note de Riedlinger, p. 85.

gue deux éléments : d'une part l'arrivée du structuralisme, et de l'autre, l'introduction au Japon du fruit des travaux philologiques de l'école de Genève.

L'ascendant du structuralisme a fait de la linguistique saussurienne, considérée seulement jusque-là comme la théorie de base de la linguistique moderne, le fondement possible de plusieurs domaines des sciences humaines et l'intérêt pour le saussurisme grandit d'autant.

Les traductions japonaises d'études saussuriennes se succèdent : en 1970, *Saussure ou le structuraliste sans le savoir* de Georges Mounin est traduit par Fukui, Ito et Maruyama ; en 1978 *Saussure* de Jonathan Culler est traduit par Shigeo Kawamoto ; en 1979 *La linguistique moderne et la théorie saussurienne* de Sljusareva est traduit par Isamu Taniguchi ; et enfin en 1982 *Ferdinand de Saussure* d'Ernst Koerner est traduit par Keiichi Yamanaka.

C'est aussi à cette époque que des chercheurs japonais découvrent l'existence des sources manuscrites laissées par des étudiants du cours et par Saussure lui-même, et qui concernent non seulement la linguistique générale mais aussi les travaux sur les anagrammes et la légende germanique.

La première traduction au Japon des sources manuscrites est publiée en 1971 : il s'agit de l'introduction du deuxième cours publiée en 1957 par Godel dans le numéro 15 des *Cahiers Ferdinand de Saussure*, traduite en japonais par Kimio Yamanouchi. Le même publiera en 1976 une traduction de l'édition italienne du *CLG* par Tullio de Mauro.

L'article de Keizaburo Maruyama, « La notion de système chez Saussure et deux "structures" », publié dans la revue *Riso* (« L'Idéal ») en mai 1971 a été l'un des premiers travaux japonais fondés sur les manuscrits. Maruyama a aussi publié en octobre 1973 dans la revue *Gendai-Shiso* (« Revue de la pensée d'aujourd'hui ») – numéro spécial sur *Les théories du langage d'aujourd'hui : Saussure, Jakobson, Chomsky* – l'article « La notion de parole saussurienne : sur le problème du sujet et de la structure » où, se fondant sur les sources manuscrites, il met en évidence un développement de l'idée de la parole chez Saussure à travers les trois cours. Il est à noter aussi que dans le même numéro, Hideo Nomura, avec « A propos d'une phrase de Saussure : le problème du rapport entre "la linguistique générale" et le *CLG* », présente une fine analyse de la relation entre le *CLG* et ses sources manuscrites.

Un peu plus tard, deux revues ont publié un numéro spécial sur Saussure :

1. *Gekkan-Gengo* (« Mensuel-Langage ») numéro spécial *Saussure, l'origine de la linguistique moderne*, paru en mars 1978, avec entre

autres articles « Les idées fondamentales du *CLG* » de Keizaburo Maruyama, « Un autre Saussure » de Nobuo Tomimori, « L'influence de Saussure au Japon » de Hideo Kobayashi, le traducteur historique du *CLG*, « Saussure et la thèse du langage processus » de Hideki Maeda, que nous avons évoqué plus haut dans le contexte de la polémique Tokieda ;

2. *Gendai-Shiso* consacre son numéro d'octobre 1980 à Saussure, avec la traduction par Maeda des « Notes pour un livre sur la linguistique générale » de Saussure, l'article de Maruyama « Saussure, ses images réelle et fausse », la traduction par Tomimori de l'article de Robert Godel « F. de Saussure et les débuts de la linguistique moderne », la traduction par Maeda de l'article de Rudolf Engler « Rôle et place d'une sémantique dans une linguistique saussurienne », enfin la traduction par Yoko Kudo de l'article de Jean Starobinski « Les mots sous les mots : Textes inédits des cahiers d'anagrammes de F. de Saussure ».

Ainsi, le développement du structuralisme et l'introduction de la philologie saussurienne ont changé le décor du saussurisme au Japon. Il semble que ce sont les travaux de Keizaburo Maruyama qui représentent le mieux le croisement de ces deux courants. Maruyama, qui, comme nous venons de le voir, avait commencé à écrire sur Saussure dès le début des années 1970, a publié en 1981 son premier livre *Soshuru-no-shiso* (« La pensée de Saussure ») qui a gagné un nombre considérable de lecteurs à ce genre de monographies. L'auteur y présente non seulement l'image intégrale de la vie et de l'œuvre du linguiste, mais aussi le Saussure des manuscrits, des anagrammes et de la légende, qui était resté caché jusque-là derrière le *CLG*, et insiste sur les divergences entre l'édition standard de Bally-Sechehaye et ses sources. Expliquant la construction de la théorie saussurienne au moyen d'une shématisation claire, Maruyama la resitue par rapport aux idées du courant structuraliste. Et il propose, en insistant sur la relation dialectique langue - parole, de lire Saussure comme une théorie de la praxis au profit de la créativité de la parole.

Le deuxième livre de Maruyama *Soshuru-o-yomu* (« Lire Saussure »), paru en 1983, restitue les trois cours de linguistique générale en présentant les notes d'étudiants et les autographes dans l'ordre chronologique, à quoi il ajoute des commentaires détaillés : un ouvrage d'introduction à la lecture de Saussure, mais étayé des travaux rigoureux de la philologie saussurienne.

Maruyama a dirigé en 1985 *Soshuru-sho-jiten* (« Dictionnaire encyclopédique de Saussure »), qui offre des renseignements quasi exhaustifs sur le saussurisme et sur les travaux des saussuriens depuis deux décennies grâce au concours d'éminents linguistes japonais.

Jusqu'à sa disparition en 1993, Maruyama a publié une vingtaine d'ouvrages dont les deux ou trois premiers sont centrés sur Saussure tandis que les suivants sont davantage consacrés au développement de sa propre théorie qu'il a élaborée, certes, en partant des concepts saussuriens, mais en y introduisant des connaissances provenant d'autres domaines, entre autres de la psychanalyse, de l'éthologie et de la philosophie bouddhique. Bien que les travaux des dernières années de Maruyama dépassent le cadre strict des études saussuriennes, il n'en reste pas moins que c'est grâce à son œuvre que le nom de Saussure et l'histoire des manuscrits saussuriens sont si célèbres au Japon aujourd'hui.

* * *

Enfin, dans la quatrième et dernière phase, les saussuriens japonais ont continué à approfondir leurs analyses des manuscrits et à développer des analyses originales. Évoquons quelques-unes de leurs activités récentes.

En 1986 Kenji Tatsukawa, un élève de Maruyama, publie *Chikara-no-shisoka-Soshuru* (« Saussure, penseur des "forces" ») où il analyse la conscience du sujet parlant chez Saussure, insiste sur sa conception du langage comme ensemble de forces, et en prévoit l'exploitation théorique dans l'étude de la notion de diachronie.

En 1989 Hideki Maeda publie *Chinmokusuru-Soshuru* (« Saussure dans son silence »). Présentant la traduction de manuscrits inédits de Saussure (« Cours d'ouverture », « Morphologie », « Linguistique générale », « Whitney », « Notes item ») par de longs commentaires, il approfondit sa réflexion sur le sens du silence de Saussure dans un style vigoureux et inhabituel. L'auteur a reçu pour cet ouvrage le Prix Shibusawa-Claudel. Maeda a publié en 1991 la traduction de l'introduction du deuxième cours, sous le titre de *Soshuru-kogiroku-chukai* (« Notes du cours de Saussure et commentaires ») en y apportant également de longs commentaires originaux. Il continuera à réfléchir, dans *Gengo-no-yami-o-nukete* (« La traversée de la nuit de la langue »), publié en 1994, sur la philosophie du langage de Saussure confrontée au bergsonisme.

En 1992, un colloque international intitulé *« Saussure and Linguistics Today »* a été organisé à l'Université Waseda à Tokyo où les principaux saussuriens du monde entier furent invités à intervenir. Parmi eux figuraient Tullio de Mauro, Rudolf Engler, René Amacker, Eugenio Coseriu, Roy Harris, Raffaele Simone, Peter Wunderli… Et parmi les conférenciers japonais Keizaburo Maruyama, Nobuo Tomimori, Shigeaki Sugeta, Kimio Yamanouchi, Isamu Taniguchi,

Eisuke Komatsu... En trois jours le colloque a vu plus d'une vingtaine de communications dont les actes ont été publiés en 1995 sous le même titre. René Amacker en a donné un compte rendu détaillé dans *CFS* 50 en 1997.

Eisuke Komatsu, en collaboration avec Roy Harris, a publié chez Pergamon Press en 1993 les notes prise par l'étudiant Constantin lors du troisième cours, et en 1996 et en 1997, en collaboration avec George Wolf, les notes de Riedlinger pour le deuxième et le premier cours. Ces publications permettent pour la première fois une lecture intégrale et chronologique des notes d'étudiants et répondent bien aux besoins des chercheurs.

En 1995 Kenji Tatsukawa publie la traduction de *Saussure, une science de la langue* de Françoise Gadet, sous le titre japonais *Soshuru-gengogaku-nyumon* (« Initiation à la linguistique saussurienne »).

Parmi les nombreux articles récents de chercheurs japonais, nous nous bornerons à quelques publications en français :

- Kenji Tatsukawa « Hjelmslev, le véritable continuateur de Saussure », et Eisuke Komatsu « La critique de la théorie saussurienne d'après Motoki Tokieda » dans *Saussure aujourd'hui*, numéro spécial de LINX paru en 1995 ;
- Akatane Suenaga « Benveniste et Saussure : l'instance de discours et la théorie du signe », dans *Emile Benveniste vingt ans après*, numéro spécial de LINX paru en 1997 ;
- Du même, « Des deux arbitraires, absolu et relatif, à un arbitraire "primaire" – le fait linguistique et le devenir du signe chez Saussure », paru dans le numéro 52 des *Cahiers Ferdinand de Saussure* en 1999 ;
- Enfin Kazuhiro Matsuzawa « Ce que dit le manuscrit, ce que fait taire le texte : Saussure et le *Cours de linguistique générale* », *Equinoxe* numéro 17-18, printemps 2000.

Matsuzawa, en se fondant sur une analyse soigneuse des manuscrits, cherche à éclairer le sens du silence chez Saussure. Nous devons évoquer aussi le fait qu'il participe à la traduction actuellement en cours au Japon des manuscrits de Saussure plus récemment découverts que Rudolf Engler et Simon Bouquet ont publiés chez Gallimard sous le titre d'*Ecrits de linguistique générale*.

BIBLIOGRAPHIE

Pour les ouvrages d'expression japonaise ou traduits en japonais, nous avons phonétiquement transcrit en alphabet le titre japonais, en ajoutant entre parenthèses la traduction en français.

1. Bibliographie générale

Akama Keisuke, 1994, *Yutopia-no-rakan* (Lacan en utopie), Tokyo, Seido-Sha.

Amacker René, 1975, *Linguistique saussurienne,* Genève, Droz.

Arrivé Michel, 1987, *Linguistique et psychanalyse : Freud, Saussure, Hjelmslev, Lacan et les autres,* Paris, Méridiens Klincksieck.

Arrivé Michel, 1994, *Langage et psychanalyse, linguistique et inconscient. Freud, Saussure, Pichon, Lacan,* Paris, Puf [rééd. 2005, Limoges, Ed. Lambert-Lucas].

Arrivé Michel et Normand Cl. (éds), 1995, *Saussure aujourd'hui, Colloque de Cerisy,* numéro spécial de *LINX,* Université Paris X - Nanterre.

Arrivé Michel et Normand Cl. (éds), 1997, *Emile Benveniste vingt ans après, Colloque de Cerisy,* numéro spécial de *LINX.*

Austin J. L., 1970, *Quand dire, c'est faire,* Paris, Seuil [de *How to Do Things with Words,* Oxford University Press, 1962].

Badir Sémir, 2001, *Saussure : La langue et sa représentation*, Paris, L'Harmattan.

Bally Charles, 1925, *Le langage et la vie,* Genève, Droz [cité ici d'après la troisième édition augmentée de 1965].

Bally Charles, 1965, *Linguistique générale et linguistique française*, Genève et Paris, Droz.

Barthes Roland, 1968, « La mort de l'auteur », in *Manteia*, n° 5 [cité d'après *Œuvres complètes*, t. 2, Paris, Seuil, 1994, p. 491-495].

Barthes Roland, 1982, *L'obvie et l'obtus. Essais critique III*, Paris, Seuil.

Benveniste Emile, 1939, « Nature du signe linguistique », *Acta Linguistica Hafniensia, International journal of structural linguistics*, Copenhague, 1, p. 23-29 [repris dans *PLG* I, p. 49-55].

Benveniste Emile, 1956, « La nature des pronoms » in *For Roman Jakobson*, La Haye, Mouton [repris dans *PLG* I, p. 251-257].

Benveniste Emile, 1958, « De la subjectivité dans le langage », in *Journal de psychologie*, juil. sept. [repris dans *PLG* I, p. 258-266].

Benveniste Emile, 1966, *Problèmes de linguistique générale*, t. I, Paris, Gallimard [*PLG* I].

Benveniste Emile, 1967, « La forme et le sens dans le langage » in *Le langage* II, Neuchâtel, La Baconnière, p. 29-40 [repris dans *PLG* II, p. 215-238].

Benveniste Emile, 1969, « Sémiologie de la langue », *Semiotica*, La Haye, Mouton, 1, p. 1-12 et 2, p. 127-135 [repris dans *PLG*, II, p. 43-66].

Benveniste Emile, 1974, *Problèmes de linguistique générale*, t. II, Paris, Gallimard [*PLG* II].

Bouquet Simon, 1997a, *Introduction à la lecture de Saussure*, Paris, Payot et Rivages.

Bouquet Simon, 1997b, « Benveniste et la représentation du sens : de l'arbitraire du signe à l'objet extra-linguistique » in Arrivé et Normand 1997, p. 107-122.

Capt-Artaud Marie-Claude, 1994, *Petit traité de rhétorique saussurienne*, Genève, Droz.

Chiss Jean-Louis, 1978, « Synchronie / diachronie : méthodologie et théorie en linguistique », *Langages* n° 49 [cité d'après Chiss et Puech, 1987].

Chiss Jean-Louis et Puech Christian, 1987, *Fondation de la linguistique. Etudes d'histoire et d'épistémologie*, Bruxelles, De Boeck.

Choi Yong-Ho, 2002, *Le problème du temps chez Ferdinand de Saussure*, Paris, L'Harmattan.

Coursil Jacques, 2000, *La fonction muette du langage*, Petit-Bourg, Ibis Rouge.

De Mauro Tullio, 1969, *Une introduction à la sémantique*, traduit par Louis-Jean Calvet, Paris, Payot.

Dor Joël, 1985, *Introduction à la lecture de Lacan : 1. L'inconscient structuré comme un langage*, Paris, Denoël.

Ducrot Oswald, 1991, *Dire et ne pas dire*, Paris, Hermann.

Ducrot Oswald, 1989, *Logique, structure, énonciation*, Paris, Minuit.

Ducrot Oswald et Schaeffer J.-M., 1995, *Nouveau dictionnaire encyclopédique des sciences du langage*, Paris, Seuil.

Engler Rudolf, 1962, « Théorie et critique d'un principe saussurien : l'arbitraire du signe », *CFS* 19, Genève, Droz, p. 5-66.

Engler Rudolf, 1964, « Compléments à l'arbitraire », *CFS* 21, Genève, Droz, p. 25-32.

Engler Rudolf, 1968, *Lexique de la terminologie saussurienne*, Utrecht / Antwerp, Spectrum.

Fehr Johannes, 1995, « Bœuf, lac, ciel - concierge, chemise, lit » *in* Arrivé et Normand 1995, p. 431-438.

Fehr Johannes, 2000, *Saussure entre linguistique et sémiologie*, Paris, Puf.

Flournoy Théodore, 1900, *Des Indes à la planète Mars*, Genève, réédition, 1983, Paris, Seuil.

Freud Sigmund, 1912, « Note sur l'inconscient en psychanalyse », *Œuvres complètes XI*, Paris, Puf, 1998.

Freud Sigmund, 1915a, « Le refoulement », *Œuvres complètes XIII*, Paris, Puf, 1988.

Freud Sigmund, 1915b, « L'inconscient », *Œuvres complètes XIII*, Paris, Puf, 1988.

Gadet Françoise, 1987, *Saussure, une science de la langue*, Paris, Puf.

Gadet Françoise et Pêcheux M., 1981, *La Langue introuvable*, Paris, Maspero.

Godel Robert, 1957, *Les sources manuscrites du* Cours de linguistique générale *de Ferdinand de Saussure*, Genève, Droz [cité ici d'après le 2e tirage de 1969 et noté *SM*].

Henry Victor, 1901, *Le langage martien*, Paris, Maisonneuve, réédité par J.-L. Chiss et C. Puech, Paris, Didier Erudition, 1987.

Hjelmslev Louis, 1971, *Prolégomènes à une théorie du langage,* traduit par Una Canger, Paris, Minuit.

Jakobson Roman, 1931, « Principe de la phonologie historique », in N. S. Troubetzkoy, *Principe de phonologie*, Paris, Klincksieck, 1976, p. 313-336.

Jakobson Roman, 1963, « Les embrayeurs, les catégories verbales et le verbe russe », *Essais de linguistique générale,* traduit par Nicolas Ruwet, Minuit.

Jakobson Roman, 1971, « A Quest for the Essence of Language » in *Selected Writings II Word and Language*, The Hague et Paris, Mouton, p. 345-359.

Jakobson Roman, 1976, *Six leçons sur le son et le sens*, Paris, Minuit.

Karatani Kojin, 1986, *Tankyu I* (Investigations I), Tokyo, Kodan-sha.

Kawamoto Shigeo, 1975, « Furansu-gogaku, ippan-gengogaku, kokugogaku » (Linguistique française, linguistique générale, linguistique japonaise), *in Gekkan-Gengo*, vol. 4, n° 10, Tokyo, Taishukan-shoten, p. 64-71 [cité ici d'après Kawamoto 1985, p. 113-122].

Kawamoto Shigeo, 1985, *Gengo-no-kozo* (La structure des langues), Tokyo, Hakusui-sha.

Kobayashi Hideo, 1976, *Kobayashi-Hideo-chosakushu,* 1 (Œuvres de Hideo Kobayashi, tome 1), Tokyo, Misuzu-shobo.

Lacan Jacques, 1966, *Ecrits*, Paris, Seuil.

Lacan Jacques, 1974, *Télévision*, Paris, Seuil.

Lepschy Giulio C., 1967, *La linguistique structurale*, Paris, Payot, traduit par Louis-Jean Calvet de *La Linguistica strutturale*, Torino, Einaudi, 1966.

Merleau-Ponty Maurice, 1945, *Phénoménologie de la perception*, Paris, Gallimard.

Milner Jean-Claude, 1978, *L'amour de la langue,* Paris, Seuil.

Maruyama Keizaburo, 1981, *Soshuru-no-shiso* (La pensée de Saussure), Tokyo, Iwanami-shoten.

Maruyama Keizaburo, 1983, *Soshuru-o-yomu* (Lire Saussure) Tokyo, Iwanami-shoten.

Maruyama Keizaburo, 1984, *Bunka-no-fetishizumu* (Le fétichisme de la culture), Tokyo, Keiso-shobo.

Normand Claudine, 1973, « L'arbitraire du signe comme phénomène de déplacement », *Dialectiques* n° 1-2, p. 109-126.

Normand Claudine, 1976, *Concept et métaphore,* Paris, Complexe.

Normand Claudine, 2000, *Saussure,* Paris, Les Belles Lettres.

Okamura Tamio, 1997, « Soshuru-no-anaguramu-saiko – shi-to-shinyu » (Un réexamen de l'anagramme de Saussure – La poésie et le signe), *Rikkyo-daigaku-furansu-bungaku*, n° 26.

Parret Herman, 1973, « Expression et articulation : Une confrontation des points de vue husserlien et saussurien concernant la langue et le discours », *Revue philosophique de Louvain,* tome 71, p. 72-113.

Pétroff André-Jean, 2004, *Saussure : la langue, l'ordre et le désordre,* Paris, L'Harmattan.

Pichon Edouard, 1937, « La linguistique en France : problèmes et méthodes », *Journal de psychologie normale et pathologique*, Paris, p. 25-48.

Saussure Ferdinand de, 1916, *Cours de linguistique générale,* publié par Charles Bally et Albert Sechehaye avec la collaboration d'Albert Riedlinger, Paris / Genève, Payot [cité ici d'après la 2e édition, 1922].

Saussure Ferdinand de, 1957, « Cours de linguistique générale (1908-1909) : Introduction (d'après des notes d'étudiants) » publié par Robert

Godel, in *Cahiers Ferdinand de Saussure* [*CFS*] n° 15, Genève, Droz, 1957, p. 3-103.

Saussure Ferdinand de, 1967, *Cours de linguistique générale : édition critique,* par Tullio De Mauro, texte fac-similé de l'édition de 1922, notes et commentaires de Tullio De Mauro traduits par Louis-Jean Calvet, Paris, Payot [cité ici d'après la nouvelle édition de 1972 et noté *CLG/D*].

Saussure Ferdinand de, 1967-1968, 1974, *Cours de linguistique générale : édition critique,* par Rudolf Engler, fascicule 1-3 (tome 1), fascicule 4 (tome 2), Wiesbaden, Harrassowitz [*CLG/E*].

Saussure Ferdinand de, 1990, « Note de Ferdinand de Saussure concernant le "discours" », publié par René Amacker dans *Cahiers Ferdinand de Saussure*, [*CFS*] 43, p. 93-94.

Saussure Ferdinand de, 2002, *Ecrits de linguistique générale,* publiés par Simon Bouquet et Rudolf Engler, Paris, Gallimard.

Starobinski Jean, 1971, *Les mots sous les mots*, Paris, Gallimard.

Suenaga Akatane, 1988, « Rangu-paroru-ron-no-shatei » (La portée de la théorie de l'opposition langue / parole chez Saussure), *Etudes de Littérature Française*, n° 20, Tokyo, Société d'Études de Littérature française de l'Université Chuo.

Suenaga Akatane, 1992, « Rangu-to-sono-kage – Soshuru-no-shakaiteki-rangu-to-kojinteki-rangu » (La langue et son ombre – langue sociale et langue individuelle chez Saussure), *Etudes de Littérature Française*, n° 24, Tokyo, Société d'Études de Littérature française de l'Université Chuo.

Suenaga Akatane, 1996, « Rangu-to-sono-soto – Soshuru-no-kigo-no-shiisei-ni-tsuite » (La langue et son dehors – sur l'arbitraire du signe chez Saussure), *Etudes de Littérature Française*, n° 28, Tokyo, Société d'Études de Littérature française de l'Université Chuo.

Suenaga Akatane, 1997, « Benveniste et Saussure : l'instance de discours et la théorie du signe » in Arrivé et Normand 1997, p. 123-128.

Suenaga Akatane, 1999, « Des deux arbitraires, absolu et relatif, à un arbitraire "primaire" – le fait linguistique et le devenir du signe chez Saussure » in *CFS* 52.

Tatsukawa Kenji, 1986, *Chikara-no-shisoka-soshuru* (Saussure, penseur des « forces »), Tokyo, Kaze-no-bara (Suisei-sha).

Todorov Tzvetan, 1977, *Théories du symbole*, Paris, Seuil.

Troubetzkoy N. S., 1938, *Principes de phonologie,* Paris, Klincksieck, 1976.

2. Bibliographie de l'annexe

Culler Jonathan, 1978, *Soshuru*, Tokyo, Iwanami-shoten : traduction japonaise par Shigeo Kawamoto de *Saussure*, Fontana, Collins, 1976.

De Mauro Tullio et Sugeta Shigeaki (éds), 1995, *Saussure and Linguistics Today*, Rome, Bulzoni.

Engler Rudolf, 1980, « Soshuru-gengogaku-ni-okeru-imiron-no-yakuwari - to-ichi », *Gendai-Shiso*, vol. 8-12, numéro spécial : *Saussure*, Tokyo, Seido-sha, p. 103-113 : traduction japonaise par Hideki Maeda de « Rôle et place d'une sémantique dans une linguistique saussurienne », *CFS* 28, 1973.

Gadet Françoise, 1995, *Soshuru-gengogaku-nyumon* (Initiation à la linguistique saussurienne), Tokyo, Shinyo-sha : traduction japonaise par Kenji Tatsu-kawa de *Saussure, une science de la langue*, Puf, 1987.

Godel Robert, 1980, « Soshuru-to-gendai-gengogaku-no-tanjo », *Gendai-shiso*, vol. 8-12, numéro spécial : *Saussure*, Tokyo, Seido-sha, p. 114-123 : traduction japonaise par Nobuo Tomimori de « F. de Saussure et les débuts de la linguistique moderne », *Semaine d'études Genève*, 67, 1968, p. 115-124.

Hattori Shiro, 1957a, « Gengo-katei-setsu-ni-tsuite » (Sur la thèse du langage processus), *Kokugo-kokubun*, vol. 26, n° 1, Université de Kyoto, repris dans Hattori, 1960, p. 149-165.

Hattori Shiro, 1957b, « Soshuru-no-langue-to-gengo-katei-setsu » (La langue saussurienne et la thèse du langage processus), *Gengo-kenkyu* 32, Kyoto, The Linguistic Society of Japan, repris dans Hattori, 1960, p. 166-215.

Hattori Shiro, 1960, *Gengogaku-no-hoho* (La méthode de la linguistique), Tokyo, Iwanami-Shoten.

Jimbo Kaku, 1922, *Gengogaku-gairon* (Traité de linguistique), Tokyo, Iwanami-Shoten.

Kaganoi Shuichi *et alii*, 1993, *Gengo-tetsugaku-no-chihei – Maruyama Keizaburo- no-sekai* (L'horizon de la philosophie du langage – l'univers de Keizaburo Maruyama), Tokyo, Natsume-shobo.

Kobayashi Hideo, 1978, « Nihon-ni-okeru-soshuru-no-eikyo » (L'influence de Saussure au Japon), *Gekkan-gengo*, vol. 7, n° 3, numéro spécial : *Saussure : l'origine de la linguistique moderne*, Tokyo, Taishukan-Shoten, p. 44-49.

Koerner Ernst Frideryk Konrad, 1982, *Soshuru-no-gengoron* (La théorie linguistique de Saussure), Tokyo, Taishukan-shoten : traduction japonaise par Keiichi Yamanaka de *Ferdinand de Saussure, Origin and Development of his Linguistic Thought in Western Studies of Language : a Contribution to the History and Theory of Linguistics*, Braunschweig, Vieweg, 1973.

Komatsu Eisuke, 1995, « La critique de la théorie saussurienne d'après Motoki Tokieda » in Arrivé M. et Normand C. (éds), *Saussure aujourd'hui*, *LINX* numéro spécial, Université Paris X - Nanterre, p. 257-262.

Maeda Hideki, 1978, « Soshuru-to-gengo-katei-setu » (Saussure et la thèse du langage processus – l'essentiel de la divergence des deux théories), *Gekkan-gengo*, vol. 7, n° 3, numéro spécial : Saussure, l'origine de la linguistique moderne, Tokyo, Taishukan-Shoten, p. 50-55.

Maeda Hideki, 1979, « Gengo-ni-okeru-koi-to-sai » (L'acte et la différence dans le langage), *Bulletin d'Etudes de Linguistique Française* n° 13, Tokyo, Société Japonaise de Linguistique Française, p. 56-66.

Maeda Hideki, 1989, *Chinmokusuru-soshuru* (Saussure dans son silence), Tokyo, Shoshi-Yamada.

Maeda Hideki, 1994, *Gengo-no-yami-o-nukete* (La traversée de la nuit de la langue), Tokyo, Shoshi-Yamada.

Maeda Hideki et Takiguchi Morinobu, 1985, « Kogi-no-eikyo-to-soshuru-gaku : nippon » (L'influence du *CLG* et le saussurisme : Japon), in *Soshuru-sho-jiten* (Dictionnaire encyclopédique de Saussure), Tokyo, Taishukan-Shoten, p. 157-162.

Maruyama Keizaburo, 1971, « Soshuru-ni-okeru-taikei-no-gainen-to-futatsu-no-kozo » (La notion de système chez Saussure et deux "structures"), *Riso*, 456, numéro spécial : *Les théories du langage*, Tokyo, Riso-Sha, p. 26-43.

Maruyama Keizaburo, 1973, « Soshuru-no-paroru-gainen, shutai-to-kozo-no-mondai-wo-megut-te » (La notion de parole saussurienne – Sur le problème du sujet et de la structure), *Gendai-shiso*, vol. 1-10, numéro spécial : *Les théories du langage d'aujourd'hui : Saussure, Jakobson, Chomsky*, Tokyo, Seido-sha, p. 72-92.

Maruyama Keizaburo, 1978, «Ippan-gengo-gaku-kogi-no-kihon-gainen » (Les idées fondamentales du *CLG*), *Gekkan-Gengo*, vol. 7, n° 3, numéro spécial : *Saussure, l'origine de la linguistique moderne*, Tokyo, Taishukan-Shoten, p. 2-13.

Maruyama Keizaburo, 1980, «Soshuru, sono-kyozo-to-jituzo » (Saussure, ses images réelle et fausse), *Gendai-shiso*, vol. 8-12, numéro spécial : *Saussure*, Tokyo, Seido-sha, p. 84-102.

Maruyama Keizaburo, 1981, *Soshuru-no-shiso* (La pensée de Saussure), Tokyo, Iwanami-shoten.

Maruyama Keizaburo, 1983, *Soshuru-o-yomu* (Lire Saussure), Tokyo, Iwanami-shoten.

Maruyama Keizaburo (éd.), 1985, *Soshuru-sho-jiten* (Dictionnaire encyclopédique de Saussure), Tokyo, Taishukan-shoten.

Matsuzawa Kazuhiro, 2000, « Ce que dit le manuscrit, ce que fait taire le texte : Saussure et le *Cours de linguistique générale* », *Equinoxe* n° 7-18, Kyoto, Rinsen Book / Genève, Slatkine, p. 207-212.

Mounin Georges, 1970, *Soshuru* (*Saussure ou le structuraliste sans le savoir*, Seghers, 1968), traduit par Y. Fukui, A. Ito et K. Maruyama, Tokyo, Taishu-kan-shoten.

Nomura Hideo, 1973, « Soshuru-no-ikku-wo-megutte » (A propos d'une phrase de Saussure – le problème du rapport entre « la linguistique générale » et le *CLG*), *Gendai-shiso*, vol. 1-10, numéro spécial : *Les théories du langage d'aujourd'hui : Saussure, Jakobson, Chomsky*, Tokyo, Seido-sha, p. 53-71.

Ohashi Yasuo, 1973, « Soshuru-to-nihon » (Saussure et le Japon), *Misuzu*, n° 166 ; n° 167, Tokyo, Misuzu-shobo, p. 2-15 ; p. 12-22.

Saussure Ferdinand de, 1916, *Cours de linguistique générale*, publié par Charles Bally et Albert Sechehaye, avec la collaboration d'Albert Riedlinger, Lausanne et Paris, Payot.

Saussure Ferdinand de, 1928, *Gengogaku-Genron* (Principes de linguistique), Tokyo, Oka-Shoin : traduction japonaise par Hideo Kobayashi du *CLG*.

Saussure Ferdinand de, 1940, *Gengogaku-Genron* (Principes de linguistique), Tokyo, Iwanami-Shoten : 2e édition révisée de la traduction du *CLG* par Hideo Kobayashi.

Saussure Ferdinand de, 1968, 1974, *Cours de linguistique générale : Édition critique*, par Rudolf Engler, tome 1, tome 2, Wiesbaden, Harrassowitz.

Saussure Ferdinand de, 1971, *Gengogaku-Josetsu* (Introduction à la linguistique), Tokyo, Keiso-shobo : traduction japonaise par Kimio Yamanouchi de « Cours de linguistique générale (1908-1909) Introduction », *CFS* 15, publié par Robert Godel.

Saussure Ferdinand de, 1972, *Ippan-Gengogaku-Kogi* (Cours de linguistique générale), Tokyo, Iwanami-Shoten : troisième édition révisée de la traduction par Hideo Kobayashi du *CLG*.

Saussure Ferdinand de, 1976, *Soshuru-Ippan-Gengogaku-Kogi-Kochu* (Cours de linguistique générale de Saussure et Commentaires), Tokyo, Jiritsu-Shobo : traduction japonaise par Kimio Yamanouchi de *Corso di linguistica generale,* introduzione, traduzione e commento di Tullio De Mauro, Bari, Gius. Laterza, 1967.

Saussure Ferdinand de, 1980, « Shomotsu-no-soko, tekisuto-to-chukai » (Notes pour un livre sur la linguistique générale), traduit en japonais par Hideki Maeda, *Gendai-Shiso*, vol. 8-12, numéro spécial : *Saussure*, Tokyo, Seido-sha, p. 64-83.

Saussure Ferdinand de, 1991, *Soshuru-kogiroku-chukai* (Notes du cours de Saussure et commentaires), Tokyo, Université Hosei : « Cours de linguistique générale (1908-1909) Introduction » (*CFS* 15, 1957) traduit et commenté par Hideki Maeda.

Saussure Ferdinand de, 1993, *Troisième cours de linguistique générale (1910-1911)*, édité par Eisuke Komatsu, traduit en anglais par Roy Harris, Oxford, Pergamon Press / Elsevier Science.

Saussure Ferdinand de, 1996, *Premier cours de linguistique générale (1907) : d'après les cahiers d'Albert Riedlinger*, édité par Eisuke Komatsu et George Wolf, Oxford, Pergamon Press / Elsevier Science.

Saussure Ferdinand de, 1997, *Deuxième cours de linguistique générale (1908-1909) : d'après les cahiers d'Albert Riedlinger et Charles Patois*, édité par Eisuke Komatsu et George Wolf, Oxford, Pergamon Press / Elsevier Science.

Saussure Ferdinand de, 1997, *Saussure's First and Second Course of Lectures on General Linguistics*, édité par Eisuke Komatsu et George Wolf, Oxford, Elsevier Science.

Sljusareva H. A., 1979, *Gendai-gengogaku-to-soshuru-riron* (La linguistique moderne et la théorie saussurienne), Tokyo, Jiritsu-shobo, trad. de Isamu Taniguchi, *Теория Ф. де Соссюра в свете современной лингистики*, Moscou, Naouka, 1975.

Starobinski Jean, 1980, « Soshuru-no-anaguramu-noto » (Les mots sous les mots : Textes inédits des cahiers d'anagrammes de F. de Saussure) (*To Honor Roman Jakobson* 3, Mouton, 1967, p. 1906-1917), traduit en japonais par Yoko Kudo, *Gendai-shiso*, vol. 8-12, numéro spécial : *Saussure*, Tokyo, Seido-sha, p. 176-188.

Suenaga Akatane, 1993, « Go-no-ueno-go – Soshuru, kigo-no-gyakusetsu » (Les mots sur les mots – Saussure, un paradoxe du signe), *in* Kaganoi Shuichi *et alii*.

Suenaga Akatane, 1997, « Benveniste et Saussure : l'instance de discours et la théorie du signe », *in* Arrivé et Normand 1997, p. 123-128.

Suenaga Akatane, 1999, « Des deux arbitraires, absolu et relatif, à un arbitraire "primaire" – le fait linguistique et le devenir du signe chez Saussure », *CFS* 52, p. 189-200.

Tatsukawa Kenji, 1986, *Chikara-no-shisoka-soshuru* (Saussure, penseur des « forces »), Tokyo, Kaze-no-bara (Suisei-sha).

Tatsukawa Kenji, 1995, « Hjelmslev, le véritable continuateur de Saussure » in Arrivé et Normand, 1995, p. 479-487.

Tokieda Motoki, 1941, *Kokugogaku-genron* (Principes de linguistique japonaise), Tokyo, Iwanami-Shoten.

Tokieda Motoki, 1957, « Hattori-siro-kyoju-no-gengo-katei-setu-woyomu » (« Lire "Sur la thèse du langage processus" du Professeur Shiro Hattori »), *Kokugo-koku-bun* (Langue et littérature japonaises), vol. 26, n° 4, Université de Kyoto, p. 24-29.

Tomimori Nobuo, 1978, « Mo-hitori-no-Soshuru <mikan-shiryo-kara> » (Un autre Saussure – à partir de documents inédits), *Gekkan-Gengo*, vol. 7, n° 3, numéro spécial : *Saussure, l'origine de la linguistique moderne*, Tokyo, Taishukan-Shoten, p. 32-37.

TABLE DES MATIÈRES

DEUXIÈME PARTIE
LA LANGUE ET SA PAROLE

TROISIÈME PARTIE
LA LANGUE ET SON ARBITRAIRE

Achevé d'imprimer par Corlet Numérique - 14110 Condé-sur-Noireau
N° d'Imprimeur : 31263 - Dépôt légal : avril 2006 - *Imprimé en France*